Donna Leon est née en 1942 dans le New Jersey et vit à Venise, théâtre de ses romans policiers, depuis plus de vingt-cinq ans. Elle enseigne la littérature dans une base de l'armée américaine située près de la Cité des Doges. Les enquêtes du commissaire Brunetti ont conquis des millions de lecteurs à travers le monde.

Donna Leon

L'AFFAIRE PAOLA

ROMAN

Traduit de l'anglais (États-Unis)
par William Olivier Desmond

Calmann-Lévy

TEXTE INTÉGRAL

TITRE ORIGINAL
Fatal Remedies
ÉDITEUR ORIGINAL
William Heinemann, Londres, 1999
© Donna Leon et Diogenes Verlag AG, Zurich, 1999

ISBN 978-2-7578-5226-2
(ISBN 2-7021-3285-5, 1re publication)

© Calmann-Lévy, 2002, pour la traduction française

À William Douglas

Di questo tradimento
Chi mai sarà l'autor ?
De cette trahison,
Qui peut être l'auteur ?

La Clémence de Titus,
                    MOZART

1

La femme s'engagea d'un pas tranquille sur la place déserte. À sa gauche, les vitrines d'une banque, vides derrière leur grille, dormaient de ce sommeil bien protégé caractéristique des petites heures du matin. Arrivée au centre de la place, elle s'arrêta à côté des chaînes qui, au ras du sol, entouraient le monument de Daniele Manin, l'homme qui avait sacrifié sa vie pour la liberté de la ville. Comme ça tombe bien ! se dit-elle.

Elle entendit un bruit sur sa gauche et se tourna, mais ce n'était que l'un des hommes de la Guardia di San Marco et son berger allemand. Langue pendante, le chien paraissait trop jeune et trop amical pour représenter une menace réelle pour les malfaiteurs. Si le vigile trouva bizarre la présence d'une femme d'âge moyen immobile au milieu du campo Manin à 3 h 15 du matin, il n'en laissa rien paraître et continua son manège, consistant à glisser des rectangles de papier orange dans les encadrements de porte et près des serrures des magasins, preuve qu'il avait effectué sa ronde et constaté que tout allait bien.

Après le départ de l'homme et de son chien, la femme quitta le monument pour aller se planter devant une grande vitrine, de l'autre côté de la place. Dans la faible lumière qui venait de la boutique, elle étudia les affiches, les prix des différentes offres spéciales, et constata que les cartes Visa, MasterCard et American Express étaient toutes acceptées. À son épaule gauche, elle portait un sac de plage en toile bleue. Il paraissait contenir quelque chose de lourd. Elle le posa sur le sol, jeta un coup d'œil à l'intérieur et y glissa la main.

Elle n'avait encore rien pu en retirer que des bruits de pas la faisaient sursauter et se pétrifier, comme si elle se sentait prise en faute. Il s'agissait simplement d'un petit groupe, quatre hommes et une femme, qui venaient de descendre du vaporetto nᵒ 1 à l'arrêt du Rialto pour se rendre dans quelque autre partie de la ville. Aucun d'entre eux ne prêta attention à la femme. Le bruit de leurs pas décrut rapidement lorsqu'ils eurent franchi le dos-d'âne du pont conduisant à la calle della Mandola.

Se penchant de nouveau, elle retira du sac un gros caillou, celui-là même qui était resté posé des années durant sur la table de son bureau. Elle l'avait rapporté de vacances passées sur une plage du Maine, plus de dix ans auparavant. De la taille d'un pamplemousse, il se calait parfaitement dans sa main gantée. Elle le regarda, le fit même sauter à plusieurs reprises dans sa paume, comme une joueuse de tennis qui s'apprête à servir. Son regard alla du caillou à la vitrine, de la vitrine au caillou, du caillou à la vitrine.

Elle recula de quelques pas et, à environ deux mètres du magasin, se campa de biais par rapport à la vitrine, qu'elle n'avait pas quittée des yeux. Brandissant le bras droit à hauteur de sa tête, elle tendit le gauche en faisant contrepoids, exactement comme le lui avait montré son fils, un été, lorsqu'il avait essayé de lui apprendre à lancer comme un garçon. Un instant, elle se dit que sa vie, ou du moins une partie de sa vie, allait probablement basculer à cause du geste qu'elle était sur le point de faire, mais elle rejeta cette idée : trop mélo, trop nombriliste.

D'un mouvement ample, elle lança le caillou de toutes ses forces, ne le lâchant qu'au dernier moment ; déséquilibrée par son propre élan, elle trébucha et exécuta un petit entrechat qui lui fit baisser la tête. La vitrine explosa et des fragments de verre atterrirent dans ses cheveux sans la blesser.

Sans doute le caillou avait-il trouvé un défaut caché du verre, car, au lieu d'y faire un petit trou de sa taille, il fracassa un grand pan triangulaire de deux mètres de haut et d'une base presque équivalente. Elle attendit que cesse le bruit de la dégringolade, mais, le calme à peine rétabli, une sirène deux tons se déclencha dans le fond du magasin et vint rompre de son tapage lancinant le silence du petit matin. Elle se redressa et retira machinalement les éclats de verre qui s'étaient accrochés dans son manteau, puis secoua violemment la tête comme si elle sortait de l'eau, pour se libérer de ceux pris dans ses cheveux. Elle alla ramasser son sac, dont elle passa la bandoulière à son épaule, puis, s'apercevant qu'elle avait les jambes en coton, s'assit sur l'une des bornes auxquelles était ancrée la chaîne entourant le monument.

Elle n'avait pas véritablement anticipé de quoi le trou aurait l'air, et elle fut surprise par sa taille : un homme aurait pu passer au travers. Des réseaux de fissures en partaient, courant aux quatre coins de la vitrine. Le verre, tout autour, s'était opacifié et avait pris un aspect laiteux ; mais les éclats effilés qui pointaient vers l'intérieur n'en paraissaient pas moins dangereux.

Derrière elle, des lumières s'allumèrent au dernier étage de l'immeuble qui s'élevait à gauche de la banque, puis dans l'appartement situé juste au-dessus de la sirène, dont le hululement n'avait pas cessé. Le temps passait, mais la femme ne manifestait aucune impatience, comme si les événements ne la concernaient plus. Ce qui devait arriver arriverait, et tôt ou tard la police finirait par débarquer. Seul le vacarme lui était désagréable. La stridence de la sirène deux tons avait rompu la paix nocturne. De toute façon, se raisonnat-elle, c'était bien de cela qu'il était question : de rompre la paix.

Des volets claquèrent, trois têtes apparurent et disparurent avec la vivacité des coucous de pendule, d'autres lumières s'allumèrent. Impossible de dormir tant que la sirène continuerait à proclamer tapageusement, *urbi et orbi*, qu'un criminel rôdait dans la ville. Au bout d'environ dix minutes, deux policiers arrivèrent au pas de course sur la place ; l'un d'eux tenait son pistolet à la main. Il se plaça devant la vitrine fracassée et cria :

« Sortez de là ! Police ! »

Rien ne se passa. La sirène hululait toujours.

Le policier renouvela sa sommation, sans obtenir davantage de réaction ; il se tourna alors vers son collègue, lequel haussa les épaules et secoua la tête. Le premier remit le pistolet dans son étui et s'approcha de la vitrine. Au-dessus de lui, une fenêtre s'ouvrit et quelqu'un cria :

« Pouvez pas arrêter ce foutu machin ? »

À quoi une autre voix ajouta, d'un ton furieux :

« On voudrait pouvoir dormir un peu ! »

Le second policier s'approcha à son tour et les deux hommes scrutèrent quelques instants l'intérieur du magasin ; puis le premier, d'un coup de pied, fit dégringoler deux dangereuses stalagmites de verre qui s'élevaient depuis la base de la vitrine. C'est par là qu'ils entrèrent dans les lieux, à la queue leu leu. Plusieurs minutes s'écoulèrent, mais rien ne se produisit. Puis les lumières qui s'étaient allumées dans le magasin s'éteignirent en même temps que s'arrêtait la sirène.

Les policiers revinrent dans la salle principale ; l'un d'eux les éclairait d'une lampe torche. Ils regardèrent autour d'eux pour voir si rien ne manquait ou n'avait été détruit, puis retournèrent sur la place par le chemin qu'ils avaient pris pour entrer. Ce n'est qu'à ce moment-là qu'ils remarquèrent la femme assise sur la borne.

Celui qui était arrivé pistolet à la main se dirigea vers elle.

« Avez-vous vu ce qui s'est passé, signora ?

– Oui.

– Et alors ? Qui c'était ? »

L'autre policier, entendant ces questions, s'approcha à son tour, ravi qu'ils aient si rapidement trouvé un témoin. Voilà qui allait permettre de mener rondement les choses, voilà qui éviterait d'aller sonner aux portes et de poser des questions à des gens qui n'auraient rien vu mais tiendraient à donner leur version des faits, et tout ça pour ressortir les mains vides, dans le froid humide de l'automne, avant de pouvoir enfin retrouver la chaleur de la Questure et y pondre leur rapport.

« Qui c'était ? insista le premier policier.

– Quelqu'un a lancé un caillou dans la vitrine, répondit la femme.

– De quoi avait-il l'air ?

– Ce n'était pas un homme.

– Une femme ? » proposa finement le second policier.

Elle se mordit la lèvre et ne lui demanda pas s'il avait une solution alternative à laquelle elle n'aurait pas pensé. Mais ce n'était pas le moment de plaisanter. Non, pas question de rigoler, pas tant que l'affaire ne serait pas finie.

« Oui, une femme. »

Adressant un regard peu amène à son acolyte, le premier reprit son interrogatoire.

« De quoi avait-elle l'air ?

– La quarantaine, cheveux blonds mi-longs. »

La femme avait un foulard sur la tête, et l'homme ne comprit pas.

« Comment était-elle habillée ?

– Manteau havane, bottes marron. »

Il remarqua alors la couleur de son manteau, puis baissa les yeux et regarda comment elle était chaussée.

« Ce n'est pas une plaisanterie, signora. Nous voulons savoir de quoi elle avait l'air. »

Elle le regarda bien en face et, dans la lumière qui tombait des lampadaires, il découvrit, dans les yeux de cette femme, un éclat qui était celui de quelque passion secrète.

« Je ne plaisante pas. Je vous ai dit ce qu'elle portait.

– Mais… c'est vous que vous décrivez, signora. »

Ce qui, en elle, la mettait en garde contre la tentation du mélo, l'empêcha de répondre : *Puisque c'est vous qui le dites !* Elle se contenta d'acquiescer.

« C'est vous qui l'avez fait ? »

Elle acquiesça de nouveau.

Le second flic éprouva le besoin de clarifier les choses.

« C'est vous qui avez jeté ce caillou dans la vitrine ? »

Elle renouvela son hochement de tête.

Sans se concerter, mais sans la quitter des yeux, les deux policiers reculèrent jusqu'à ne plus être à portée d'oreilles de la femme. Ils discutèrent quelques instants à voix basse, têtes rapprochées, puis l'un d'eux sortit un téléphone portable et composa le numéro de la Questure. Au-dessus d'eux, une fenêtre s'ouvrit et une tête en jaillit pour disparaître sur-le-champ, comme un jacquemart qui vient de sonner 1 heure. Puis la fenêtre se referma bruyamment.

Le policier resta plusieurs minutes au téléphone, donnant les informations qu'il détenait et ajoutant avec suffisance qu'ils avaient déjà appréhendé la personne responsable de l'effraction. Lorsque l'officier de service de nuit lui dit de ramener l'homme à la Questure, le policier ne prit pas la peine de le corriger. Il referma le portable et le glissa dans sa poche.

« Danieli m'a demandé de la ramener, expliqua-t-il à son collègue.

– Ce qui veut dire que je dois rester à faire le poireau ici, si je comprends bien ? » râla l'homme, ne cherchant pas à cacher son agacement.

Il avait l'impression de s'être fait avoir.

« Tu n'as qu'à attendre à l'intérieur. Danieli se charge d'appeler le propriétaire. Je crois qu'il habite quelque part dans le secteur. »

Il ressortit le téléphone de sa poche et le lui tendit.

« Appelle-nous, s'il ne vient pas. »

Faisant un effort pour bien prendre la chose, le second policier prit le téléphone et sourit.

« Bon, je vais l'attendre ici. Mais la prochaine fois, c'est moi qui emmènerai le suspect à la boutique ! »

L'autre lui rendit son sourire et acquiesça. La petite fâcherie terminée, ils s'approchèrent à nouveau de la femme qui, pendant toute cette longue conversation, n'avait pas bougé de sa borne, ni même changé de position, et étudiait la vitrine pulvérisée et les éclats de verre disposés comme un arc-en-ciel monochrome sur le pavé.

« Suivez-moi », lui dit le premier policier.

Elle se leva en silence et prit aussitôt la direction de la petite *calle* qui s'ouvrait à gauche du magasin qu'elle venait de vandaliser. Aucun des deux policiers ne parut remarquer qu'elle semblait connaître le chemin le plus court pour se rendre à la Questure.

Le trajet prit une dizaine de minutes, pendant lesquelles ils n'échangèrent pas un mot. Si les quelques rares personnes qui croisèrent leur chemin avaient eu la curiosité de les examiner, tandis qu'ils traversaient la vaste piazza San Marco endormie et empruntaient la ruelle étroite qui conduisait vers San Lorenzo et la Questure, elles n'auraient vu qu'une femme séduisante et bien habillée marchant en compagnie d'un policier en uniforme. Spectacle certes un peu curieux à 4 heures du matin, mais peut-être la maison de cette dame avait-elle été cambriolée, ou bien avait-elle été appelée pour identifier un jeune fugueur.

Il n'y avait personne à l'entrée, si bien que le policier dut sonner à plusieurs reprises avant que le flic de service, un jeune à la mine endormie, surgisse de la salle de garde, à droite de la porte. Quand il les aperçut, il s'éclipsa dans la salle pour réapparaître en train d'enfiler sa veste d'uniforme. Il ouvrit la porte et marmonna des excuses.

« On ne m'avait pas averti que tu allais venir, Ruberti. »

Ruberti eut deux gestes de la main : l'un pour signifier à son collègue de ne pas se fatiguer à lui expliquer la situation, l'autre pour le renvoyer vers son lit de camp : il se souvenait d'avoir été lui aussi une jeune recrue morte de sommeil.

Il escorta la femme jusqu'au premier étage, où se situait la salle des officiers de police. Il lui tint la porte avec courtoisie, la laissant entrer la première, puis alla s'asseoir derrière son bureau. Ouvrant le tiroir de droite, il en sortit une pile épaisse d'imprimés, la laissa retomber bruyamment devant lui, puis leva les yeux vers la femme et lui fit signe de s'installer sur le siège lui faisant face.

Tandis qu'elle s'asseyait et déboutonnait son manteau, il remplit les premières lignes du formulaire, inscrivant la date, l'heure, son nom et son rang. Quand il arriva à la question *Crime/délit,* il réfléchit quelques instants avant d'inscrire « Vandalisme » dans le petit rectangle.

Il releva alors la tête et la regarda – distinguant peut-être pour la première fois clairement ses traits et la manière dont elle était habillée. Il fut alors frappé par quelque chose qui le laissa vraiment perplexe : tout dans cette femme, absolument tout – ses vêtements, sa coiffure, jusqu'à la manière dont elle se tenait assise – trahissait cette assurance qui n'appartient qu'aux gens fortunés, et même très fortunés. Pourvu qu'elle ne soit pas cinglée, pria-t-il en silence.

« Avez-vous votre carte d'identité, signora ? »

Elle acquiesça et fouilla dans son sac. Pas un instant le policier ne songea qu'il pourrait y avoir un danger à la laisser faire, alors qu'il venait de l'arrêter pour avoir commis un acte d'une certaine violence.

Quand la main de la femme ressortit du sac, elle ne tenait cependant qu'un portefeuille. Elle l'ouvrit, en retira la carte d'identité de couleur beige, la déploya, la retourna et la posa sur le bureau, bien en vue de l'homme.

Il jeta un coup d'œil sur la photo, constata qu'il y avait longtemps qu'elle avait dû être prise, à une époque où la femme était au summum de sa beauté. Puis il regarda le nom.

« Paola Brunetti ? » demanda-t-il, incapable de dissimuler sa stupéfaction.

Elle hocha affirmativement la tête.

« Bon Dieu de bon Dieu, vous êtes… vous êtes l'épouse du commissaire ! »

2

Quand le téléphone sonna, Brunetti lézardait sur une plage, un bras devant les yeux pour se protéger du sable soulevé par les hippopotames danseurs. Ou, plus exactement, s'il se retrouvait allongé sur le sable dans l'univers de son rêve, c'était très vraisemblablement à cause de la violente dispute qu'il avait eue avec Paola quelques jours auparavant ; quant aux hippopotames, ils venaient tout droit de *Fantasia*. Pour fuir la querelle, il était en effet allé rejoindre Chiara qui, dans la salle de séjour, regardait le film de Disney.

Il y eut six sonneries avant que Brunetti ne revienne à la réalité et ne roule sur le côté du lit pour décrocher.

« Oui ? grogna-t-il, d'autant plus hébété de sommeil qu'il avait mal dormi, comme chaque fois qu'il restait sur un conflit non réglé avec sa femme.

— Commissaire Brunetti ? demanda une voix d'homme.

— Un moment. » Il posa le combiné et alluma. Il s'allongea de nouveau dans le lit, tirant les couvertures au-dessus de son épaule, puis il regarda vers Paola pour vérifier qu'il ne l'avait pas découverte. Le côté du lit qu'elle occupait d'habitude était vide. Sans doute devait-elle être dans la salle de bains, ou dans la cuisine où elle était allée boire un verre d'eau, ou encore, si les échos de la dispute vibraient toujours en elle comme ils vibraient en lui, du lait chaud sucré au miel. Il s'excuserait à son retour, s'excuserait pour ce qu'il avait dit et pour ce coup de téléphone intempestif, même si celui-ci ne l'avait pas réveillée.

Il reprit le combiné et le porta à son oreille.

« Oui, qu'est-ce que c'est ? »

Enfoncé dans ses oreillers, il avait posé la question en espérant que ce n'était pas la Questure qui venait le tirer de son lit pour l'envoyer sur la scène de quelque nouveau crime.

« Nous détenons votre femme, monsieur. »

Son esprit se mit en rideau à l'énoncé de cette courte phrase. C'était tout à fait le genre de formule qu'aurait employée n'importe quel kidnappeur, le « monsieur » y compris.

« Quoi ? s'écria-t-il lorsque ses neurones se furent plus ou moins reconnectés.

— Nous détenons votre femme, monsieur.

— Qui êtes-vous ? rugit-il.

— Ruberti, monsieur. Je suis à la Questure. »

L'homme marqua une longue pause, puis ajouta :

« J'étais de nuit, monsieur, avec Bellini.

— Mais qu'est-ce que vous me racontez à propos de ma femme ? exigea-t-il de savoir quand il eut repris un peu ses esprits — et peu intéressé d'apprendre qui était ou non de service cette nuit.

— Je vous l'ai dit, monsieur, nous la détenons. Enfin, moi. Bellini est toujours sur place, campo Manin. »

Brunetti ferma les yeux et tendit l'oreille, à la recherche d'autres bruits en provenance du reste de l'appartement. Rien.

« Mais qu'est-ce qu'elle fabriquait là-bas, Ruberti ? »

L'homme mit un certain temps avant de se décider à répondre.

« Nous l'avons arrêtée, monsieur. »

Comme Brunetti ne réagissait pas, il précisa :

« Euh, nous l'avons amenée ici, monsieur. Elle n'a pas encore été formellement arrêtée.

– Passe-la-moi. »

Le ton était sans réplique.

Au bout d'un long moment, il entendit la voix de Paola.

« Ciao, Guido.

– Tu es là-bas, à la Questure ?

– Oui.

– Alors, tu l'as fait ?

– Je t'avais prévenu. »

Brunetti ferma les yeux et tint quelques instants le combiné à bout de bras. Puis il le rapprocha de nouveau de son oreille.

« Dis-lui que je serai sur place dans un quart d'heure. Ne fais aucune déclaration, ne signe rien d'ici là. »

Sans attendre sa réponse, il raccrocha et sortit du lit.

S'habillant rapidement, il passa dans la cuisine, où il laissa un mot pour les enfants, leur disant que lui et Paola avaient dû sortir, mais qu'ils allaient bientôt revenir. Il quitta l'appartement en prenant bien soin de refermer la porte sans bruit, et descendit l'escalier à pas de loup, comme un voleur.

Une fois dehors il tourna à droite, marchant d'un pas vif, courant presque, bouillant de colère mais aussi de peur. Il traversa le marché désert au pas de charge, franchit de même le pont du Rialto, sans rien voir, sans remarquer personne, les yeux au sol, aveugle et sourd à toute sensation. Il n'avait en tête que la rage de Paola, la manière dont elle avait frappé la table de la main, faisant trembler les assiettes et renversant un verre de vin. Il revoyait le liquide rouge imbibant la nappe, se rappelait s'être demandé pourquoi la question la mettait dans un tel état. Car il était resté stupéfait – il l'était encore –, sûr que ce qu'elle avait fait était le fruit de cette même rage, abasourdi qu'elle puisse piquer une telle colère à la seule idée d'une injustice aussi lointaine. Depuis des dizaines d'années qu'ils étaient mariés, il avait pris l'habitude de ses colères ; il avait appris que la moindre injustice, qu'elle soit civile, politique ou sociale, pouvait la faire basculer par-dessus bord, la laissant outragée, hoquetant. Mais il n'avait jamais réussi à prévoir avec précision ce qui, exactement, allait la mettre complètement hors d'elle, dans un état où elle ne se contrôlerait absolument plus.

Tandis qu'il traversait le campo Santa Maria Formosa, il se souvint d'une des choses qu'elle avait dites, insensible au fait que les enfants étaient présents, insensible à la stupéfaction avec laquelle il avait accueilli sa réaction.

« C'est parce que tu es un homme », avait-elle sifflé d'une voix étranglée et chargée de colère.

Puis, un peu plus tard :

« Il faut faire en sorte que ça leur coûte plus cher de continuer que de s'arrêter. Sinon, les choses ne changeront jamais. »

Et finalement :

« Je m'en fiche, que ce ne soit pas illégal. C'est mal, c'est ignoble, et il faut bien que quelqu'un fasse quelque chose pour y mettre un terme. »

Comme il l'avait bien souvent fait, Brunetti n'avait pas accordé d'importance à sa colère ni à sa promesse – ou plus exactement à sa menace – de faire elle-même « quelque chose ». Et à présent, trois jours plus tard, il se retrouvait sur le quai de San Lorenzo, se dirigeant à pas précipités vers la Questure où Paola l'attendait, arrêtée pour un délit qu'elle lui avait déclaré vouloir commettre.

C'est le même jeune officier – celui qui avait si mal accueilli Ruberti – qui lui ouvrit et le salua quand il entra. Brunetti l'ignora et fonça vers les marches, les escaladant quatre à quatre. Dans la salle des officiers de police, il trouva Ruberti à son bureau, Paola tranquillement assise en face de lui.

À l'entrée de son supérieur, Ruberti se mit au garde-à-vous et salua.

Brunetti lui répondit d'un simple hochement de tête et regarda Paola, qui soutint son regard ; mais il n'avait rien à lui dire. Il fit signe au policier de se rasseoir et, cela fait, lui demanda ce qui s'était passé.

« On a reçu un appel il y a environ une heure, monsieur. Une alarme s'était déclenchée, campo Manin, et Bellini et moi nous nous sommes rendus sur place.

– À pied ?

– Oui, monsieur. »

Comme l'homme paraissait hésiter à poursuivre, Brunetti l'encouragea d'un signe de tête.

« Une fois sur place, nous avons découvert une vitrine brisée, mais la sirène continuait à faire un raffut de tous les diables.

– Où ça ?

– Dans l'arrière-boutique, monsieur.

– Oui, oui. Mais de quel magasin ?

– De l'agence de voyages, monsieur. »

Devant la réaction de Brunetti, dont les lèvres s'étaient violemment pincées, le policier se réfugia de nouveau dans le silence, attendant que son supérieur dise quelque chose.

« Et ensuite ?

– Je suis entré dans le magasin par la vitrine, monsieur, et j'ai coupé l'électricité… Pour arrêter la sirène, ajouta-t-il inutilement. Quand nous sommes ressortis, nous avons aperçu une femme sur la place, qui semblait nous attendre, et nous lui avons demandé si elle avait vu ce qui s'était passé. »

Ruberti baissa les yeux sur son bureau, les releva pour regarder Brunetti, puis Paola. Comme aucun des deux ne réagissait, il reprit son récit :

« Elle a dit qu'elle avait vu la personne qui l'avait fait et, quand nous lui avons demandé de nous la décrire, elle a répondu que c'était une femme. »

Il s'arrêta une fois de plus et consulta ses deux interlocuteurs du regard, sans obtenir davantage de réaction.

« Alors, nous lui avons demandé de nous décrire cette femme et elle s'est décrite elle-même. Quand je le lui ai fait remarquer, elle a dit que c'était elle qui l'avait fait. Qu'elle avait cassé la vitrine, monsieur. C'est ce qui s'est passé. »

Il réfléchit quelques instants et ajouta :

« En fait, elle ne l'a pas dit, monsieur. Elle a juste hoché la tête quand je lui ai demandé si c'était elle qui l'avait fait. »

À son tour Brunetti s'assit à ce moment-là, à la droite de Paola, et croisa les mains sur le bureau de Ruberti.

« Où se trouve Bellini, à l'heure actuelle ?

– Il est toujours là-bas, monsieur. Il attend l'arrivée du propriétaire.

– Depuis combien de temps ? »

Le policier consulta sa montre.

« Un peu plus d'une demi-heure, monsieur.

– Est-ce qu'il a un portable ?

– Oui, monsieur.

– Appelle-le. »

Ruberti tendait déjà la main vers le téléphone pour le tirer à lui, lorsqu'on entendit des pas montant l'escalier. Il n'eut pas le temps de composer le numéro que Bellini entrait dans la salle de police. Il salua Brunetti lorsqu'il le vit, incapable de manifester la moindre surprise, cependant, en trouvant le commissaire à la Questure à une heure pareille.

« Bonjour, lui dit Brunetti.

– Bonjour, commissaire », répondit aussitôt Bellini, jetant un coup d'œil en coulisse à Ruberti pour savoir ce qu'il en était.

Ruberti réagit par un haussement d'épaules des plus minimalistes.

À ce moment-là, Brunetti tendit la main au-dessus du bureau et s'empara de la pile de formulaires, la tirant à lui. Il reconnut l'écriture nette et ferme de Ruberti, lut l'heure, la date, le nom du policier et surtout le terme par lequel il avait choisi de qualifier le délit commis. Il n'y avait cependant rien d'autre d'écrit dans le rapport, aucun nom sous la rubrique *Signalement de la personne arrêtée,* même pas sous la rubrique *Témoins.*

« Qu'est-ce que ma femme vous a déclaré ?

– Comme je vous l'ai dit, monsieur, elle n'a en réalité rien déclaré. Elle a juste hoché la tête quand je lui ai demandé si elle l'avait fait. »

Et pour couvrir le sifflement d'air qui s'exhalait d'entre les dents serrées de Bellini, il ajouta :

« Monsieur…

– J'ai l'impression que vous avez mal compris ce qu'elle voulait dire, Ruberti », dit Brunetti.

Paola se pencha comme si elle voulait parler, mais le commissaire abattit la main sur le rapport, le détacha et en fit une boule serrée.

Ruberti se rappela de nouveau les occasions où, jeune policier mort de fatigue et poissé de sueur tant il avait peur, il avait vu son supérieur feindre de ne pas voir les erreurs ou les terreurs d'un débutant.

« C'est vrai, monsieur, il est évident que j'ai dû mal

comprendre ce que Mme Brunetti a voulu dire », répondit-il d'un seul trait.

Sur quoi il regarda Bellini, lequel acquiesça sans vraiment comprendre, mais sachant cependant que c'était ce qu'il fallait faire.

« Bien », dit Brunetti en se levant.

Le rapport n'était plus qu'une feuille de papier froissée, serrée en boule dans sa main. Il la glissa dans la poche de son manteau.

« Je vais reconduire mon épouse à la maison. »

Ruberti se leva et alla rejoindre Bellini, qui lui apprit que le propriétaire du magasin était arrivé sur place.

« Tu lui as dit quelque chose ? demanda Brunetti.

– Non, monsieur. Seulement que Ruberti était retourné à la Questure. »

Brunetti acquiesça. Il se pencha vers Paola mais ne la toucha pas. Elle se releva en s'appuyant sur les accoudoirs du fauteuil, mais n'alla pas se placer à côté de son mari.

« Je vous souhaite une bonne nuit à tous les deux. On se verra plus tard dans la matinée. »

Les deux hommes saluèrent, Brunetti leur répondit d'un geste vague de la main puis recula d'un pas pour permettre à Paola de passer devant lui. Elle franchit la porte la première, suivie par Brunetti qui referma le battant derrière lui. Et c'est ainsi, l'un derrière l'autre, qu'ils descendirent l'escalier. Le jeune officier était là, et leur tint la porte ouverte. Il eut un signe de tête pour Paola, bien que n'ayant aucune idée de son identité, et adressa ensuite un salut réglementaire à son supérieur, tandis que celui-ci passait devant lui pour s'enfoncer dans la fraîcheur matinale de Venise.

3

Une fois sortis de la Questure, Brunetti prit vers la gauche, en direction du premier angle de rue. Puis il s'arrêta pour attendre Paola. Ils gardaient tous les deux le silence. Côte à côte, ils poursuivirent leur chemin dans les ruelles désertes, se dirigeant vers leur domicile en pilotage automatique.

Lorsqu'ils s'engagèrent dans alizzada San Lio, Brunetti put enfin se résoudre à parler, mais pour dire quelque chose de banal.

« J'ai laissé un mot aux enfants. Au cas où ils se réveilleraient. »

Paola enregistra d'un hochement de tête, mais, comme il prenait bien soin de ne pas la regarder, il ne le remarqua pas.

« Je ne voulais pas que Chiara s'inquiète », ajouta-t-il.

Et lorsqu'il se rendit compte à quel point cela ressemblait à une tentative pour culpabiliser Paola, il dut s'avouer qu'en réalité peu lui importait.

« J'ai oublié », répondit-elle.

Ils pénétrèrent dans le passage qui débouchait, quelques dizaines de mètres plus loin, sur campo San Bartolomeo, la place où la statue de Goldoni, avec son visage souriant, avait quelque chose de surréaliste. Brunetti jeta un coup d'œil à l'horloge. En bon Vénitien, il savait qu'il lui fallait ajouter une heure : presque 5 heures, trop tard pour aller se recoucher. Mais comment s'occuper utilement jusqu'au moment où il pourrait, en toute légitimité, se rendre à son travail ? Il regarda autour de lui, mais aucun des bars n'était ouvert. Il aurait eu pourtant bien besoin d'un café ; et il aurait eu encore plus besoin, et de beaucoup, de la diversion qu'un café lui aurait procurée.

De l'autre côté du Rialto, ils tournèrent tous les deux à gauche, puis à droite pour emprunter le passage qui longeait la ruga degli Orefici. À mi-chemin, un café ouvrait justement ses portes, et ils y entrèrent d'un commun accord, sans s'être concertés. Une pile impressionnante de brioches fraîches s'entassait sur le bar, encore enveloppées dans le papier blanc de la pâtisserie. Brunetti commanda deux express mais bouda les brioches ; quant à Paola, elle ne les remarqua même pas.

Le barman disposa les tasses devant eux. Brunetti y mit du sucre et en poussa une à la hauteur de Paola. Le barman s'éloigna jusqu'à l'autre bout du comptoir pour ranger les brioches, une par une, dans une vitrine de verre.

« Eh bien ? » fit Brunetti.

Paola but une gorgée de café et ajouta une seconde cuillerée de sucre avant de répondre.

« Je t'avais averti que je le ferais.

– Je n'avais pas eu cette impression.

– Et quelle impression avais-tu eue ?

– À t'entendre, j'avais cru comprendre que tout le monde aurait dû le faire.

– Oui, tout le monde devrait en faire autant, admit Paola, d'une voix moins furieuse que la première fois.

– Je n'avais pas pensé, cependant, que c'était ce que tu voulais dire », dit Brunetti avec un geste vague qui ne désignait pas le bar, mais les événements qui avaient précédé le moment où ils y étaient entrés.

Elle reposa sa tasse sur la soucoupe et le regarda enfin droit dans les yeux.

« Est-ce qu'on peut parler, Guido ? »

Sa réaction spontanée aurait été de lui rétorquer que c'était exactement ce qu'ils faisaient, mais il la connaissait assez bien pour avoir compris ce qu'elle voulait dire, et il se contenta de hocher la tête.

« Je t'ai expliqué, il y a trois soirs, à quel genre d'activité ignoble ces gens-là se livraient. »

Avant qu'il puisse l'interrompre, elle leva une main et poursuivit :

« Et tu m'as répondu qu'ils ne faisaient rien d'illégal, que c'était leur droit en tant qu'agents de voyages. »

Brunetti acquiesça et, comme le barman s'approchait, il lui fit signe de leur remettre ça. Une fois l'homme retourné à son percolateur, Paola reprit la parole.

« C'est justement ça qui ne va pas. Tu le sais, et je le sais. Je trouve répugnant d'organiser des voyages à caractère sexuel pour que des individus, riches ou moins riches, puissent aller violer des gosses de dix ans en Thaïlande ou aux Philippines. »

Elle leva une fois de plus la main pour prévenir ses objections.

« Je n'ignore pas que la chose elle-même est devenue illégale, aujourd'hui. Mais combien de ces types ont été arrêtés ? Condamnés ? Tu sais aussi bien que moi qu'il leur suffit de changer de terminologie dans leur pub pour que leurs sales petites affaires continuent comme avant. *Réception d'hôtel tolérante… accompagnateurs locaux amicaux…* Ne viens pas me dire que ce n'est pas limpide. Les affaires continuent comme si de rien n'était, Guido. Et c'est ça qui m'écœure. »

Brunetti, cependant, ne répondit rien. Le barman apporta leur second café et remporta les tasses vides. La porte de l'établissement s'ouvrit et deux solides gaillards entrèrent, précédés d'une bouffée d'air humide. Le barman se dirigea vers eux.

« C'est à ce moment-là que je t'ai dit, reprit Paola, que c'était mal et qu'il fallait y mettre un terme.

– Et tu crois que toi, tu vas pouvoir y mettre un terme ?

– Oui. »

Elle avait répondu fermement, enchaînant avant qu'il ait pu remettre en question ou contredire cette assertion.

« Pas moi toute seule, ici, à Venise, bien sûr, juste en démolissant la vitrine d'une agence de voyages sur le campo Manin. Mais si toutes les Italiennes allaient lancer des briques dans les vitrines de toutes les agences de voyages qui profitent du tourisme sexuel, je suis bien certaine qu'au bout d'un certain temps il n'y en aurait plus une pour en proposer dans tout le pays. Tu ne crois pas ?

– Est-ce une question purement rhétorique ?

– Non. Je te la pose vraiment. »

Cette fois-ci, c'est Paola qui se chargea de sucrer les cafés.

Brunetti but quelques gorgées pour se donner le temps de réfléchir à sa réponse.

« Tu ne peux pas agir ainsi, Paola. Tu ne peux pas te mettre à démolir les vitrines des boutiques ou des bureaux qui font ou vendent des choses qu'ils ne devraient pas, à ton avis, faire ou vendre. »

À son tour il leva la main pour ne pas être interrompu.

« Tu ne te souviens donc pas de ta réaction, quand l'Église a essayé de faire interdire la vente des contraceptifs ? Eh bien, si tu l'as oubliée, pas moi. Et c'était la même chose : tu partais en croisade contre un comportement décrété mauvais par toi. Sauf que, à l'inverse du cas présent, tu t'opposais à ceux qui faisaient ce que tu estimes avoir aujourd'hui le droit de faire, à savoir empêcher les gens de se livrer à une activité répréhensible à tes yeux. Et non seulement le droit, mais l'obligation.

Il se rendait compte qu'il se laissait gagner par une colère qui bouillonnait en lui depuis le coup de fil qui l'avait tiré du lit, qui l'avait accompagné à travers les rues de Venise et qui menaçait encore de déborder maintenant, dans ce bar paisible.

« C'est la même chose, reprit-il. Tu décides de ton propre chef, ne consultant que toi-même, que quelque chose est mal, et tu t'imagines être tellement importante que tu es la seule qui puisse s'y opposer, la seule qui voie la vérité dans toute sa pureté. »

Il s'attendait à ce qu'elle réponde quelque chose, mais elle ne dit rien, et il continua sans pouvoir s'arrêter.

« C'est un exemple parfait. Qu'est-ce que tu cherches ? À avoir ta photo en première page du *Gazzettino*, toi, la justice incarnée, la grande protectrice des petits enfants ? »

Il dut faire un difficile effort de volonté pour ne pas aller plus loin. Mettant la main à la poche, il se dirigea vers le barman pour payer les consommations. Puis il ouvrit la porte du bar et la tint pour elle.

Dehors, elle prit sur sa gauche, fit quelques pas, puis s'arrêta, attendant qu'il arrive à sa hauteur.

« Est-ce vraiment ainsi que tu me vois ? Crois-tu que je veuille simplement avoir les projecteurs braqués sur moi, et que les gens me considèrent comme quelqu'un d'important ? »

Il passa devant elle, ignorant la question. Dans son dos, elle éleva la voix pour la première fois.

« C'est ça, Guido ? »

Il s'arrêta et se tourna pour lui faire face. Un homme arrivait derrière elle, poussant un chariot chargé de liasses de journaux et de revues reliés. Brunetti attendit que l'homme soit passé avant de répondre.

« Oui, en partie.

– Quel pourcentage ? rétorqua-t-elle.

– Quoi, quel pourcentage ? Ce n'est pas quelque chose qu'on peut calculer.

– Crois-tu que ce soit pour cette raison que j'ai agi ? »

D'un ton exaspéré il répliqua :

« Mais enfin, pourquoi faut-il toujours que le moindre truc devienne une cause à défendre avec toi, Paola ? Pourquoi tout ce que tu fais, ou tout ce que tu lis, ou tout ce que tu dis – ou même tout ce que tu portes ou manges, tant qu'on y est – doit-il constamment déborder de *signification* ? »

Elle le regarda longuement, gardant le silence, puis elle baissa la tête et s'éloigna, prenant la direction de leur domicile.

Il la rattrapa.

« Qu'est-ce que ça veut dire ?

– Qu'est-ce que *quoi* veut dire ?

– Ce regard. »

Elle s'arrêta de nouveau et leva les yeux vers lui.

« Parfois, je me demande ce qu'est devenu l'homme que j'ai épousé.

– Et ça, qu'est-ce que ça veut dire ?

– Que quand je t'ai épousé, Guido, tu croyais en toutes ces choses dont tu te moques aujourd'hui. »

Avant qu'il ait pu lui demander quelles étaient ces choses, elle lui répondit :

« Des choses comme la justice, et ce qui est équitable, et comment décider de ce qui est juste et équitable.

– Je crois encore en ces choses, protesta-t-il.

– Non. Aujourd'hui, tu crois en la loi, Guido. »

Elle avait parlé plus doucement, cette fois, comme lorsqu'on s'adresse à un enfant.

« C'est exactement ce que je veux dire. »

Lui-même avait élevé la voix, totalement indifférent aux gens qui allaient et venaient d'un pas pressé, plus nombreux de minute en minute, maintenant qu'approchait l'heure où on installait les premiers éventaires.

« À t'entendre, on pourrait croire que ce que je fais est stupide ou ignoble. Je suis policier, pour l'amour du ciel ! Que veux-tu que je fasse, sinon obéir à la loi ? Et la faire respecter ? »

Il avait l'impression que tout son corps bouillait d'une colère brûlante, en constatant – ou croyant constater – que, pendant des années, elle avait considéré son métier avec mépris.

« Dans ce cas, pourquoi as-tu menti à Ruberti ? » demanda-t-elle.

Sa colère s'évanouit.

« Je ne lui ai pas menti.

– Si. Tu lui as affirmé qu'il y avait eu méprise, qu'il n'avait pas compris ce que j'avais voulu dire. Mais il sait très bien, comme je le sais très bien et comme le sait aussi très bien l'autre policier, ce que j'ai voulu dire et ce que j'ai fait. »

Comme il ne répondait pas, elle se rapprocha de lui.

« J'ai violé la loi, Guido. J'ai brisé leur vitrine, et je recommencerai. Et je continuerai à en briser jusqu'à ce que ta loi, cette précieuse loi dont tu es si fier, fasse quelque chose. Ou à moi, ou à eux. Parce que je ne les laisserai pas continuer à faire ce qu'ils font. »

Il l'attrapa brusquement par les coudes, incapable de retenir son geste. Mais il ne l'attira pas à lui. C'est au contraire elle qui vint vers lui, passa les bras dans son dos et enfonça le visage au creux de son cou. Il l'embrassa sur les cheveux, à plusieurs reprises – puis recula soudain, portant brusquement une main à sa bouche.

« Qu'est-ce qu'il y a ? » demanda-t-elle, soudain effrayée.

Brunetti écarta la main et vit qu'il y avait du sang dessus. Il porta l'index à sa lèvre et sentit quelque chose de dur et d'effilé.

« Non, laisse-moi faire », dit Paola.

Elle enleva son gant droit, l'obligea à incliner la tête et approcha le pouce et l'index des lèvres de son mari.

« Qu'est-ce que c'est ? demanda-t-il.

– Un éclat de verre. »

Il ressentit une brève douleur, puis elle l'embrassa sur la lèvre inférieure, très doucement.

4

En chemin, ils s'arrêtèrent à une pâtisserie et achetèrent tout un plateau de brioches, se donnant l'un à l'autre comme prétexte que c'était pour les enfants, alors qu'ils savaient pertinemment qu'il s'agissait d'une sorte d'offrande symbolique à la paix retrouvée, même si celle-ci était encore fragile.

La première chose que fit Brunetti en arrivant à l'appartement fut de faire disparaître le mot qu'il avait laissé sur la table de la cuisine, poussant la précaution jusqu'à l'enfoncer tout au fond du sac-poubelle, sous l'évier. Puis, marchant sur la pointe des pieds dans le couloir pour ne pas réveiller les enfants, il se rendit jusqu'à la salle de bains, où il prit une douche prolongée, avec l'espoir plus ou moins conscient de se débarrasser des ennuis qui lui étaient tombés dessus de si bonne heure et de manière si inattendue.

Le temps qu'il se rase, s'habille et retourne dans la cuisine, Paola avait mis son pyjama et sa robe de chambre écossaise – une vieille chose en flanelle indestructible qu'elle traînait depuis si longtemps qu'elle ne se souvenait plus où elle avait bien pu l'acheter. Elle était attablée et, une revue étalée sous ses yeux, plongeait une brioche dans un grand bol de café au lait, comme si elle venait tout juste de se lever après avoir passé une longue nuit de sommeil bien reposante.

« Est-ce que je ne suis pas supposé entrer, t'embrasser sur la joue et te dire : *Bonjour, ma chérie, tu as bien dormi ?* » demanda-t-il quand il la vit.

Mais il n'y avait aucune trace de sarcasme, pas plus dans son intonation que dans son intention. S'il avait désiré quelque chose, avec cette remarque, c'était tout au plus de mettre le plus de distance possible avec les événements de la nuit, même s'il savait que ce n'était guère réaliste. Retarder, au moins, les inévitables conséquences du comportement de Paola, même si celles-ci ne se réduisaient qu'à de nouvelles joutes verbales, l'un comme l'autre étant dans l'incapacité d'accepter le point de vue adverse.

Elle leva les yeux, médita un instant ses paroles et sourit, laissant ainsi penser qu'elle aussi ne demandait qu'à prolonger l'armistice.

« Penses-tu rentrer déjeuner, aujourd'hui ? » demanda-t-elle, se levant pour aller prendre la cafetière sur la cuisinière et remplir un autre grand bol.

Elle y ajouta du lait chaud et le posa sur la table, à l'endroit où il s'asseyait d'habitude.

Brunetti ne put s'empêcher de se dire, en prenant place, que la situation était plutôt bizarre, et qu'il était encore plus bizarre qu'ils l'aient tous les deux acceptée aussi aisément. Dans un de ses ouvrages d'histoire, il avait lu comment s'était spontanément instaurée une trêve de Noël, dans les tranchées de la Première Guerre mondiale, entre les Allemands d'un côté et les Franco-Britanniques de l'autre, les Allemands passant d'un côté à l'autre pour allumer les cigarettes qu'ils avaient offertes aux Tommies et aux Poilus, ceux-ci accueillant les Boches avec le sourire. La reprise des bombardements massifs avait mis fin à la trêve. Brunetti se dit que les probabilités que se prolonge cet épisode de calme, entre lui et Paola, n'étaient guère meilleures. Mais autant en profiter pendant qu'il durait, si bien qu'il sucra son café au lait, prit une brioche et répondit :

« Non, il faut que j'aille jusqu'à Trévise pour parler à l'un des témoins de l'attaque de banque. Celle du campo San Luca, la semaine dernière. »

Une attaque de banque était un événement très inhabituel à Venise, et il leur servit de diversion. Brunetti raconta donc par le menu à Paola (alors que tout le monde, dans la ville, avait lu les détails de l'affaire dans les journaux) le peu qu'il savait : un jeune homme armé d'un pistolet était entré dans une banque, trois jours plus tôt, avait exigé qu'on lui remette l'argent et était ressorti en tenant son larcin d'une main, le pistolet dans l'autre, avant de disparaître tranquillement en direction du Rialto. La caméra de surveillance n'avait enregistré qu'une image assez brouillée, qui avait cependant permis à la police de faire une hypothèse d'identification : il se serait agi du frère d'un personnage de la ville qui passait pour avoir des liens étroits avec la Mafia. Le voleur s'était caché le nez et la bouche d'un foulard, mais l'avait enlevé en quittant la banque ; un homme qui avait croisé son chemin à cet instant-là avait parfaitement distingué ses traits.

Le témoin, un pizzaiolo de Trévise venu à la banque pour régler l'échéance d'un emprunt, avait donc très bien vu le voleur, et Brunetti espérait qu'il pourrait le reconnaître parmi les photos de plusieurs suspects possibles réunies par la police. Cela permettrait de procéder à son arrestation, et peut-être même d'obtenir une condamnation. Telle était la tâche qui attendait Brunetti ce jour-là.

Ils entendirent, au fond de l'appartement, une porte qui s'ouvrait et reconnurent la démarche pesante bien caractéristique de Raffi qui, bouffi de sommeil, était en route pour la salle de bains et, espéraient-ils, dans un état de conscience normal.

Brunetti prit une deuxième brioche, étonné de se sentir aussi affamé ; à cette heure-ci, le petit déjeuner était pour lui, en règle générale, une affaire dénuée d'intérêt, à la limite de la corvée. Tandis qu'ils attendaient que montent de nouveaux bruits prouvant que la vie reprenait son cours au fond de l'appartement, ils firent un sort au café et à une bonne partie des brioches.

Brunetti venait juste d'en terminer une troisième lorsqu'une autre porte s'ouvrit. Quelques instants plus tard, on entendit les pas hésitants de Chiara dans le couloir ; puis elle fit son entrée dans la cuisine, se frottant les yeux comme si les ouvrir relevait d'une procédure compliquée nécessitant tout un rituel. Sans un mot, traînant les pieds (elle était nu-pieds), elle traversa la pièce et alla s'asseoir sur les genoux de son père. Elle lui passa un bras autour du cou, enfonçant son visage contre son épaule.

Brunetti la serra dans ses bras et l'embrassa sur les cheveux.

« Tu comptes aller à l'école dans cette tenue, aujourd'hui ? dit-il d'un ton paisible, tout en étudiant les motifs qui ornaient le pyjama de sa fille. Ravissant. Je suis sûr que tes copines de classe vont apprécier. Des ballons… Très élégant, les ballons. Je dirais même chic. Une audace vestimentaire qu'elles devraient toutes t'envier. »

Paola, qui avait levé un instant les yeux sur le tableau que formaient le père et la fille, retourna à son journal.

Chiara se tortilla sur les genoux de Guido, puis se leva pour examiner sa tenue. Mais avant qu'elle ait pu lui répondre quelque chose, Raffi entrait à son tour dans la cuisine, se penchait sur sa mère pour l'embrasser et allait se verser un café. Il y ajouta du lait chaud et revint s'asseoir à la table.

« Dis, papa, tu ne vois pas d'inconvénient à ce que je t'emprunte ton rasoir, n'est-ce pas ?

– Je me demande bien pour quoi faire ! lui lança Chiara. Te couper les ongles ? T'as autant de poils au menton qu'un œuf sur sa coquille… »

Prudente, elle battit en retraite vers son père après avoir lâché sa plaisanterie. Brunetti la pinça avec réprobation à travers la flanelle du pyjama.

Raffi se pencha vers sa sœur par-dessus la table, mais le cœur n'y était pas et sa main n'alla pas plus loin que ce qui restait de la pile de brioches. Il en prit une, la plongea dans son bol et mordit dedans à belles dents.

« Par quel miracle, ces brioches ? » demanda-t-il, la bouche pleine.

Comme personne ne lui répondait, il se tourna vers son père.

« Tu es sorti ? »

Brunetti acquiesça et lâcha Chiara, qui s'était de nouveau pelotonnée entre ses bras ; puis, obligé de la contourner, il se leva.

« Tu as aussi rapporté les journaux ? voulut alors savoir Raffi, toujours la bouche pleine de brioche.

– Non, lui répondit Brunetti en s'éloignant.

– Et pourquoi ?

– J'ai oublié. »

Il avait menti à son fils sans l'ombre d'une hésitation. Dans l'entrée, il enfila son pardessus et quitta l'appartement.

Une fois dehors, il prit la direction du Rialto, suivant l'itinéraire qu'il empruntait depuis des dizaines d'années et connaissait par cœur. La plupart du temps, il tombait sur quelque détail qui avait le don de l'amuser, entre son domicile et la Questure : une manchette particulièrement absurde à la une des journaux, une faute d'orthographe sur l'un des T-shirts de pacotille vendus dans les kiosques placés aux deux extrémités du marché, ou bien le premier arrivage d'un légume ou d'un fruit de saison attendu depuis longtemps. Mais, ce matin-là, il ne remarqua rien de spécial ou d'amusant tandis qu'il traversait les étals, franchissait le pont du Rialto, puis s'engageait dans le dédale de ruelles qui allaient le conduire jusqu'à son lieu de travail.

Pendant une bonne partie du trajet, ses pensées tournèrent autour de Ruberti et de Bellini ; il se demandait si la fidélité à leur supérieur hiérarchique, un supérieur qui les avait traités avec mansuétude et compréhension jusqu'à maintenant, allait peser plus lourd que le serment de fidélité qu'ils avaient fait à l'État. Il supposa que oui, mais, lorsqu'il se rendit compte qu'une telle attitude se rapprochait de l'échelle de valeurs qui avait motivé le comportement de Paola, il s'obligea à penser à autre chose, préférant même s'attarder sur ce qui allait être l'épreuve de la journée : la neuvième « des convocations du personnel [1] » que son supérieur hiérarchique, le vice-questeur Giuseppe Patta, alias *« Il Cavaliere »*, avait cru bon d'instituer dans son fief vénitien, depuis qu'il avait assisté à une conférence d'Interpol, à son quartier général à Lyon.

Dans l'ancienne capitale des Gaules, Patta avait eu tout loisir d'apprécier les spécialités que présentaient les différentes nations de l'Europe actuelle : le champagne et la gastronomie française, bien évidemment, mais aussi le jambon espagnol *jabugo*, la bière anglaise et

1. En Français dans le texte. *(N.d. T.)*

quelques mémorables vieux portos. Il lui était même resté suffisamment de temps pour prendre connaissance, en matière de gestion, des dernières nouveautés présentées par les différentes bureaucraties nationales. À la fin de cette passionnante formation, il était revenu en Italie les valises pleines de saumon fumé écossais et de whisky irlandais, la tête farcie d'idées prétendument nouvelles et progressistes sur la manière de diriger le personnel placé sous ses ordres. La première de celles-ci, et la seule qu'il avait jusqu'ici consenti à révéler au bon peuple de la Questure, était précisément cette « convocation hebdomadaire du personnel[2] » (sans doute trouvait-il la dénomination plus ronflante en français), une réunion interminable au cours de laquelle des questions d'une insignifiance abyssale étaient présentées en détail à l'ensemble du personnel pour être discutées, inventoriées, triturées, disséquées et en fin de compte jetées au rancart par tout le monde.

Lorsque la comédie de ces réunions avait commencé, quelque deux mois auparavant, Brunetti avait alors partagé l'opinion générale : elles n'allaient pas durer plus de deux ou trois semaines. Et néanmoins, après la huitième, la fin de cette insipide corvée administrative n'était toujours pas en vue. À partir de la troisième, Brunetti avait pris le parti d'y lire son journal, initiative à laquelle il avait dû hélas mettre fin devant les remarques répétées et de moins en moins amènes du lieutenant Scarpa, assistant personnel et âme damnée de Patta : quoi, le commissaire Brunetti s'intéressait si peu aux affaires de la ville qu'il préférait lire son journal pendant ces réunions ? Brunetti avait bien essayé d'emporter un livre avec lui, mais il n'en avait pas trouvé d'assez petit pour tenir dans la paume de ses mains.

2. *Id.*

Son salut était venu, comme cela avait si souvent été le cas depuis les trois ou quatre dernières années, de la signorina Elettra. Le matin de la cinquième « convocation », dix minutes avant la réunion, elle était passée dans son bureau et lui avait réclamé dix mille lires sans lui donner la moindre explication.

Brunetti, se gardant bien de lui en demander, lui avait tendu un billet en échange duquel elle lui avait déposé vingt pièces de cinq cents lires dans sa main. Il n'avait pu retenir un regard interrogatif, cette fois, auquel elle avait répondu en posant devant lui une petite carte, à peine plus grande qu'une pochette de CD.

Il avait alors examiné la carte et constaté qu'elle était divisée en vingt-cinq cases égales contenant chacune un mot ou une expression imprimés en lettres minuscules. Il avait dû mettre ses lunettes pour lire certaines de ces formules : « maximiser », « prioritiser », « source externe », « liaison », « interface », « problématique », et toute une flopée de ces expressions à la mode et vides de sens qui ont fait leur apparition dans le jargon administratif branché, ces dernières années.

« Qu'est-ce que c'est que ça ? avait-il fini par demander.

– Le nouveau loto, dottore », fut la réponse elliptique de la signorina Elettra.

Elle concéda à quelques explications :

« Ma mère y jouait. C'est très simple. Il suffit d'attendre que quelqu'un utilise l'un des mots de votre carte – chacune est différente –, et à ce moment-là, vous le couvrez d'une pièce. Le premier qui couvre cinq mots en ligne droite a gagné.

– Gagné quoi ?

– L'argent misé par tous les autres joueurs.

– Et quels autres joueurs ?

– Vous verrez », lui répondit-elle en s'éclipsant, l'appel pour la réunion ayant retenti entre-temps.

Depuis ce jour-là, les « convocations du personnel » étaient devenues un peu plus supportables, du moins pour les participants munis d'une carte.

La première fois, il n'y avait eu que Brunetti, la signorina Elettra et l'un des autres commissaires, une femme récemment revenue de son congé de maternité. Mais depuis, de nouvelles cartes étaient apparues sur les genoux ou dans les carnets de notes d'un nombre croissant de personnes, et chaque semaine Brunetti trouvait aussi amusant de deviner quels étaient les nouveaux possesseurs de carte que de gagner la partie. Chaque semaine également, les termes et expressions changeaient, reflétant fidèlement les engouements en perpétuelle évolution de Patta, ainsi que ses tentatives pour faire étalage de son savoir et de son « multiculturalisme » (formule qui avait aussi fait son apparition sur les cartes) par l'utilisation de mots empruntés à des langues dont il ignorait tout ; on entendit ainsi parler tour à tour de *voodoo economics,* de *pyramid scheme* ou de *Wirtschaftlicher Aufschwung.*

Brunetti arriva à la Questure une demi-heure avant l'heure prévue pour la réunion. Ni Ruberti ni Bellini n'étaient de service à cette heure, et c'est donc un autre agent qui, à sa demande, lui tendit la main courante sur laquelle étaient relevés les différents incidents, délits et crimes de la nuit. Il la parcourut avec toute l'apparence de l'indifférence : il y avait eu un cambriolage à Dorsoduro, chez des gens partis en vacances ; une bagarre dans un bar de Santa Marta entre les matelots d'un cargo turc et deux marins d'un bateau de croisière grec. Il avait fallu conduire trois des protagonistes de l'affaire aux urgences de l'hôpital Giustinian, l'un d'eux avec un bras cassé, mais aucune plainte n'avait été déposée, car les deux navires devaient reprendre la mer l'après-midi même. La vitrine d'une agence de voyages, campo Manin, avait été fracassée par une pierre, mais personne n'avait été arrêté et le geste n'avait pas eu de témoin. Et enfin, on avait forcé le distributeur de préservatifs d'une pharmacie de Cannaregio, probablement avec un tournevis ; d'après les calculs du pharmacien, le voleur avait dérobé dix-sept mille lires et, en prime, seize paquets de préservatifs.

La réunion, lorsqu'elle eut finalement lieu, ne réserva aucune surprise. Au début de la deuxième heure, le vice-questeur Patta annonça que, dans le but de s'assurer qu'elles ne servaient pas à blanchir de l'argent sale, on allait demander aux organisations à but non lucratif d'*access* leurs livres de comptes, pour que les ordinateurs de la police puissent les vérifier. À ce moment-là, la signorina Elettra fit un petit mouvement de la main droite et, regardant Brunetti, lui glissa dans un souffle :

« Bingo !

– Je vous demande pardon, signorina ? » s'interrompit Patta.

Il se rendait vaguement compte, depuis un certain temps, qu'il se passait quelque chose de bizarre, mais il ne savait quoi.

La jeune femme regarda le vice-questeur, lui adressa son plus beau sourire et dit :

« Les Dingos, monsieur.

– Les Dingos ? répéta-t-il, la regardant par-dessus les verres en demi-lune qui étaient sa dernière coquetterie.

– Les dingues de la protection des animaux, vous savez, ceux qui mettent des tirelires dans les boutiques pour recueillir de l'argent destiné à l'entretien des chiens errants. C'est une organisation à but non lucratif. Il n'y a pas de raisons de ne pas la contacter, elle aussi.

– Vous croyez ? demanda Patta, pas certain d'avoir bien entendu ou bien compris ces explications.

– Il vaudrait mieux ne pas les oublier. »

Patta revint aux documents étalés devant lui, et la réunion reprit son cours. Brunetti, le menton posé dans sa main, vit six autres personnes faire de petites piles de pièces devant eux. Le lieutenant Scarpa suivait ce manège avec attention, mais les cartes, jusqu'ici protégées des regards par des mains, des carnets ou des tasses à café, avaient toutes disparu. Ne demeuraient que les pièces – et la corvée de la réunion, qui se traîna pendant encore une mortelle demi-heure.

Juste au moment où l'insurrection était sur le point d'éclater – et une bonne partie des personnes présentes portaient des armes –, Patta enleva ses lunettes et les posa d'un air las sur ses papiers.

« Quelqu'un a-t-il d'autres questions ? » demanda-t-il. Si certains en avaient, ils se gardèrent bien de les poser, rien qu'à l'idée, sans doute, de toutes ces armes prêtes à l'usage. Et la réunion s'acheva. Patta quitta la salle, son fidèle Scarpa sur les talons. Les petites piles de pièces se mirent alors à voyager de table en table, jusqu'à ce qu'elles soient toutes rassemblées sur celle de la signorina Elettra. Avec le geste élégant d'un croupier aguerri, la secrétaire les fit glisser dans sa main et se leva. Cette fois-ci, la réunion était bien terminée.

Brunetti remonta à son bureau en compagnie de la jeune femme, bizarrement réjoui d'entendre le tintement des pièces ; celles-ci déformaient la poche de la veste en soie grise de la secrétaire.

« *Access* ? lui dit-il, utilisant le terme anglais avec un accent nettement meilleur que celui du vice-questeur.

– Langage d'informaticien, monsieur.

– Alors, d'un adjectif, on a fait un verbe ?

– Oui, monsieur, quelque chose comme ça.

– Mais c'est un vrai barbarisme, protesta le commissaire. Pourquoi ne pas utiliser tout simplement "accéder", ou "donner accès" ?

– Je crois que les Américains s'accordent toute liberté pour transformer les mots comme ils le veulent, monsieur.

– Créer un verbe avec un nom ou un adjectif ? Quand ça leur chante ?

– Oui, monsieur.

– Ah... »

Arrivé au premier étage, il lui adressa un signe de tête, et la signorina Elettra se dirigea vers la façade du bâtiment et l'antichambre qui lui servait de bureau, avant celui de Patta. Brunetti continua de grimper l'escalier, réfléchissant à la question des libertés que l'on pouvait prendre avec le langage. Ce qui lui fit penser aux libertés que Paola pensait pouvoir prendre vis-à-vis de la loi.

Une fois dans son bureau, Brunetti referma la porte derrière lui. Quand il se mit à étudier les dossiers disposés devant lui, il eut beau faire, tout le ramenait à sa femme et aux événements de la nuit. Rien ne serait réglé tant qu'ils n'en auraient pas parlé ; et jusque-là, il en serait obsédé. Mais le simple souvenir de ce qu'elle avait osé faire réveilla en lui une colère rentrée tellement brûlante qu'il sentit qu'il n'était pas encore en état d'aborder cette discussion.

Il regarda par la fenêtre, d'un œil distrait, essayant de comprendre les véritables raisons de sa fureur. Le comportement qu'elle avait eu, s'il n'avait eu les moyens d'en effacer les preuves matérielles comme il l'avait fait, aurait pu avoir des conséquences désastreuses sur sa carrière de policier, voire entraîner sa démission. S'il n'avait eu la chance de tomber sur Ruberti et Bellini et d'obtenir leur complicité passive, les journaux n'auraient pas tardé à faire leurs choux gras de cette histoire. Et bon nombre de reporters (Brunetti ne put s'empêcher d'en dresser la liste mentalement, pendant quelques minutes), n'auraient été que trop contents de raconter les « aventures criminelles » de la femme du commissaire. Avec quelques légères retouches, on aurait pu faire de cette formule une jolie manchette.

Il avait réussi à la contrecarrer, au moins pour cette fois. Il se rappelait comment il l'avait prise par les bras, se rappelait la peur qu'elle avait éprouvée. Peut-être que le fait de s'être livrée à un acte de violence, même s'il ne s'agissait que d'une violence commise contre un bien matériel, allait constituer pour elle un geste suffisant contre l'injustice. Et peut-être allait-elle prendre conscience que ses interventions risquaient de mettre en danger la carrière de son mari. Il consulta soudain sa montre, et constata qu'il avait tout juste le temps d'aller jusqu'à la gare pour prendre le train de Trévise. À l'idée de n'avoir à s'occuper que d'une banale attaque de banque, il se sentit envahi d'un agréable sentiment de soulagement.

5

Pendant le voyage de retour depuis Trévise, en cette fin d'après-midi, Brunetti n'éprouva aucun sentiment de triomphe : pourtant, non seulement le témoin avait identifié formellement, sur photo, l'homme soupçonné par la police grâce à l'enregistrement vidéo, mais il avait en outre accepté de témoigner contre lui. En effet, Brunetti s'était vu obligé d'expliquer au témoin qui était exactement le suspect, et les dangers qu'il pourrait encourir à l'identifier et à témoigner contre lui. À sa grande surprise, le signor Iacovantuono, simple cuisinier dans une pizzeria, n'avait pas paru inquiet devant cette perspective ; elle ne sembla même pas l'intéresser. Il avait vu commettre un crime. Il avait reconnu, sur photo, l'homme accusé de l'avoir commis. Pour lui, il était de son devoir, en tant que citoyen, de témoigner contre le criminel en question, quels que soient les risques pour lui-même et sa famille. Tout au plus avait-il eu l'air vaguement intrigué lorsque Brunetti l'avait assuré, avec insistance, qu'il bénéficierait de la protection de la police.

Plus dérangeant encore était le fait que le signor Iacovantuono était natif de Salerne, en Campanie, et donc l'un de ces Méridionaux ayant, du moins statistiquement, certaines dispositions criminelles – un de ces Méridionaux dont la présence ici, dans le nord de l'Italie, passait pour être un facteur de dégradation du tissu social du pays.

« Mais, commissaire, avait-il déclaré avec son accent très prononcé, si nous ne faisons rien contre ces gens, quelle vie vont avoir nos enfants ? »

Brunetti n'arrivait pas à faire taire, dans sa tête, les échos de ces paroles, et commençait à redouter que ses jours ne soient hantés par les aboiements de la meute de chiens que l'acte de Paola, la nuit précédente, avait lâchée dans sa conscience. Les choses avaient paru parfaitement simples au pizzaiolo de Salerne : un crime avait été commis, et il était donc de son devoir, en tant que témoin, de veiller à ce que son auteur soit châtié. Même averti du danger potentiel de son attitude, il était resté inflexible dans sa volonté de faire ce qu'il estimait être juste.

Tandis que les champs plats et mornes, à l'approche de Venise, défilaient à travers les fenêtres du train, Brunetti se demanda comment les choses pouvaient paraître aussi simples aux yeux du signor Iacovantuono, et aussi compliquées aux siens. Le fait qu'il était illégal de piller les banques avait peut-être le don de les simplifier : au fond, tout le monde était d'accord là-dessus. Si aucune loi n'interdisait de vendre des billets d'avion pour la Thaïlande ou les Philippines – aucune n'interdisait non plus d'en acheter. De plus, la législation ne s'occupait pas de ce que les ressortissants du pays pouvaient faire une fois qu'ils étaient à l'étranger ; en tout cas, en Italie, jamais aucune loi n'avait été appliquée à un délit de ce genre. Un peu comme dans le cas de la législation contre le blasphème, on se trouvait dans une sorte de limbes juridiques – jamais preuve de l'existence de ces lois n'avait été concrètement donnée.

Au cours des derniers mois, peut-être même depuis plus longtemps, des articles portant sur la question avaient fleuri dans la presse nationale. Divers experts avaient proposé leurs analyses de ce phénomène international qu'était le tourisme sexuel, des points de vue de la statistique, de la psychologie, de la sociologie, bref, de toutes les manières que journaux et magazines pouvaient imaginer de triturer et de pressurer un thème aussi juteux et racoleur. Brunetti se souvenait de certains articles, ainsi que de photos de jeunes filles prépubères qui auraient « travaillé » dans un bordel cambodgien, leur poitrine à peine naissante un scandale pour ses yeux, leurs petits visages dissimulés par un brouillage électronique.

Il avait aussi lu les rapports d'Interpol sur le sujet, les estimations chiffrées aussi bien du nombre de « clients » que de victimes (il ne voyait pas comment les désigner autrement), estimations qui variaient d'un demi-million, d'un expert à l'autre. Il avait vu ces chiffres, et quelque chose en lui l'avait chaque fois obligé à choisir l'estimation la plus basse, sa vision de l'humanité en aurait, sinon, été souillée.

C'était l'article le plus récent – paru dans *Panorama*, croyait-il se souvenir – qui, pour Paola, avait mis le feu aux poudres. Il avait eu droit à la première salve de sa rage deux semaines auparavant, vocalement si l'on peut dire, car elle l'avait lancée depuis le fond de l'appartement alors que Brunetti se trouvait dans la salle de séjour. C'est ainsi qu'avait été rompue la tranquillité d'un paisible dimanche après-midi, et sans doute bien davantage, craignait à présent le policier.

Il n'avait pas eu besoin de se précipiter jusque dans le bureau de Paola, car celle-ci avait fait une entrée fracassante dans le séjour, brandissant la revue roulée en cylindre dans sa main droite. Elle avait attaqué bille en tête :

« Écoute-moi ça, Guido ! »

Elle avait déroulé le magazine, aplati la page sur son genou et s'était redressée pour lire.

« Un pédophile, comme l'indique la racine du mot, est sans aucun doute quelqu'un qui aime les enfants. »

Elle s'était tue, et avait levé les yeux vers son mari.

« Et un violeur, je suppose, est quelqu'un qui aime les femmes ? dit-il.

– Qui peut croire un truc pareil ? avait-elle repris, toujours aussi véhémentement, ignorant sa remarque. Et c'est l'un des magazines les plus lus dans ce pays – Dieu seul sait pourquoi, d'ailleurs – qui se permet d'imprimer une telle merde ! »

Elle jeta un coup d'œil à l'article et ajouta :

« Et ce type-là serait professeur de sociologie. Seigneur ! A-t-il seulement une conscience, ce taré ? Quand est-ce que quelqu'un, dans ce pays de merde, aura le courage de dire que nous sommes responsables de notre comportement, au lieu de toujours accuser la société, quand ce n'est pas la victime ? »

Brunetti, évidemment incapable de répondre à ce tir de barrage, n'avait même pas fait semblant d'essayer. Il lui avait demandé ce que l'article contenait d'autre.

Elle le lui avait dit, mais sa rage n'avait pas diminué d'un iota, même si elle avait dû, pour lui répondre, retrouver un peu de lucidité. Les choses paraissaient aussi bien organisées qu'un circuit touristique, et l'article passait en revue tous les sites s'étant acquis une douteuse réputation dans ce trafic : Bangkok, Phnom Penh, Manille, avant d'en revenir à l'Europe et de détailler les dernières affaires ayant eu lieu en Belgique et en Italie. C'était surtout le ton de l'article qui la mettait en fureur, ton qui d'ailleurs, reconnut Brunetti, le dégoûtait aussi. Partant des prémisses douteuses que les pédophiles aiment les enfants, le sociologue stipendié par la revue en venait à dire qu'une société permissive était en quelque sorte le terrain qui favorisait ce genre de comportement chez les hommes. Cela tenait en partie, estimait ce sage entre les sages, à la fabuleuse séduction qu'exercent les enfants. À ce stade, Paola s'était littéralement étranglée de rage et avait dû interrompre sa lecture.

« Tourisme sexuel…, avait-elle fini par gronder entre ses dents, les mâchoires tellement serrées que les tendons ressortaient sur son cou.

« Seigneur ! Dire qu'ils peuvent faire une chose pareille : acheter un billet d'avion et faire ce voyage. Et pourquoi ? Pour aller violer des enfants de dix ans ! »

Sur quoi elle avait jeté le magazine sur le canapé et était repartie dans son bureau. C'était au cours de la soirée qui avait suivi, après le dîner, qu'elle avait manifesté l'intention de lutter contre cette industrie.

Brunetti avait pensé qu'elle avait avancé cette idée sous l'effet de la colère ; à présent, rétrospectivement, il se demandait si son refus de la prendre au sérieux n'avait pas eu un effet déclencheur et ne l'avait pas fait franchir le pas, passer du fantasme à l'acte. Il se rappelait lui avoir demandé, d'un ton qui, dans son souvenir, était moqueur et condescendant, si elle envisageait de mettre fin toute seule à ce trafic.

« Sans compter le fait que c'est illégal, dit-il.

– Quoi donc ?

– Eh bien, de lancer des pierres dans les vitrines, Paola.

– Parce que ce n'est pas illégal, de violer des enfants de dix ans ? »

À ce stade Brunetti n'avait pas voulu poursuivre la conversation, et il devait maintenant admettre que c'était parce qu'il n'avait pas su quoi répondre. Non, semblait-il, dans certains endroits du monde, il n'était pas illégal de violer des enfants de dix ans. Alors qu'il était illégal, ici, à Venise, en Italie, de lancer des pierres dans les vitrines ; et que c'était précisément son travail de veiller à ce que les gens ne le fassent pas, ou soient arrêtés s'ils le faisaient.

Le train entra en gare et s'arrêta lentement. De nombreux passagers descendirent sur le quai, tenant à la main des bouquets de fleurs enveloppés dans du papier, ce qui rappela à Brunetti qu'on était le 1er novembre, jour des Morts, date à laquelle la plupart des gens vont déposer des fleurs sur les tombes de leurs chers disparus. Bonne indication du pitoyable état d'esprit dans lequel il se trouvait, il accueillit l'idée des chers disparus comme une agréable distraction. Il n'irait pas au cimetière ; il n'y allait d'ailleurs que rarement.

Il décida de rentrer chez lui à pied plutôt que de retourner à la Questure. Ses yeux ne voyaient rien, ses oreilles n'entendaient rien : il traversa la ville, aveugle et sourd à ses charmes, rejouant dans sa tête les différentes scènes et conversations qui avaient suivi l'explosion initiale de Paola.

Parmi ses nombreuses particularités, Paola comptait l'habitude de se promener dans l'appartement pendant qu'elle se brossait les dents. Il n'avait donc rien trouvé de surprenant à la voir arriver à la porte de leur chambre, trois jours auparavant et, la brosse à dents à la main, lui déclarer tout de go :

« Je vais le faire. »

Brunetti avait tout de suite compris ce qu'elle voulait dire, mais il n'y avait pas cru ; il s'était donc contenté de lui jeter un coup d'œil et de hocher la tête. Puis il n'en avait plus entendu parler, jusqu'à l'instant où le coup de fil de Ruberti, à 3 heures du matin, était venu interrompre son sommeil et mettre à mal sa tranquillité d'esprit.

Il s'arrêta à la pâtisserie située en bas de leur immeuble et acheta un petit sac de *fave*, ces petits gâteaux ronds aux amandes que l'on ne trouve qu'à cette époque de l'année. Chiara les adorait. À peine avait-il eu cette pensée qu'il se disait qu'on aurait pu en dire autant d'à peu près tous les produits comestibles imaginables ; et cette réflexion sur le joyeux appétit de sa fille lui apporta son premier véritable soulagement depuis les événements de la nuit précédente.

Tout était calme à l'intérieur de l'appartement, mais, avec l'ambiance qui régnait actuellement, voilà qui ne signifiait pas grand-chose. Le manteau de Paola était accroché à l'une des patères qui jouxtaient la porte, à côté de celui de Chiara, mais l'écharpe en laine rouge de celle-ci était tombée par terre. Il la ramassa et la déposa sur le manteau, puis il enleva son pardessus et l'accrocha sur la patère voisine. Exactement comme les trois ours, pensa-t-il : maman ours, papa ours et le petit ourson.

Il ouvrit le sac de *fave* et en fit tomber trois dans sa paume, jeta la première dans sa bouche, puis avala aussi les deux autres. Un souvenir lui revint brusquement à l'esprit, vieux de bien des années : un jour, il avait acheté des *fave* pour Paola, alors qu'ils étaient encore tous les deux étudiants à Padoue et vivaient les débuts fervents de leur amour.

« Tu n'en as pas assez, d'entendre parler de Proust chaque fois que les gens mangent une madeleine ou un biscuit ? » lui avait-il demandé en lui tendant les friandises, comme si, par quelque miracle, il avait pu lire dans son esprit.

Une voix dans son dos le fit sursauter et l'arracha à sa rêverie.

« Je peux en avoir, papa ?

– C'est en pensant à toi que je les ai achetées, mon ange », répondit-il.

Il se servit et lui tendit le sac.

« Est-ce que ça t'embête, si je prends seulement celles au chocolat ? »

Il secoua la tête.

« Ta mère est-elle dans son bureau ?

– Vous allez vous disputer ? »

Chiara avait suspendu son geste, gardant la main au-dessus du sac.

– Qu'est-ce qui te fait dire ça ?

– Tu dis toujours *ta mère* en parlant de maman à chaque fois que tu vas te disputer avec elle.

– Heu… j'ai bien peur que oui. Elle est là ?

– Oui… ça va être une dispute sérieuse ? »

Il haussa les épaules. Comment savoir ?

« Parce que si c'est une dispute sérieuse, je vais toutes les manger.

– Pourquoi ?

– Parce que alors on dînera tard. C'est toujours comme ça. »

Il lui chipa encore quelques *fave*, prenant soin de lui laisser celles au chocolat.

« J'essaierai de ne pas me disputer avec elle, dans ce cas.

– Bien. »

Elle fit demi-tour et partit vers sa chambre, emportant le sac de friandises.

Brunetti la suivit un instant plus tard, s'arrêtant à hauteur de la pièce que s'était réservée Paola. Il frappa.

« *Avanti !* » lança-t-elle.

Comme presque chaque fois qu'il rentrait du travail, il la trouva installée à son bureau, les lunettes sur le bout du nez, occupée à lire les copies empilées devant elle. Elle leva les yeux vers lui, lui adressa un authentique sourire et ôta ses lunettes.

58

« Comment ça s'est passé, à Trévise ?

– Exactement le contraire de ce à quoi je m'attendais. Ou le contraire de ce qui aurait dû se passer, si tu préfères. »

Il traversa la pièce pour aller s'asseoir comme d'habitude sur un solide canapé qui n'était plus de la première jeunesse, à la droite de Paola.

« Il va témoigner ?

– Il ne demande que ça. Il a aussitôt identifié le type sur la photo et il va venir demain le voir en chair et en os, mais je dirais qu'il est déjà certain que c'est lui. »

Devant l'air étonné de Paola, il ajouta :

« En plus, il est de Salerne.

– Et il n'a pas rechigné ? » dit-elle, manifestement stupéfaite.

Brunetti acquiesça. Elle voulut en savoir un peu plus.

« Parle-moi de cet oiseau rare.

– Oh, c'est un petit bonhomme d'environ quarante ans ; il a une femme et deux enfants, et il travaille dans une pizzeria de Trévise. Cela fait vingt ans qu'il est dans le Nord, mais il va presque chaque année passer ses vacances en Campanie.

– Sa femme travaille ?

– Oui. Comme femme de ménage dans une école élémentaire.

– Qu'est-ce qu'il fabriquait dans une banque de Venise ?

– Il était venu payer un remboursement d'emprunt, celui de son appartement à Trévise. La banque qui lui avait accordé le prêt a été rachetée par une autre de Venise, et il vient ici une fois par an en personne s'acquitter de sa dette. S'il passait par sa nouvelle banque, à Trévise, on lui prélèverait deux cent mille lires supplémentaires ; c'est pourquoi il préfère prendre un jour de congé pour venir jusqu'ici.

– Et c'est comme ça qu'il s'est retrouvé au milieu d'une attaque de banque. »

Brunetti acquiesça. Paola n'en revenait toujours pas.

« C'est remarquable, qu'il accepte de témoigner. Tu m'as bien dit que le suspect a quelque chose à voir avec la Mafia ?

– Son frère, en tout cas. »

Brunetti garda pour lui sa conviction que, si l'un en faisait partie, l'autre était fatalement mouillé.

« Et ton bonhomme de Trévise le sait ?

– Oui. Je le lui ai dit.

– Et il n'a pas fait marche arrière… »

Comme son mari hochait de nouveau la tête, elle reprit :

« Alors, il y a peut-être de l'espoir pour l'humanité. »

Guido haussa les épaules, conscient qu'il y avait une certaine malhonnêteté de sa part, peut-être même une grande malhonnêteté, à ne pas dire à Paola que Iaco-vantuono lui avait déclaré qu'il fallait se comporter courageusement pour que les enfants aient un avenir meilleur. Il s'enfonça dans le canapé, allongea les jambes et croisa les pieds.

« En as-tu fini ? demanda-t-il, sachant qu'elle comprendrait sa question.

– Je ne crois pas, Guido. »

Elle avait répondu avec hésitation, une note de regret dans la voix.

« Pourquoi ?

– Parce que, quand les journaux vont raconter ce qui s'est passé, ils en parleront comme d'un simple acte de vandalisme dû au hasard, du même niveau que les poubelles renversées ou les sièges lacérés dans les trains. »

Bien que tenté de lui présenter des objections, Brunetti préféra se taire.

« Ce n'est pas un acte fait au hasard, Guido, et ce n'est pas du vandalisme. »

Elle prit son visage entre ses mains qu'elle fit remonter jusqu'à son front. C'est dans cette attitude, tête baissée, qu'elle poursuivit :

« Il faut que le monde sache pour quelle raison cet acte a été commis ; qu'ils apprennent que ces gens font quelque chose qui est à la fois dégoûtant et immoral, et qu'on doit tout mettre en œuvre pour les en empêcher.

– As-tu pensé aux conséquences ? » demanda-t-il alors sans hausser le ton.

Elle le regarda.

« Après vingt ans de vie commune avec un policier, je ne vois pas comment j'aurais pu ne pas y penser.

– Pour toi-même ?

– Bien sûr.

– Et pour moi ?

– Oui.

– Et elles ne t'inquiètent pas ?

– Bien sûr que si. Je n'ai pas envie de perdre mon travail ni de ruiner ta carrière.

– Mais… ?

– Je sais que tu me prends pour une grande hystérique, Guido, dit-elle, enchaînant aussitôt pour ne pas lui laisser le temps de protester : Eh bien, c'est vrai, mais pas tout le temps. Et dans ce cas précis, ce n'est pas pour faire mon intéressante, pas du tout. Je n'ai aucune envie de voir mon nom s'étaler à la une des journaux. En fait, pour être honnête, je dois même avouer que je redoute toutes les histoires que cela va entraîner. Mais il faut que je le fasse. »

Voyant qu'il était sur le point de dire quelque chose, elle leva la main.

« Ce que je veux dire, c'est qu'il faut bien que quelqu'un le fasse, ou, pour employer cette forme passive que tu détestes tant, ajouta-t-elle avec un léger sourire qui demeura sur ses lèvres, il faut que ce soit fait… Je vais écouter tout ce que tu as à me dire, mais je ne crois pas que cela me fera changer d'avis. »

Brunetti décroisa ses pieds pour les croiser dans l'autre sens, le gauche sur le droit, et se pencha un peu de côté. « Les Allemands ont amendé la loi. Ils ont aujourd'hui la possibilité de poursuivre leurs ressortissants pour des crimes commis à l'étranger.

— Je sais. J'ai lu l'article, répondit-elle sèchement.

— Et alors ?

— Et alors ? Un homme a été condamné à deux ou trois ans de prison. *La belle affaire !* comme disent les Français. Ce sont des centaines de milliers d'hommes qui vont tous les ans dans ces pays. Ce n'est pas en mettant un seul individu dans une prison allemande bien éclairée, bien chauffée, avec télévision, où il pourra recevoir la visite de sa femme chaque semaine, qu'on va empêcher tous les autres d'aller en Thaïlande faire du tourisme sexuel.

— Et que comptes-tu faire, toi, pour les en empêcher ?

— Si les avions n'y vont plus, si plus personne ne veut plus prendre le risque d'organiser ces voyages avec chambres d'hôtel, repas et guides pour les conduire dans ces bordels, eh bien, ils seront moins nombreux à y aller. Je sais que cela ne représente pas grand-chose, mais c'est déjà ça.

— Ils iront sans rien demander à personne.

— En moins grand nombre.

— Peut-être, mais ils seront encore nombreux.

— Probablement.

— Alors, pourquoi le faire ? »

Elle secoua la tête avec une certaine irritation.

« C'est peut-être parce que tu es un homme. »

Pour la première fois depuis qu'il était entré dans le bureau, Brunetti sentit l'exaspération le gagner.

« Qu'est-ce que c'est censé vouloir dire ?

– Que les hommes et les femmes ne voient pas le problème de la même façon. Que nous verrons toujours les choses différemment.

– Et pourquoi ? »

Il n'avait toujours pas haussé le ton, mais l'un comme l'autre savaient que la colère venait de se glisser dans la pièce et montait en eux.

« Parce que vous avez beau essayer d'imaginer ce qu'une telle chose signifie, ça se réduira toujours pour vous à un exercice de votre imagination. Ce n'est pas quelque chose qui peut t'arriver, Guido. Tu es grand, tu es costaud, et, depuis l'époque où tu n'étais encore qu'un petit garçon, tu as été habitué à un certain degré de violence : le football, te bagarrer avec les autres – et je ne parle même pas de ta formation de policier. »

Paola se rendit compte qu'il ne l'écoutait plus vraiment. Elle lui avait déjà servi ces arguments, et il n'y avait pas cru. Elle pensait qu'il se refusait même à les entendre, chose, en revanche, qu'elle ne lui avait pas dite.

« Mais c'est différent pour nous, les femmes. Nous passons notre existence à redouter la violence, nous sommes conditionnées à penser aux moyens de l'éviter. Et nous savons toutes pertinemment, en dépit de ça, que ce qui arrive à ces gosses au Cambodge, en Thaïlande ou aux Philippines, pourrait tout aussi facilement nous arriver. C'est aussi simple que ça, Guido : vous êtes grands et forts, nous sommes petites et faibles. »

Il ne répondit rien et elle poursuivit donc.

« Cela fait des années que nous discutons de cette question, Guido, et nous n'avons jamais pu nous mettre vraiment d'accord. Et nous ne le sommes pas davantage aujourd'hui. »

Elle se tut quelques instants, puis demanda :

« J'ai encore deux choses à te dire, après quoi je t'écouterai, tu veux bien ? »

Brunetti aurait aimé répondre d'un ton courtois, ouvert, attentionné ; il aurait aimé dire « Bien entendu, ma chérie », mais tout ce qui put sortir d'entre ses mâchoires crispées fut un « Oui » sec.

« Pense à cet article ignoble, reprit-elle, celui du magazine. Ce torchon est l'une des principales sources d'information du pays et c'est là qu'un sociologue – j'aimerais bien savoir où il enseigne, celui-là, mais je parie que c'est dans une grande université et qu'on le considère comme un expert, et que les gens écoutent ses avis –, c'est là qu'un sociologue, disais-je, ... vient nous raconter que les pédophiles aiment les enfants. Et s'il peut se permettre de proférer une telle énormité, c'est parce que c'est commode que tout le monde le croie. De plus, ce sont les hommes qui dirigent le pays. »

Elle réfléchit quelques instants, puis reprit :

« Je ne suis pas bien certaine que tout cela ait un rapport avec ce dont nous parlions, mais je pense qu'une autre des raisons qui expliquent le gouffre qui nous sépare sur cette question – pas seulement toi et moi, Guido, mais les femmes et les hommes en général – tient au fait que chaque femme sait que le sexe peut lui être très désagréable à vivre dans certaines circonstances, alors que cette idée est impensable pour la plupart des hommes. »

Et, voyant qu'il était sur le point de protester, elle ajouta :

« La femme qui croit que les pédophiles aiment les enfants n'existe pas, Guido. Ils les désirent, ils veulent les dominer, mais ça n'a rien à voir avec de l'amour. »

Il garda la tête baissée. Elle avait relevé la sienne et remarqué son attitude.

« C'était la dernière chose que je tenais à te dire, cher Guido que j'aime de toute mon âme. Que, pour la plupart des femmes, l'amour ne se réduit pas au désir et au besoin de dominer. »

Elle s'arrêta et se mit à examiner sa main droite, tirant distraitement sur une cuticule près de l'ongle de son pouce.

« C'est tout. Fin du sermon. »

Le silence se prolongea pendant un certain temps, jusqu'à ce que Brunetti le rompe, mais avec prudence.

« Est-ce que tu crois que tous les hommes pensent comme ça, ou seulement quelques-uns ? demanda-t-il.

– Seulement quelques-uns, je crois. Les hommes bien, et tu es un homme bien, Guido, ne pensent pas comme ça. N'empêche, ils ne pensent pas pour autant comme nous, comme les femmes, ajouta-t-elle vivement avant qu'il puisse dire quoi que ce soit. Je ne crois pas que l'idée de l'amour en tant que désir, violence, exercice du pouvoir – je ne crois pas que cette idée vous soit aussi étrangère qu'à nous.

– Étrangère aux femmes ? À toutes les femmes ?

– Je le voudrais bien. Non, pas à toutes. »

Il leva les yeux.

« Avons-nous avancé ? Au moins un peu ?

– Je ne sais pas. Mais je tiens à ce que tu saches que c'est une question que je prends très au sérieux.

– Et si je te demandais d'arrêter, de ne plus commettre d'actes semblables ? »

Elle pinça les lèvres d'une manière qu'il connaissait bien – qu'il connaissait depuis toujours, à vrai dire. Elle secoua la tête sans répondre.

« Est-ce que cela signifie que tu ne vas pas arrêter, ou que tu ne veux pas que je te le demande ?

– Les deux.

– Eh bien, je te le demande expressément. »

Ce fut à son tour de lever la main pour l'empêcher de parler.

« Non, Paola, pas un mot ; je sais ce que tu vas me dire et je n'ai pas envie de l'entendre. Mais n'oublie pas, s'il te plaît, que je t'ai demandé de ne pas le faire. Non pas pour moi ou ma carrière. Mais parce que je considère que ce que tu fais et que ce que tu penses qu'il faut faire n'est pas bien.

– Je sais. »

Paola se leva, mais, avant qu'elle s'éloigne de son bureau, il ajouta :

« Et moi aussi, je t'aime de toute mon âme. Et t'aimerai toujours de toute mon âme.

– Ah, ça fait du bien à entendre… et du bien de le savoir. »

Il y avait une note de soulagement dans sa voix, mais il savait d'expérience que quelque remarque ironique, tournant la chose légèrement en dérision, allait sans doute suivre. Et ainsi qu'il en avait toujours été au cours de ces nombreuses années de vie commune, il ne fut pas déçu. « On va pouvoir mettre les couteaux sur la table en toute sécurité, ce soir. »

6

Brunetti, le lendemain matin, n'emprunta pas son itinéraire habituel pour se rendre à la Questure. Après avoir franchi le pont du Rialto, il tourna à droite. Presque tout le monde s'accordait à dire que le Rosa Salva était l'un des meilleurs cafés de la ville, et le policier aimait tout particulièrement ses petits gâteaux à la ricotta. Il s'y arrêta donc pour y prendre un café et une pâtisserie, échanger quelques plaisanteries avec les personnes qu'il connaissait bien, saluer d'un signe de tête celles qu'il ne connaissait que de vue.

Puis, quittant l'établissement, il s'engagea dans la calle della Mandola en direction du campo San Stefano, chemin qui le conduirait finalement jusqu'à la place San Marco. La première petite place qu'il traversa fut le campo Manin. Et la première chose qu'il vit fut une équipe d'ouvriers qui venait de décharger un grand panneau de vitrage arrivé par bateau, et l'installait verticalement sur un chariot de bois, puis se dirigeait vers l'agence de voyages.

Brunetti se joignit aux badauds qui s'étaient rassemblés pour contempler ce spectacle inhabituel. Les ouvriers avaient disposé des chiffons entre le vitrage et son cadre de bois ; ils se tenaient de part et d'autre du chariot, deux de chaque côté. Le cortège s'avança ainsi, majestueusement, vers le trou béant attendant d'être comblé.

Pendant la lente et prudente translation du vitrage, les commentaires allèrent bon train parmi les spectateurs. Pour l'un, les Bohémiens étaient en cause ; le deuxième soutint qu'un employé licencié était « revenu avec un fusil ». Pour le troisième, c'était le propriétaire lui-même qui avait cassé sa vitrine afin de « toucher l'argent de l'assurance ». Un autre les traita tous d'idiots, disant que la boutique avait été frappée par la foudre. Bien entendu, chacun était convaincu de la véracité de sa version et n'avait que mépris pour celle des autres.

Quand le chariot fut à la hauteur de la vitrine, Brunetti s'écarta de la foule et reprit son chemin.

Arrivé à la Questure, il s'arrêta dans la grande salle réservée aux policiers en uniforme pour consulter la main courante de la nuit écoulée. Seuls des incidents mineurs s'étaient produits, et aucun d'entre eux ne l'intéressait. Une fois dans son bureau, il consacra l'essentiel de sa matinée à une tâche apparemment sans fin : faire passer de gauche à droite la pile de documents posée à côté de lui. Un banquier lui avait dit, des années auparavant, que les documents de toutes les transactions bancaires, si anodines soient-elles, devaient être archivés pendant une période de dix ans avant de pouvoir être détruits.

Son esprit se mit à vagabonder, ses yeux quittèrent la page, et il se mit à imaginer l'Italie tout entière recouverte, jusqu'à hauteur des chevilles, d'une marée de paperasses, rapports, copies carbone, photocopies, minuscules reçus de cartes de crédit en provenance de bars, de boutiques, de pharmacies… Et, dans cet océan de papiers, il fallait bien deux semaines à une lettre pour atteindre Rome.

Il fut tiré de sa rêverie par l'arrivée du sergent Vianello, venu lui dire qu'il avait réussi à organiser une

rencontre avec l'un des petits malfrats qui leur servaient parfois d'informateurs. Celui-ci prétendait avoir
quelque chose d'intéressant à échanger, mais, comme il
redoutait d'être vu en compagnie d'un représentant de
la police, Brunetti allait devoir le rencontrer dans un
bar de Mestre ; autrement dit, il lui faudrait prendre le
train jusque dans la ville industrielle après le déjeuner,
et de là, emprunter un autobus pour aller jusqu'au bar :
ce n'était pas le genre d'endroit où l'on arrivait en taxi.

Comme Brunetti en avait eu le pressentiment, l'entrevue ne donna aucun résultat. Encouragé par les articles
de journaux parlant des millions qu'attribuait l'État à
ceux qui donnaient des renseignements sur la Mafia et
acceptaient de témoigner contre elle, le jeune homme
ne réclamait pas moins de cinq millions de lires d'avance
à Brunetti. Prétention absurde et après-midi fichu, mais
au moins avait-il été tenu occupé jusqu'à 16 heures largement passées, heure à laquelle il revint à son bureau
pour y trouver un Vianello passablement agité qui l'attendait.

« Qu'est-ce qui se passe ? demanda Brunetti lorsqu'il
vit l'expression qu'affichait le sergent.

– C'est cet homme de Trévise, monsieur.

– Iacovantuono ?

– Oui.

– Qu'est-ce qui lui arrive ? Il ne veut plus venir ?

– Sa femme a été tuée.

– Comment ça ?

– Elle est tombée dans l'escalier de leur immeuble et
s'est rompu le cou.

– Quel âge avait-elle ?

– Trente-cinq ans.

– Des antécédents médicaux ?

– Aucun.

– Des témoins ? »

Vianello secoua la tête.

« Qui l'a découverte ?

– Un voisin, qui rentrait chez lui pour le déjeuner.

– A-t-il vu quelque chose ? »

Vianello secoua de nouveau négativement la tête.

« Quand est-ce arrivé ?

– D'après le voisin, elle était peut-être encore en vie lorsqu'il l'a trouvée, un peu avant une heure. Mais il n'en est pas sûr.

– A-t-elle déclaré quelque chose ?

– Le voisin a appelé le 113, mais, le temps que l'ambulance arrive, elle était morte.

– Ont-ils interrogé les autres voisins ?

– Qui ça ?

– La police de Trévise, pardi.

– Ils n'ont interrogé personne. Et à mon avis, ils n'interrogeront personne.

– Et pourquoi, pour l'amour du ciel ?

– Ils traitent l'affaire comme un simple accident.

– Évidemment qu'elle a toute l'apparence d'un accident ! » explosa Brunetti.

Vianello ne répondit rien.

« Quelqu'un a-t-il parlé au mari ?

– Il était à son travail quand c'est arrivé.

– Mais lui a-t-on parlé ?

– Non, je ne pense pas, monsieur. Sinon pour lui dire ce qui était arrivé.

– Peut-on avoir une voiture ? »

Vianello prit le téléphone, composa un numéro, parla pendant quelques instants et raccrocha.

« Un véhicule nous attendra piazzale Roma à 17 h 30.

– Il faut d'abord que j'appelle ma femme », dit Brunetti. Paola n'était pas à la maison ; il expliqua donc à Chiara qu'il devait aller à Trévise et rentrerait probablement assez tard à la maison.

Cela faisait plus de vingt ans que Brunetti était policier ; il avait peu à peu développé une sorte de sixième sens, un don de prophétie qui lui permettait souvent de sentir qu'il courait à l'échec avant d'avoir été confronté au moindre indice concret. Il n'avait pas encore mis un pied hors de la Questure qu'il savait déjà que leur incursion à Trévise serait un coup pour rien, et que toutes les chances que Iacovantuono témoigne contre le mafioso venaient de s'évanouir avec la disparition de son épouse.

Il était déjà 19 heures lorsqu'ils arrivèrent sur place ; ce n'est qu'à 20 heures que Iacovantuono se laissa persuader de leur parler, et il était 22 heures quand ils comprirent qu'il leur fallait renoncer définitivement à ce que leur témoin veuille encore avoir affaire à la police. La seule petite chose qui, de toute la soirée, procura à Brunetti un semblant de soulagement ou de satisfaction fut son refus de poser à Iacovantuono la question rhétorique de savoir ce qui arriverait à ses enfants s'il refusait de témoigner. Il n'était que trop évident pour Brunetti, du moins à partir de l'interprétation qu'il donnait des événements, que ce qui leur arriverait était très simple : ils resteraient en vie. Se sentant stupide, ou ridicule, voire les deux, il donna sa carte au pizzaiolo aux yeux rougis, avant de regagner sa voiture avec le sergent.

Après s'être ennuyé ferme pendant deux heures, bras croisés derrière son volant, le chauffeur était de fort méchante humeur ; si bien que sur le chemin du retour Brunetti suggéra de faire un arrêt casse-croûte, conscient du fait que cette pause le ferait arriver chez lui bien après minuit. Finalement, la voiture les laissa piazzale Roma un peu avant 1 heure du matin, mais Brunetti se sentit trop fatigué pour rentrer à pied. Pendant qu'ils attendaient le prochain vaporetto, Vianello et lui eurent une conversation à bâtons rompus qu'ils poursuivirent dans la cabine, tandis que le bateau avançait majestueusement au milieu du plus beau canal du monde.

Brunetti descendit à San Silvestro, totalement insensible à la beauté du clair de lune qui inondait la ville. Il n'avait qu'une envie, retrouver sa femme et son lit, oublier le regard triste de Iacovantuono, un regard qui avait tout compris. Dans l'entrée, il accrocha son manteau à la patère libre et s'avança dans le couloir jusqu'à leur chambre. Aucune lumière ne filtrait sous les portes de Chiara et Raffi, mais il entrebâilla néanmoins chaque battant pour s'assurer qu'ils dormaient l'un et l'autre.

Il ouvrit le plus silencieusement possible la porte de la chambre conjugale, espérant pouvoir se déshabiller à la lumière venant du couloir sans déranger Paola. Mais ce fut peine perdue : le lit était vide. Aucune lumière ne filtrait sous la porte du bureau, mais il vérifia néanmoins que la pièce était déserte. Rien n'était allumé dans les autres pièces de l'appartement, ce qui ne l'empêcha pas d'aller jusque dans la salle de séjour, espérant (tout en sachant combien cet espoir était vain) qu'il allait trouver sa femme endormie sur le canapé.

La seule lumière qui brillait, dans cette dernière pièce, était le clignotant rouge du répondeur. Il y avait trois messages. Le premier était celui qu'il avait laissé lui-même de Trévise, vers 22 heures, pour avertir Paola qu'il allait rentrer encore plus tard que prévu. Pour le deuxième, le correspondant avait simplement raccroché ; quant au troisième, comme il l'avait redouté, il était en provenance de la Questure. Pucetti lui demandait de rappeler dès qu'il serait de retour chez lui.

Ce qu'il fit, utilisant la ligne directe du living. On décrocha à la deuxième sonnerie.

« Pucetti ? Commissaire Brunetti à l'appareil. De quoi s'agit-il ?

– Je crois qu'il vaudrait mieux que vous veniez, commissaire.

– Qu'est-ce qui se passe, Pucetti ? » réitéra Brunetti.

Il avait cependant parlé d'une voix lasse, nullement brusque ou impérieuse.

« C'est votre femme, monsieur.

– Qu'est-ce qui s'est passé ?

– Nous l'avons arrêtée, monsieur.

– Je vois. Peux-tu m'en dire un peu plus ?

– Je crois vraiment qu'il vaudrait mieux que vous veniez, monsieur.

– Est-ce que je peux lui parler ?

– Bien sûr », répondit Pucetti, avec un soulagement perceptible dans la voix.

Il n'attendit qu'un bref instant.

« Oui ? » fit Paola.

Il se sentit brutalement envahi par un sentiment de rage. Elle se fait arrêter, et voilà qu'elle joue encore à la prima donna !

« Paola ? J'arrive. Tu as recommencé ?

– Oui. »

Elle n'en dit pas davantage.

Il reposa le combiné, passa dans la cuisine où il mit un mot en évidence pour les enfants et laissa la lumière allumée. Puis il partit pour la Questure, le cœur encore plus lourd que les pieds.

Une petite pluie fine avait commencé à tomber, un crachin, à vrai dire, comme si l'air se liquéfiait. Il releva machinalement le col de son manteau.

Il lui fallut un quart d'heure pour arriver à la Questure. Un jeune policier en uniforme, à la mine particulièrement inquiète, attendait à la porte ; il lui ouvrit et le salua avec une rigidité qui paraissait déplacée à une heure pareille. Brunetti lui adressa un signe de tête, incapable de se souvenir de son nom alors qu'il était certain de le connaître, et attaqua l'escalier.

À son entrée, Pucetti se leva et le salua. Paola le regarda de sa place, en face du policier, mais ne lui sourit pas.

Brunetti s'installa sur une chaise, du même côté du bureau que Paola, et tira à lui le formulaire d'arrestation posé sur le meuble. Il le lut lentement.

« Vous l'avez trouvée là-bas, campo Manin ? demanda Brunetti.

– Oui, monsieur », répondit Pucetti, qui se tenait toujours debout.

Brunetti lui fit signe de s'asseoir ; le jeune policier s'exécuta avec une timidité manifeste.

« Qui était avec toi ?

– Landi, monsieur. »

Voilà qui réglait la question, pensa Brunetti, repoussant le papier sur le bureau.

« Qu'est-ce que vous avez fait ?

– Nous sommes revenus ici, monsieur, et nous lui avons demandé… enfin, nous avons demandé à votre femme de nous présenter sa carte d'identité. Quand elle nous l'a donnée et qu'on a vu qui elle était, Landi a appelé le lieutenant Scarpa. »

Landi n'aurait pu agir autrement, comme le savait le commissaire.

« Pourquoi êtes-vous revenus tous les deux ici ? Pourquoi l'un de vous n'est-il pas resté sur place ?

– L'un des hommes de la Guardia di San Marco a entendu l'alarme et est venu ; nous l'avons chargé d'attendre l'arrivée du propriétaire.

– Je vois, je vois… Le lieutenant Scarpa est-il venu ?

– Non, monsieur. Landi lui a parlé au téléphone. Mais il n'a donné aucun ordre, il nous a simplement laissés procéder de la manière normale. »

Brunetti se fit la réflexion qu'il n'y avait pas de manière normale, probablement, d'arrêter l'épouse d'un commissaire de police, mais il la garda pour lui et se leva, jeta un coup d'œil à Paola et, pour la première fois depuis son arrivée, lui adressa la parole.

« Je crois qu'on peut y aller à présent, Paola. »

Elle ne répondit pas, mais se leva aussitôt.

« Je vais la ramener à la maison, Pucetti. Nous reviendrons demain matin. Si le lieutenant Scarpa te pose la question, c'est ce que tu lui diras. D'accord ?

– Bien entendu, monsieur. »

Le jeune policier voulut ajouter quelque chose, mais Brunetti l'interrompit d'un geste.

« C'est bien, Pucetti, c'est bien. Tu n'avais pas le choix. »

Il jeta un nouveau coup d'œil à Paola et ajouta :

« De toute façon, ça devait arriver un jour ou l'autre. »

Il essaya de sourire à son subordonné.

Quand ils furent au bas de l'escalier, le policier de garde à l'entrée avait déjà la main sur la poignée de la porte. Brunetti laissa passer Paola devant lui, fit un vague salut au jeune homme sans le regarder et sortit dans la nuit. Le crachin les enveloppa immédiatement, transformant aussitôt leur haleine en petits nuages. Ils marchèrent côte à côte, l'épée de la discorde aussi dense et palpable entre eux qu'était visible leur souffle dans l'air.

7

Ni l'un ni l'autre n'ouvrirent la bouche sur le chemin du retour, et ils dormirent très mal tous les deux, leurs rares moments de sommeil troublés de rêves pénibles. Deux ou trois fois, tandis qu'ils dérivaient entre périodes d'éveil et phases d'oubli, leurs corps s'étaient rapprochés, mais sans l'abandon qui caractérisait une longue familiarité de contact. Au contraire, même : ce contact aurait pu être celui d'un étranger, et l'un comme l'autre y réagissaient en s'éloignant. Mais ils eurent la délicatesse de ne pas le faire brusquement, de ne pas sursauter comme s'ils étaient choqués ou horrifiés de se retrouver collé à cet étranger venu se glisser dans le lit conjugal. Peut-être aurait-il été plus simple de laisser la chair se faire le porte-parole de leurs sentiments, mais ils réussirent à contrôler tous les deux cette pulsion, à la contrecarrer au nom de la loyauté qu'ils se devaient mutuellement et puisait sa source dans le souvenir de leur amour, qu'ils redoutaient d'avoir plus ou moins mis à mal.

Brunetti s'obligea à attendre que les cloches de San Polo sonnent leurs sept coups pour se lever, refusant de le faire avant, mais elles n'en étaient pas encore au sixième qu'il était déjà dans la salle de bains, où il s'attarda sous la douche, comme si l'eau pouvait le débarrasser de la crasse de la nuit, de la pensée de Landi et Scarpa ainsi que de ce qui l'attendait à la Questure, ce matin-là.

Tandis que l'eau ruisselait sur son corps, il songea qu'il lui faudrait dire quelque chose à Paola avant de quitter la maison – mais quoi? Il n'en avait pas la moindre idée. Il décida que cela dépendrait du comportement de sa femme lorsqu'il retournerait dans la chambre, mais elle n'y était plus lorsqu'il y revint. Elle se trouvait déjà dans la cuisine, d'où lui parvenaient les bruits familiers de l'eau, de la cafetière, d'une chaise qui raclait le sol. Il s'y rendit tout en nouant sa cravate et la vit assise à sa place habituelle, remarqua les deux grands bols disposés à leur emplacement tout aussi habituel sur la table. Il serra le nœud de sa cravate et se pencha pour l'embrasser sur le sommet de la tête.

« Pourquoi as-tu fait ça? » demanda-t-elle, passant un bras autour d'une des cuisses de son mari et l'attirant à elle.

Il se pencha de nouveau vers elle, mais ne la toucha pas.

« Sans doute par habitude, répondit-il.

– Par habitude? se rebiffa-t-elle, déjà prête à prendre la mouche.

– Par habitude de t'aimer.

– Ah… », dit-elle, mais ce qu'elle était sur le point d'ajouter fut interrompu par le sifflement de la cafetière.

Elle versa le café dans les bols, y ajouta le lait fumant, du sucre, et remua le mélange. Il resta debout pour le boire.

« Qu'est-ce qui va se passer? demanda-t-elle après avoir pris sa première gorgée.

– Comme c'est ton premier délit, je suppose que tu auras droit à une amende.

– C'est tout ?

– C'est bien suffisant.

– Et toi ?

– Tout dépend de la façon dont les journaux vont présenter les choses. Je connais quelques journalistes qui attendent depuis des années une affaire de ce genre. »

Avant qu'il ait eu le temps d'imaginer la liste des manchettes possibles, elle reprit la parole :

« Je sais, je sais… », ce qui leur épargna à tous les deux cette énumération.

« Mais il y a tout autant de chances que tu te retrouves transformée en héroïne, la Rosa Luxemburg de l'industrie du sexe. »

Tous les deux sourirent, mais c'était sans ironie.

« Ce n'est pas ce que je cherche, Guido. Tu le sais bien. »

Et avant qu'il ait pu lui demander ce qu'elle cherchait, justement, elle ajouta :

« Je veux simplement les arrêter. Je veux qu'ils aient tellement honte de ce qu'ils font qu'ils se sentent obligés d'arrêter.

– Qui ? Les voyagistes ?

– Oui, eux. »

Elle médita quelques instants, tenant son bol de café à deux mains et buvant à petites gorgées. Quand elle l'eut presque vidé, elle ajouta :

« Mais je préférerais qu'ils aient tous honte de ce qu'ils font.

– Les hommes qui font du tourisme sexuel ?

– Oui, tous.

– Il n'y a guère de chances que ça arrive, Paola, quoi que tu fasses.

– Je sais. »

Elle finit son café et se leva pour en refaire.

« Non, dit Brunetti. Je m'arrêterai en chemin dans un bar.

– Il est tôt.

– Il y en aura bien un d'ouvert.

– Comme tu voudras. »

Il n'eut en effet aucun mal à en trouver un, et il but lentement son café pour retarder le moment d'arriver à la Questure. Il acheta le *Gazzettino*, même s'il savait qu'il était impossible que l'information figure déjà dans ses colonnes. Elle y ferait son apparition demain. Il n'en regarda pas moins toutes les manchettes, et éplucha la partie consacrée aux nouvelles locales. Mais il n'y avait rien.

L'homme de garde devant la Questure n'était plus le même. Comme il n'était pas encore tout à fait 8 heures, il dut déverrouiller la porte pour laisser entrer Brunetti, qu'il salua au passage.

« Vianello est-il arrivé ? demanda-t-il au policier.

– Non, monsieur, je ne l'ai pas vu.

– Dis-lui que j'aimerais qu'il monte à mon bureau dès son arrivée, d'accord ?

– Oui, monsieur. »

Nouveau salut.

Brunetti emprunta l'escalier du fond. Il y croisa Marinoni, la femme commissaire qui venait juste de revenir de congé de maternité ; elle le salua, et lui dit seulement qu'elle avait entendu parler de ce qui était arrivé à l'homme de Trévise et qu'elle était désolée pour lui.

Dans son bureau, il accrocha son pardessus au portemanteau, s'assit et rouvrit le *Gazzettino*. Il n'y trouva que la « soupe » habituelle : des magistrats enquêtant sur d'autres magistrats, d'anciens ministres lançant des accusations contre d'autres anciens ministres, des émeutes en Albanie, le ministre de la Santé exigeant une enquête sur la fabrication de faux produits pharmaceutiques pour le tiers-monde.

Dans la deuxième section du journal, page 3, se trouvait un article sur la mort de la signora Iacovantuono. *Casalinga muore cadendo per le scale* (Une ménagère se tue en tombant dans un escalier). Tu parles.

Il n'était question que de cette version de « l'accident » survenu la veille : elle était tombée, le voisin l'avait trouvée au pied de l'escalier, les secouristes l'avaient déclarée décédée. L'enterrement allait avoir lieu demain.

Il finissait de lire l'article lorsque Vianello frappa à la porte et entra. Il suffit à Brunetti de jeter un coup d'œil à son expression pour être fixé.

« Qu'est-ce qu'ils disent ?

– Landi s'est mis à en parler dès que le personnel a commencé à arriver, mais Ruberti et Bellini n'ont pas dit un mot. Les journaux n'ont pas encore appelé.

– Scarpa ?

– Il n'est pas encore là.

– Qu'est-ce que Landi raconte ?

– Qu'il a ramené votre femme ici, la nuit dernière, après qu'elle a démoli la vitrine de l'agence de voyages, campo Manin. Et que vous êtes venu la chercher et êtes reparti sans avoir rempli les formulaires. Il se prend pour un avocat général et prétend que, techniquement, elle est en fuite. »

Brunetti plia le journal en deux, puis encore en deux. Il se rappela avoir dit à Pucetti qu'il reviendrait ce matin avec sa femme, mais il avait du mal à croire que son absence permettait de la ranger dans la catégorie des délinquants en fuite.

« Je vois. »

Il resta un long moment silencieux avant de demander :

« Combien sont au courant, pour la première fois ? »

Vianello réfléchit quelques instants avant de répondre.

« Officiellement, personne n'est au courant. Officiellement, il ne s'est rien passé.

– Ce n'est pas ce que je t'ai demandé.

– À mon avis, ceux qui ne devraient pas être au courant ne sont pas au courant », dit alors Vianello, manifestement peu désireux de s'expliquer davantage.

Brunetti ne savait s'il devait remercier le sergent, ou encore Ruberti et Bellini.

« A-t-on quelque chose de la police de Trévise, ce matin ? se contenta-t-il de demander.

– Iacovantuono est passé dans leur bureau pour dire qu'il n'était plus tout à fait certain de l'identification qu'il avait faite la semaine dernière. Il pense qu'il s'est trompé, tellement il avait eu peur. Mais maintenant, il est sûr que le voleur était rouquin. Il s'en serait souvenu il y a quelques jours, mais n'avait pu se résoudre à le dire à la police.

– Jusqu'à la mort de sa femme ? »

Vianello ne répondit pas à la question, mais en posa une autre après un instant.

« Et vous, monsieur, qu'auriez-vous fait, si… ?

– Si quoi ?

– Si vous aviez été à sa place ?

– Je me serais sans doute souvenu aussi que le type était rouquin. »

Le sergent enfonça les poings dans les poches de sa veste d'uniforme et hocha la tête.

« Comme tout le monde, j'en ai bien peur. Et en particulier comme tous ceux qui ont une famille, non ? »

L'Interphone de Brunetti retentit. Il décrocha, écouta pendant quelques instants, raccrocha et se leva.

« Le vice-questeur. Il veut me voir. »

Vianello remonta sa manche pour consulter sa montre. 9 h 15.

« Je suppose que cela explique où était passé le lieutenant Scarpa. »

Brunetti disposa le journal exactement au milieu de son bureau et quitta la pièce. La signorina Elettra était à sa place à côté de la porte de Patta, devant son ordinateur ; mais l'écran était vide. Elle leva les yeux sur le commissaire, pinça sa lèvre inférieure entre ses dents et haussa les sourcils. Attitude qui aurait pu traduire de la surprise, mais tout aussi bien le genre d'encouragement qu'un étudiant adresse à un autre lorsqu'il a été convoqué par le censeur.

Brunetti ferma les yeux une seconde et sentit ses lèvres se serrer. Il ne dit rien à la secrétaire, alla frapper à la porte et entra après qu'une voix eut lancé un *« Avanti ! »* sonore. Il s'était attendu à ne trouver que son supérieur et ne put donc cacher sa surprise, lorsqu'il se retrouva face à quatre personnes : le vice-questeur Patta, bien entendu, mais aussi le lieutenant Scarpa, assis à la gauche de son patron, à la place exacte que l'on attribue à Judas dans les peintures représentant la Cène, et deux autres personnes, deux hommes dont l'un approchait de la soixantaine et l'autre avait probablement une dizaine d'années de moins. Brunetti n'eut pas le temps de les étudier, mais il eut sur-le-champ l'impression que c'était le plus âgé qui avait la maîtrise de la situation, même si le plus jeune paraissait plus attentif.

Patta attaqua sans faire de préambule.

« Commissaire Brunetti, je vous présente le dottor Paolo Mitri, dit-il avec un geste élégant de la main en direction de l'homme le plus âgé, et son avocat, Mᵉ Giuliano Zambino. Nous vous avons fait venir pour discuter des événements de la nuit dernière. »

Il y avait une cinquième chaise, un peu à gauche de l'avocat, mais personne ne suggéra à Brunetti de s'y installer. Celui-ci adressa un signe de tête aux deux hommes.

« Le commissaire pourrait peut-être s'asseoir ? » suggéra le dottor Mitri, montrant la chaise vide.

Patta acquiesça et Brunetti prit le siège restant.

« Vous savez pour quelle raison vous êtes ici, je suppose, dit le vice-questeur.

— J'aimerais que cela me soit dit clairement. »

Patta se tourna vers son lieutenant, et c'est ce dernier qui prit alors la parole.

« La nuit dernière, vers minuit, j'ai reçu un coup de téléphone d'un de mes hommes. La vitrine d'une agence de voyages située campo Manin – agence de voyages dont le dottor Mitri est le propriétaire, ajouta-t-il avec un petit mouvement de la tête en direction de l'homme – avait été une nouvelle fois détruite par des vandales. Il m'a dit qu'un suspect avait été arrêté sur place et conduit à la Questure, et que ce suspect n'était autre que l'épouse du commissaire Brunetti.

— C'est vrai ? l'interrompit Patta, s'adressant à Brunetti.

— Je n'ai aucune idée de ce qu'a pu déclarer le policier Landi au lieutenant Scarpa la nuit dernière, répondit calmement Brunetti.

— Ce n'est pas ce que j'ai voulu dire, intervint encore Patta avant que Scarpa ait pu reprendre la parole. Était-ce votre femme ?

— Dans le rapport que j'ai lu cette nuit, déclara toujours aussi calmement Brunetti, le policier Landi donne en effet son nom et son adresse, et a écrit qu'elle avait reconnu avoir brisé la vitrine.

— Et l'autre fois ? » demanda Scarpa.

Brunetti ne prit pas la peine de lui demander de quelle autre fois il voulait parler.

« Que voulez-vous dire ?

— Était-ce aussi votre femme ?

— C'est à elle qu'il faudra le demander, lieutenant.

— Je le ferai. Vous pouvez être certain que je le ferai. »

Le dottor Mitri toussota, une main devant la bouche.

« Je pourrais peut-être me permettre d'intervenir ici, Pippo », dit-il à Patta.

Le vice-questeur, apparemment flatté de se faire adresser la parole sur un tel ton d'intimité, accepta la proposition d'un signe de tête.

Mitri retourna son attention sur Brunetti.

« J'ai la conviction, commissaire, qu'il pourrait être utile que nous en venions à un compromis dans cette affaire. »

Brunetti le regarda, mais ne répondit rien.

« Les dommages sont considérables pour l'agence : le remplacement de la première vitrine m'a coûté presque quatre millions de lires, et je suppose que le prix sera le même cette fois. Et il faut aussi prendre en considération la perte de chiffre d'affaires due au fait que l'agence est obligée de rester fermée en attendant ce remplacement. »

Il marqua un temps d'arrêt, comme s'il attendait une réaction de Brunetti, mais celui-ci continua à garder le silence, et Mitri enchaîna.

« Comme personne n'a été appréhendé la première fois, je suppose que mon assurance prendra en charge le remboursement des dégâts et peut-être même une partie des pertes en termes de chiffre d'affaires. Tout cela prendra cependant un temps considérable, bien entendu, mais je suis certain que nous arriverons à trouver un accord. En fait, j'en ai déjà parlé à mon agent, qui m'a confirmé que cela ne devrait pas poser de problème. »

Brunetti l'écoutait, prenant conscience de la confiance en soi qui émanait de cet homme manifestement habitué à ce qu'on lui prête une oreille attentive ; l'assurance et le sentiment d'importance qui rayonnaient de lui avaient quelque chose de presque palpable. Il se dégageait une impression identique du reste de sa personne : cheveux coupés au rasoir, plus court que ce qui était à la mode, hâle léger, ongles manucurés par une professionnelle. Il avait des yeux brun clair, presque de la couleur de l'ambre, et une voix extrêmement agréable, pleine de séduction. Comme il était assis, Brunetti avait du mal à estimer sa taille, mais il devait être grand : il avait les bras longs et des jambes de coureur de fond.

Pendant tout ce temps, l'avocat se tut, simplement attentif à ce que disait son client.

« Est-ce que vous m'écoutez, commissaire ? demanda Mitri, n'appréciant peut-être pas la manière dont Brunetti l'examinait.

– Oui.

– Dans le deuxième cas, les choses sont et seront différentes. Étant donné que votre épouse semble avoir admis que c'est elle qui a cassé le vitrage, il me paraît relever de la simple justice que ce soit elle qui paie les dégâts. C'est pourquoi j'ai demandé à vous parler.

– Ah bon ?

– J'ai pensé que nous pourrions nous entendre.

– J'ai bien peur de ne pas comprendre », dit Brunetti, se demandant jusque dans quels retranchements il pouvait pousser cet homme, et ce qui se passerait s'il allait trop loin.

La voix de Mitri se tendit, mais le ton resta cependant courtois :

« Je tiens à régler cette question comme il sied entre personnes de bonne compagnie, reprit-il avec un signe de tête en direction de Patta. J'ai l'honneur d'être l'ami du vice-questeur, et j'aimerais autant ne pas mettre la police dans l'embarras avec cette affaire. »

Voilà, se dit Brunetti, qui pouvait expliquer le silence de la presse.

« J'ai donc pensé que nous pourrions trouver un compromis honorable pour les deux parties et ne pas compliquer inutilement les choses. »

Brunetti se tourna vers Scarpa.

« Est-ce que ma femme a expliqué son geste à Landi, la nuit dernière ? »

Pris au dépourvu par la question, le lieutenant jeta un rapide coup d'œil à Mitri, et celui-ci répondit à la place du policier.

« Je crains que cela ne soit sans importance, pour le moment. Ce qui compte est qu'elle a reconnu son délit. Je crois, ajouta-t-il en se tournant de nouveau vers Patta, qu'il est dans l'intérêt de tout le monde que l'affaire soit réglée tant que c'est encore possible. Je suis sûr que tu es d'accord avec ça, Pippo. »

Le vice-questeur s'autorisa un « Bien entendu » sec.

Mitri revint à Brunetti.

« Si vous êtes d'accord avec moi, nous pouvons poursuivre. Sinon, j'ai bien peur d'avoir perdu mon temps.

— Je n'ai toujours pas très bien compris sur quoi vous voudriez que nous tombions d'accord, dottor Mitri.

— Sur quoi ? Sur le fait que votre femme paiera pour les dégâts causés à ma vitrine et pour le manque à gagner entraîné par la fermeture de l'agence pendant les travaux de réparation.

— Je ne peux pas vous le garantir.

— Et pourquoi pas ? répliqua Mitri d'un ton de plus en plus impatient.

— Parce que cela ne me regarde en rien. Si vous avez envie d'en discuter avec ma femme, vous avez assurément toute liberté de le faire. Mais je ne peux pas prendre de décision à sa place, *a fortiori* une décision de ce genre. »

Brunetti avait le sentiment de s'être exprimé avec modération, et que son ton avait été aussi raisonnable que ce qu'il avait dit.

« Mais quel genre d'homme êtes-vous ? » s'exclama Mitri, ne pouvant plus contenir sa colère.

Brunetti se tourna vers Patta.

« Puis-je encore vous être utile d'une manière ou d'une autre, vice-questeur ? »

Il Cavaliere était trop stupéfait ou peut-être trop en colère pour répondre ; si bien que Brunetti se leva et sortit rapidement du bureau.

8

En réponse aux sourcils levés et à la bouche en cul-de-poule de la signorina Elettra, Brunetti n'eut qu'un bref et ambigu mouvement de tête pouvant laisser entendre qu'il s'expliquerait plus tard. Il retourna dans son bureau tout en réfléchissant à la véritable signification de la petite comédie qu'on venait de lui jouer.

Mitri, qui faisait étalage de son amitié avec Patta, devait sans aucun doute disposer d'une certaine influence – sinon d'une influence certaine – pour être capable d'empêcher les journaux de parler d'une histoire aussi potentiellement explosive. Car, comme scandale, c'était du premier choix, avec tous les ingrédients qu'un journaliste pouvait désirer : du sexe, de la violence, la police compromise. Et s'ils parvenaient à découvrir de quelle façon la première attaque de Paola avait été dissimulée, ils pourraient offrir à leurs lecteurs la cerise sur le gâteau : policiers corrompus, abus de pouvoir.

Quel rédacteur en chef renoncerait à une affaire aussi juteuse ? Quel journal pourrait se refuser le plaisir de publier un tel sujet ? Sans compter que Paola était aussi la fille du comte Orazio Falier, l'un des citoyens les plus connus et certainement les plus riches de la ville.

C'était tellement beau qu'aucun journal, aucun, ne pourrait y résister.

Ce qui signifiait que, si l'affaire n'éclatait pas dans les journaux, c'est qu'il y avait une contrepartie. À moins, pensa-t-il après quelques instants de réflexion supplémentaires, que cette contrepartie ne soit un cadeau aux autorités, celles qui étaient capables d'empêcher la publication de l'histoire. Ou alors, elle avait été déclarée intouchable, habillée sous quelque raison d'État et donc interdite à la presse. Mitri ne lui avait pas semblé homme à disposer d'un pouvoir aussi exorbitant, mais, dut se rappeler Brunetti, c'est précisément la force de tels personnages que de passer inaperçus. Il lui suffisait d'évoquer le nom d'un ancien politicien dont le procès était en cours, avec pour chef d'inculpation *« Association avec la Mafia »*; or, l'apparence physique de cet homme en avait fait la cible préférée des dessinateurs humoristiques pendant des dizaines d'années. On n'imagine pas, en général, qu'un homme à l'aspect aussi inoffensif puisse disposer d'un grand pouvoir, mais Brunetti ne doutait pas qu'un battement de paupières de ces yeux couleur d'ambre puisse entraîner la ruine et la destruction de quiconque s'opposerait à lui, même de la manière la plus anodine.

Il y avait eu autant de provocation que de sincérité de la part de Brunetti, lorsqu'il avait affirmé ne pouvoir prendre d'engagement à la place de Paola; mais il se rendait compte, à la réflexion, que ça n'avait pas été des paroles en l'air : il le pensait vraiment.

Mitri était venu dans le bureau du vice-questeur escorté d'un avocat que Brunetti connaissait, du moins de réputation. Il lui semblait se souvenir que Zambino s'occupait plutôt, d'ordinaire, de droit des sociétés, et travaillait la plupart du temps pour les grandes entreprises situées sur la terre ferme. Peut-être vivait-il à Venise, mais un si petit nombre d'entreprises s'y trouvaient encore que l'avocat, au moins sur un plan professionnel, avait été forcé de suivre l'exode pour pouvoir continuer à exercer.

Pour quelle raison Mitri avait-il fait appel à lui dans une affaire qui relevait du droit commun ? Pour quelle raison l'intéresser à un cas qui était un délit passible de la correctionnelle ? Zambino avait la réputation, se rappela-t-il, d'un homme pas commode et qui aurait eu quelques ennemis ; il n'avait cependant pas dit un mot durant toute l'entrevue dans le bureau de Patta.

Par l'Interphone, le commissaire demanda à Vianello de venir dans son bureau. Lorsque le sergent arriva quelques minutes plus tard, il lui fit signe de s'asseoir.

« Qu'est-ce que tu sais d'un certain dottor Paolo Mitri et de l'avocat Giuliano Zambino ? »

Sans doute Vianello devait-il avoir appris le nom des deux hommes par quelque autre canal, car sa réaction fut immédiate.

« Zambino habite à Dorsoduro, pas loin de la Salute. Immense appartement, dans les trois cents mètres carrés. Il s'est spécialisé dans le droit commercial et des affaires. La plupart de ses clients sont sur le continent : chimie, pétrochimie, produits pharmaceutiques ; également une usine qui fabrique du matériel lourd pour les grands travaux de terrassement. L'une des sociétés de chimie pour laquelle il travaille a été poursuivie pour avoir déversé de l'arsenic dans la lagune il y a trois ans. Il l'a sortie de là avec une amende de trois millions de lires et la promesse de ne pas recommencer. »

Brunetti l'avait écouté sans l'interrompre, se demandant si la signorina Elettra ne serait pas, par hasard, à la source de ces informations.

« Et Mitri ? »

Brunetti se rendait compte que Vianello déployait de grands efforts pour dissimuler sa fierté d'avoir rassemblé aussi rapidement tous ces renseignements, et c'est avec le même empressement qu'il enchaîna :

« Il a débuté dans l'une des sociétés pharmaceutiques, à sa sortie de l'université. Il est chimiste de formation, mais il ne travaille plus en laboratoire depuis qu'il a repris sa première usine. Il en a acquis deux autres. Il a créé un certain nombre de filiales au cours de ces dernières années et fait construire de nouvelles unités de production. Il possède cette agence de voyages, plus deux agences immobilières, et il serait le principal actionnaire d'une chaîne de restauration rapide qui s'est ouverte l'an dernier, mais ce n'est qu'une rumeur.

– Aucun ennui, l'un ou l'autre ?

– Non. Ni l'un ni l'autre.

– Pourrait-il s'agir de négligence ?

– De la part de qui ?

– De la nôtre. »

Le sergent réfléchit pendant quelques instants.

« C'est toujours possible. Ce ne serait pas la première fois.

– On pourrait peut-être jeter un coup d'œil, non ?

– La signorina Elettra parle déjà à leurs banques.

– Parle ? »

Au lieu de répondre, Vianello simula, sur le bureau, le geste de quelqu'un qui pianote sur un clavier.

« Depuis combien de temps possède-t-il cette agence de voyages ? reprit Brunetti.

– Cinq ou six ans, je crois.

– Je me demande depuis quand ils organisent ce genre de tours…

– Je me souviens d'avoir vu les affiches il y a quelques années dans l'agence où je vais, du côté de Castello, répondit Vianello. À l'époque, je m'étais demandé par quel miracle une semaine en Thaïlande était aussi bon marché. J'ai demandé à Nadia, qui m'a expliqué ce que ça cachait. Si bien que j'ai plus ou moins pris l'habitude de surveiller les vitrines des agences de voyages depuis. »

Vianello n'expliqua pas quel était le motif de sa curiosité, et Brunetti ne le lui demanda pas.

« Quelles sont leurs destinations habituelles ?

– La principale est la Thaïlande, si j'ai bien compris, mais ça marche fort aussi avec les Philippines, on dirait. Et aussi Cuba. Depuis un ou deux ans, ils ont commencé à envahir la Birmanie et le Cambodge.

– Et comment se présente leur publicité ? voulut savoir Brunetti, qui n'y avait jamais fait attention.

– Au début, ils y allaient carrément : *Au milieu des quartiers chauds, accompagnatrices amicales, tous les rêves deviennent réalité*, dans ce genre-là. Mais à présent que la loi a changé, c'est un peu plus codé : *Personnel de l'hôtel d'esprit très ouvert, près du quartier nocturne, hôtesses amicales*. C'est cependant strictement la même chose, des prostituées tant qu'ils en veulent pour des hommes trop flemmards pour aller en chercher une au coin de la rue. »

Brunetti n'avait aucune idée de la manière dont Paola avait appris tous ces détails, ni de ce qu'elle savait, plus précisément, sur l'agence de voyages du campo Manin.

« Est-ce qu'on voyait ce même genre de publicité dans la vitrine de Mitri ? »

Vianello haussa les épaules.

« Je suppose. Celles qui organisent ces voyages semblent utiliser un langage codé identique. On apprend vite à le déchiffrer. Mais la plupart s'occupent de réservations parfaitement légitimes : les Maldives, les Seychelles, tous les endroits où on peut s'amuser pour pas cher, avec le soleil et la mer en prime. »

Un instant, Brunetti put craindre que le sergent, à qui on avait enlevé une tumeur précancéreuse dans le dos quelques années auparavant et qui, depuis, militait ardemment contre toute exposition au soleil, n'enfourche une fois de plus son dada favori. Mais il n'en fit rien.

« J'ai interrogé les gars, en bas. Juste pour voir si l'un d'eux saurait quelque chose.

– Et alors ? »

Vianello secoua la tête.

« Rien. Agence inconnue au bataillon.

– De toute façon, ce qu'il fait n'est pas illégal, remarqua Brunetti.

– Je sais bien… mais ça devrait l'être. Je sais, ajouta-t-il vivement lorsqu'il vit son supérieur sur le point d'élever une objection, que ce n'est pas notre boulot de faire des lois. Que ce n'est probablement même pas notre boulot de les critiquer. Mais on ne devrait permettre à personne de servir d'intermédiaire pour que des adultes puissent avoir des relations sexuelles avec des enfants. »

Présenté ainsi, Brunetti se rendit compte que l'argument semblait en effet indiscutable. Mais au regard de la loi, la seule chose que faisaient les agences de voyages était de vendre des billets d'avion et de réserver des hôtels pour des personnes désirant se déplacer dans un autre pays. Les activités auxquelles ces personnes se livraient, une fois sur place, ne regardaient qu'elles. Brunetti se prit à évoquer son cours de logique, à l'université, et combien l'aspect limpide et mathématique du raisonnement l'avait enthousiasmé. Tous les hommes sont mortels ; or Socrate est un homme ; donc Socrate est mortel. Il se rappela aussi qu'il y avait des règles pour vérifier la validité d'un syllogisme, qu'il était question de majeure, de mineure et de conclusion : tout cela devait s'enchaîner d'une certaine manière et ne pas comporter trop de formulations négatives.

Les détails du cours s'étaient noyés dans la suite du programme, au milieu des autres éléments, des statistiques et des principes premiers. Tout cela s'était plus ou moins brouillé dans sa tête depuis qu'il avait passé ses examens et été promu docteur en droit. Mais il se souvenait, même encore à l'époque de la remise de son diplôme, du fabuleux sentiment de certitude qu'il avait éprouvé en apprenant que certaines lois garantissaient la validité des conclusions, et que celles-ci pouvaient faire l'objet d'une démonstration correcte et indiscutable.

Cette belle assurance s'était peu à peu effritée avec les années. La vérité semblait aujourd'hui appartenir à ceux qui pouvaient crier le plus fort – ou engager les meilleurs avocats. Aucun syllogisme ne permettait de résister à l'argument du poignard ou de l'arme à feu, pas plus qu'à aucune de ces formes perverses d'argumentation dont était remplie la vie professionnelle.

Il s'arracha à ces réflexions pour reporter son attention sur Vianello, lequel en était au milieu d'une phrase :

« ... un avocat ?

– Excuse-moi, dit Brunetti, je pensais à autre chose.

– Je vous demandais si vous aviez pensé à prendre un avocat. »

Depuis qu'il était sorti du bureau de Patta, Brunetti n'avait cessé de repousser cette idée. De même qu'il n'avait pas voulu répondre en lieu et place de sa femme, devant la brochette des quatre hommes qui l'avait accueilli là-bas, il ne s'était pas autorisé à esquisser une stratégie pour faire face aux conséquences légales des actes de Paola. Certes, il connaissait la plupart des avocats spécialisés en droit criminel de Venise et était en assez bons termes avec certains, mais les rapports qu'il avait entretenus jusqu'ici avec eux étaient d'ordre strictement professionnel. Il se mit à rechercher leurs noms, essayant notamment de se rappeler celui de l'homme qui avait défendu avec succès son client dans une affaire de meurtre. Une fois de plus, il dut s'arracher à sa rêverie.

« Ma femme devra s'occuper de ça, je crois. »

Vianello acquiesça, se leva et quitta le bureau sans rien ajouter.

Le sergent parti, Brunetti se leva à son tour et se mit à faire les cent pas entre le placard et la fenêtre. La signorina Elettra vérifiait les transactions bancaires de deux hommes qui n'avaient rien fait de plus que de rapporter un délit et de suggérer que l'affaire soit réglée au mieux des intérêts de la personne qui se vantait presque de l'avoir commis. Ils avaient pris la peine de venir à la Questure et de proposer un compromis qui épargnerait à la coupable les conséquences légales de son comportement. Et Brunetti allait rester les bras croisés, pendant qu'on enquêtait sur leurs finances d'une manière qui était probablement tout aussi illégale que le délit dont ils avaient été les victimes ?

Il n'avait aucun doute sur l'illégalité de l'acte commis par Paola. Il s'immobilisa soudain, à l'idée qu'elle n'avait jamais nié qu'il était illégal. Simplement, elle s'en fichait. Lui consacrait ses jours et sa vie à défendre le concept de loi, sur lequel elle se permettait de cracher comme si ce n'était que quelque convention futile à laquelle rien ne l'obligeait à se soumettre, pour l'unique raison qu'elle n'était pas d'accord. Il sentit son cœur battre plus fort à mesure que son indignation montait et réveillait la colère qu'il contenait dans sa poitrine depuis plusieurs jours. Elle avait réagi par caprice, en fonction de sa définition personnelle de ce qu'il était bien de faire, tandis que lui aurait dû rester à côté passivement, bouche bée devant la noblesse de son acte, la laissant ruiner sa carrière.

Brunetti se rendit compte qu'il s'enfonçait dans une humeur maussade et s'en tint là, pour ne pas commencer à se lamenter sur les effets que cet acte illégal aurait sur son statut parmi ses pairs à la Questure, comme sur l'opinion qu'il avait de lui-même. Si bien qu'il se trouva forcé, à ce stade, de se donner la même réponse qu'à Mitri : il n'était pas responsable du comportement de sa femme.

L'explication, cependant, fut loin de calmer sa colère. Il se remit à aller et venir, mais, comme cela n'y changeait rien, il descendit jusqu'au petit bureau de la signorina Elettra.

Elle lui adressa un sourire quand elle le vit entrer.

« Le vice-questeur est parti déjeuner », lui dit-elle.

Elle n'ajouta rien, attendant de voir dans quel état d'esprit il se trouvait.

« Ils y sont allés ensemble ? »

Elle acquiesça.

« Signorina… commença-t-il, s'arrêtant un instant pour chercher comment formuler sa phrase. Je ne crois pas qu'il soit nécessaire que vous posiez des questions sur ces deux hommes. »

Il vit qu'elle était sur le point de protester, et il enchaîna pour l'en empêcher.

« Aucun soupçon ne pèse sur eux, on n'a aucun crime ou délit à leur imputer, et je crois qu'il serait peu politique de fouiller actuellement dans leurs affaires. En particulier dans ces circonstances. »

Il laissa à l'imagination de la jeune femme le soin de se représenter ce qu'étaient exactement ces circonstances.

Elle hocha la tête.

« Je comprends, monsieur.

– Je ne vous ai pas demandé si vous compreniez, signorina. Ce que je dis, c'est que vous ne devez pas faire de recherches sur leurs finances.

– Oui, monsieur, répondit-elle, se tournant vers son ordinateur et le mettant en route.

– Signorina », répéta-t-il, sans élever le ton.

Lorsqu'elle leva les yeux vers lui, il poursuivit :

« Je suis très sérieux, signorina. Je ne veux pas que la moindre question soit posée sur eux.

– Alors, aucune question ne sera posée, monsieur. »

Elle avait ajouté à sa réponse un sourire rayonnant – mais rayonnant de roublardise. Telle une soubrette dans quelque comédie de série B, elle mit les coudes sur la table, croisa les doigts et posa le menton sur le pont qu'ils formaient.

« Est-ce que ce sera tout, commissaire, ou y a-t-il autre chose que vous voudriez me demander ? »

Il sortit de l'antichambre sans lui répondre, prenant tout d'abord la direction de l'escalier ; puis, changeant d'idée, il fit demi-tour et quitta la Questure. Il remonta le long du quai en direction de l'église orthodoxe, franchit le pont et entra dans le bar situé de l'autre côté.

« *Buon giorno,* commissaire, le salua le barman. Vous désirez ? »

Avant de se décider à passer sa commande, Brunetti consulta sa montre. Il avait perdu toute notion du temps et il fut surpris de constater qu'il était presque midi.

« *Un' ombra* », répondit-il alors.

Quand le barman lui apporta sa consommation, il vida le petit verre de vin blanc sans prendre le temps de le siroter ni de l'apprécier. Il ne se sentit pas mieux pour autant, mais il eut assez de bon sens pour se rendre compte qu'un second verre n'améliorerait pas les choses, bien au contraire. Il laissa tomber mille lires sur le comptoir et retourna à la Questure. Il n'adressa la parole à personne, alla dans son bureau décrocher son manteau, puis repartit chez lui.

Au déjeuner, il comprit sans difficulté que Paola avait expliqué la situation aux enfants. Chiara regardait sa mère avec une perplexité manifeste, Raffi avec ce qui semblait être de l'intérêt, peut-être même de la curiosité. Personne n'aborda le sujet et le repas se déroula dans un calme relatif. En temps normal, Brunetti aurait apprécié comme il se devait les tagliatelles fraîches et les *porcini*, mais c'est à peine s'il en sentit le goût. Il ne prit pas davantage plaisir aux *spezzatini* et aux *melanzane* frites qui suivirent. Le repas terminé, Chiara partit pour sa leçon de piano et Raffi chez un camarade de classe, pour travailler ses mathématiques.

Restés seuls, la table encore couverte des reliefs du repas, Paola et Guido burent leur café, noir et très sucré pour elle, arrosé de grappa pour lui.

« Tu vas prendre un avocat ? demanda-t-il.

— J'ai parlé avec mon père, ce matin.

— Que t'a-t-il dit ?

— Avant ou après qu'il m'a engueulé ? »

Brunetti fut forcé de sourire. Une « engueulade » n'était pas le genre de comportement qu'il aurait spontanément associé à son beau-père, même dans ses rêves les plus délirants. L'incongruité du mot l'amusa.

« Après, j'aime autant.

— Que j'étais folle. »

Brunetti se souvint que telle avait été la réaction du comte, vingt ans auparavant, lorsque sa fille lui avait annoncé qu'elle allait épouser un certain Guido Brunetti, policier de son état.

« Et après ça ?

— Il m'a conseillé de prendre Senno. »

Brunetti hocha la tête. Ce nom ne lui était pas inconnu : c'était celui du meilleur avocat au pénal de la ville.

« Un peu excessif, peut-être.

– Pourquoi ?

– Senno est excellent lorsqu'il s'agit de défendre des violeurs et des assassins, ou des gosses de riches qui ont donné une raclée à leur petite amie, ou encore ces mêmes petites amies lorsqu'elles se font prendre à vendre de l'héroïne pour pouvoir se procurer leur dose. J'ai du mal à penser que tu te ranges dans cette catégorie.

– Je me demande si c'est un compliment. »

Il haussa les épaules. Lui aussi se le demandait.

Paola restant muette, il demanda :

« Vas-tu le prendre ?

– Non, pas un type comme lui. »

Brunetti reprit la bouteille de grappa et en versa quelques gouttes dans sa tasse vide. Il la fit tourner un instant et avala l'alcool d'un seul trait. Laissant en suspens la remarque qu'elle venait de faire, il lui posa une nouvelle question :

« Et qui comptes-tu engager ? »

Elle haussa les épaules.

« Je vais attendre de voir ce dont je suis accusée. À ce moment-là, je déciderai. »

Il envisagea un instant de reprendre de la grappa, puis se rendit compte qu'en réalité il n'en avait nulle envie. Sans proposer à Paola de lui donner un coup de main pour ranger et faire la vaisselle, il se leva et repoussa sa chaise sous la table. Il jeta un coup d'œil à sa montre, surpris, cette fois, de constater qu'il était encore tôt, même pas 14 heures.

« Je vais m'allonger un moment avant de repartir », dit-il.

Elle acquiesça, se leva à son tour et se mit à empiler les assiettes sales.

Il passa dans le couloir et, une fois dans la chambre, s'assit sur le bord du lit pour enlever ses chaussures, conscient soudain d'être épuisé. Puis il s'allongea, mains croisées derrière la tête, et ferma les yeux. De la cuisine lui parvinrent les bruits de l'eau qui coulait, le cliquetis des assiettes qui se heurtaient, le gong d'une poêle heurtant la paillasse. Il plaça un bras devant ses yeux et se mit à évoquer l'époque où, enfant, il allait se réfugier dans sa chambre chaque fois qu'il ramenait de mauvaises notes à la maison et où, allongé sur son lit, il appréhendait la colère de son père et la déception de sa mère.

Les souvenirs plantèrent leurs dents dans son esprit et l'emportèrent avec eux. Soudain, il prit conscience d'un mouvement près du lit, puis il sentit une légère pression sur sa poitrine et la chaleur d'une présence. Il reconnut l'odeur des cheveux de Paola et leur contact sur son visage, une odeur qui combinait celle du savon et des produits de soin qu'elle utilisait depuis des années et qui s'était gravée dans sa mémoire olfactive. Il leva le bras qui masquait ses yeux sans se soucier de les ouvrir, retira son autre bras de derrière sa tête et croisa les mains dans le dos de sa femme.

Quelques minutes plus tard, ils dormaient tous les deux et, quand ils se réveillèrent, rien n'avait changé.

9

La journée suivante se déroula sans incidents, les choses se présentant de la manière habituelle à la Questure. Patta exigea que Iacovantuono soit ramené à Venise et interrogé sur son refus de témoigner, ce qui fut fait. Brunetti le croisa dans l'escalier alors qu'on le conduisait dans le bureau de Patta, sous la protection de deux policiers armés de mitraillettes. Le pizzaiolo regarda Brunetti mais sans paraître le reconnaître. Son visage était impassible, dissimulé sous ce masque d'ignorance affichée que les Italiens apprennent à porter dès qu'ils ont affaire aux autorités.

Confronté à ce regard plein de tristesse, Brunetti se demanda si le fait de savoir ce qui s'était réellement passé ferait une différence. Que la Mafia ait réellement tué la femme de Iacovantuono ou que celui-ci en soit simplement persuadé, il considérait que l'État et ses représentants avaient été incapables de le protéger des menaces d'un pouvoir plus grand encore.

Toutes ces pensées se bousculaient dans l'esprit du commissaire tandis que le malheureux cuisinier montait les marches dans sa direction, mais elles étaient trop confuses pour qu'il se sente capable de les mettre en mots, même pour lui-même, si bien qu'il se contenta de lui adresser un signe de tête au moment où ils se croisèrent, le petit homme paraissant encore plus minuscule entre les deux policiers athlétiques qui le dominaient de toute leur taille.

Lorsque, un moment plus tard, Brunetti regagna son bureau, ce qui était arrivé à Iacovantuono le fit penser au mythe d'Orphée et Eurydice : l'homme perd sa femme parce qu'il s'est retourné pour s'assurer qu'elle le suivait bien, désobéissant à l'ordre des dieux et la condamnant ainsi à demeurer à jamais dans le royaume d'Hadès. Les dieux qui gouvernaient l'Italie avaient ordonné à Iacovantuono de ne pas regarder quelque chose et, comme il n'avait pas obéi, sa femme lui avait été enlevée pour toujours.

Vianello, heureusement, l'attendait en haut des marches et Brunetti cessa de penser à cette similitude.

« Nous venons de recevoir un coup de téléphone, commença aussitôt le sergent. Une femme de Trévise. Elle dit qu'elle habite dans la même rue que les Iacovantuono, mais à la manière dont elle a parlé j'aurais plutôt tendance à penser qu'elle loge dans le même bâtiment. »

Brunetti passa devant le sergent, lui faisant signe de le suivre et le précédant jusque dans son bureau. Tandis qu'il rangeait son pardessus dans le placard, il demanda :

« Et qu'est-ce qu'elle t'a raconté ?

– Qu'ils se bagarraient. »

Pensant à la situation de son propre couple, Brunetti répondit que ce n'était que trop fréquent.

« Ou plus exactement, qu'il la battait.

– Et comment cette voisine est-elle au courant ? » voulut-il savoir, sa curiosité piquée.

« La femme de Iacovantuono se serait souvent réfugiée chez elle pour pleurer sur ses malheurs.

– Est-ce qu'elle a appelé la police ?

– Qui ?

– L'épouse. La signora Iacovantuono.

– Je ne sais pas. Je n'ai parlé qu'à cette femme, répondit Vianello en consultant la note qu'il tenait à la main. La signora Grassi. Je vous ai vu passer au moment où je raccrochais et je suis venu attendre que vous reveniez. D'après la signora Grassi, les Iacovantuono étaient bien connus des gens du quartier, et en particulier de ceux de l'immeuble.

– Connus pour quoi ?

– Parce qu'ils faisaient des histoires à leurs voisins. Qu'ils criaient après leurs enfants.

– Et ce qui est arrivé à la femme, les voisins en parlent ? »

Brunetti alla s'asseoir derrière son bureau. Il tira à lui la pile de documents et d'enveloppes qui l'attendait, mais ne se mit pas en peine de la trier.

« Je ne sais pas. Pas encore. On n'a pas eu le temps d'enquêter.

– L'affaire ne relève pas de notre juridiction, de toute façon.

– Je sais. Mais, d'après Pucetti, on devait l'amener ici ce matin pour que le vice-questeur l'interroge sur l'attaque de la banque.

– En effet. Je l'ai même croisé tout à l'heure, juste avant que tu me voies sortir. »

Brunetti se mit à regarder l'enveloppe placée sur le dessus du tas, contemplant le timbre d'un œil fixe, l'esprit tellement absorbé par ce que Vianello venait de lui dire qu'il ne voyait rien d'autre qu'un rectangle vert pâle. Lentement, le motif émergea : un soldat gaulois dont la femme expirait à ses pieds, ayant lui-même une épée plongée dans la poitrine. *Roma Museo Nazionale Romano* lisait-on d'un côté, *Galatea Suicida*, de l'autre. Et, en bas, 750.

« Une assurance ?

– Aucune idée, monsieur. Je viens juste de prendre cet appel. »

Brunetti se leva.

« Je vais aller le lui demander », dit-il.

Il quitta son bureau seul et monta l'escalier pour se rendre chez le vice-questeur.

L'antichambre qui servait de bureau à la signorina Elettra était vide et des petits grille-pain se promenaient sur l'écran de son ordinateur, passé en mode « économiseur ». Brunetti frappa à la porte de Patta, et la voix lui dit d'entrer.

À l'intérieur, il tomba sur une scène des plus familières : *Il Cavaliere* trônait derrière son bureau dont le plateau, parfaitement désert, était d'autant plus impressionnant. Face à lui, un Iacovantuono nerveux était assis sur le bord de sa chaise, ses mains étreignant les côtés du siège, bras tendus comme s'il allait se soulever.

Patta regarda le commissaire, le visage impassible.

« Oui ? Qu'est-ce qu'il y a ?

– J'aimerais poser une question au signor Iacovantuono, monsieur.

– Je crois que vous allez perdre votre temps, commissaire, répondit Patta, dont la voix monta d'un cran. Comme j'ai perdu le mien. Le signor Iacovantuono semble avoir oublié ce qui s'est passé à la banque. »

Il se pencha sur le bureau, rendant encore plus menaçant le vide du plateau, et abattit le poing dessus, pas trop violemment, mais suffisamment fort pour que sa main s'ouvre, laissant tous les doigts sauf le pouce pointés en direction de Iacovantuono.

Le cuisinier ne réagit pas, et Patta jeta un coup d'œil à son subordonné.

« Et que désirez-vous lui demander, commissaire ? S'il ne se rappelle pas avoir vu Stefano Gentile à la banque ? S'il ne se rappelle pas nous en avoir donné une description détaillée, la première fois que nous l'avons interrogé ? S'il ne se rappelle pas l'avoir identifié sur la photo que vous-même lui avez montrée ? »

Le vice-questeur s'enfonça de nouveau dans son siège, la main levée devant lui, mais les doigts toujours pointés sur Iacovantuono.

« Oui, il a vraiment tout oublié. C'est pourquoi je vous suggère de ne pas perdre votre temps.

– Ce ne sont pas ces questions-là que je veux lui poser, monsieur », objecta Brunetti d'une voix dont le calme contrastait avec le ton de colère mélodramatique adopté par Patta.

Iacovantuono se tourna alors pour regarder Brunetti.

« Lesquelles, alors ? demanda le vice-questeur d'un ton autoritaire.

– J'aurais voulu savoir, commença Brunetti, qui s'adressa à Iacovantuono et ignora complètement son supérieur, si votre femme avait une assurance sur la vie. »

Les yeux du pizzaiolo s'agrandirent, trahissant une stupéfaction sincère.

« Une assurance ?

– Oui. Sur la vie. »

Iacovantuono se tourna vers Patta, mais, voyant qu'il ne fallait pas compter sur son aide, revint à Brunetti.

« Je ne sais pas, répondit-il finalement.

– C'est tout ? demanda Patta d'un ton peu amène.

– Oui, monsieur », dit Brunetti, se tournant un peu vers le vice-questeur, mais regardant encore Iacovantuono.

L'homme était toujours assis sur le bord de sa chaise, mais il avait à présent les mains croisées sur les genoux ; il se tenait tête baissée, comme s'il les examinait.

Brunetti fit demi-tour et sortit. Les grille-pain poursuivaient leur interminable migration de gauche à
droite de l'écran, tels des lemmings technologiques
avides de s'autodétruire.

De retour dans son bureau, il trouva Vianello qui l'attendait toujours, debout devant la fenêtre, perdu dans
la contemplation du jardin, de l'autre côté du canal, et
de la façade de San Lorenzo. Le sergent se tourna lorsqu'il entendit la porte s'ouvrir.

« Alors ? demanda-t-il.

– Je lui ai posé la question, pour l'assurance.

– Et qu'est-ce qu'il vous a répondu ?

– Pas qu'elle n'en avait pas, mais qu'il ne savait
pas. »

Vianello ne fit pas de commentaire, et Brunetti lui
demanda :

« Est-ce que ta femme a une assurance sur la vie ?

– Non… du moins je ne crois pas », ajouta-t-il après
un instant d'hésitation.

Ils restèrent songeurs un moment, tous les deux.

« Qu'allez-vous faire, monsieur ?

– Je n'ai pas tellement le choix ; il faut appeler la
police de Trévise. »

C'est alors qu'une idée le frappa.

« Mais au fait, pourquoi nous a-t-elle appelés, nous ?
demanda-t-il, se tournant vers Vianello, une main levée
en direction de sa bouche.

– Que voulez-vous dire ?

– Pourquoi cette voisine aurait-elle appelé la police
de Venise ? C'est à Trévise que cette femme est morte. »

Brunetti se rendit soudain compte qu'il rougissait.
Évidemment, bon sang ! Il n'y avait qu'à Venise qu'il
pouvait être utile de salir la réputation de Iacovantuono,
car, s'il décidait de témoigner, ce serait à Venise. Était-
il si étroitement surveillé que ces gens-là savaient que

la police l'avait convoqué à Venise ? Ou, pire encore, savaient-ils d'avance qu'il allait l'être ?

« *Gesù bambino,* murmura-t-il. Comment s'appelait-elle, déjà, la voisine ?

— Grassi. »

Brunetti décrocha le téléphone et demanda à être mis en relation avec la police de Trévise. Une fois en ligne, il déclina son identité et demanda à parler à la personne chargée de l'enquête sur la mort de la signora Iacovantuono. Au bout de quelques minutes, une voix d'homme lui répondit qu'il n'y avait pas d'enquête, que la mort de la signora Iacovantuono avait été classée « décès accidentel ».

« Pouvez-vous me donner le nom de l'homme qui a découvert le corps ? »

Son correspondant posa le combiné et ne revint qu'au bout d'un moment.

« Zanetti, fit-il. Walter Zanetti.

— Qui d'autre habite dans cet immeuble ? demanda Brunetti.

— Il n'y a que deux familles, monsieur. Les Iacovantuono au premier, les Zanetti au rez-de-chaussée.

— Est-ce qu'une personne du nom de Grassi y réside aussi ?

— Non, seulement ces deux familles. Pourquoi ?

— Oh, ce n'est rien, ce n'est rien. Il y a eu une petite confusion ici, dans nos documents, on n'arrivait pas à retrouver le nom de Zanetti. C'est tout ce que nous voulions vérifier. Merci de votre aide.

— Heureux d'avoir pu vous être utile, commissaire, répondit l'homme avant de raccrocher.

— Elle n'existe pas ? demanda Vianello avant que Brunetti ait eu le temps d'ouvrir la bouche.

— Peut-être que si, mais elle n'habite pas dans le même immeuble, en tout cas. »

Vianello médita quelques instants là-dessus, puis demanda ce qu'ils pouvaient faire.

« En parler à Trévise.

— Vous pensez que c'est de là que ça vient ?

— Tu veux dire la fuite ? »

Question presque rhétorique, car Brunetti ne voyait pas ce que Vianello aurait pu vouloir dire d'autre. Le sergent acquiesça.

« Que ce soit là-bas ou ici, c'est sans importance. Ce qui m'inquiète, c'est surtout qu'elle se soit produite.

— Cela ne signifie pas pour autant qu'ils savaient que Iacovantuono allait venir aujourd'hui.

— Dans ce cas, pourquoi appeler ? lui fit remarquer Brunetti.

— Oh, pour lancer l'idée. Juste au cas où. »

Brunetti secoua la tête.

« Non. Le minutage est trop parfait. Bon sang, il montait l'escalier pour aller chez le vice-questeur au moment où tu as reçu le coup de téléphone ! »

Il hésita un instant, puis demanda :

« Qui ont-ils demandé ?

— D'après le standard, la femme aurait demandé à parler à la personne qui était venue à Trévise pour interroger Iacovantuono. Je crois que c'est à vous qu'elle voulait avoir affaire, mais comme vous veniez de quitter votre bureau on nous a transmis l'appel, et Pucetti me l'a passé, puisque c'était moi qui vous avais accompagné à Trévise.

— Quelle impression t'a-t-elle faite ? »

Vianello réfléchit, repassant dans sa tête la brève conversation.

« Inquiète, comme si elle ne voulait pas lui causer d'embêtements. Elle m'a bien dit deux ou trois fois qu'il avait suffisamment souffert comme ça, mais qu'il fallait qu'elle nous dise ce qu'elle savait.

– Que de civisme…

– Oui. »

Brunetti s'approcha à son tour de la fenêtre et se mit à contempler le canal et les vedettes de la police, alignées les unes contre les autres devant la Questure. Il se rappela le regard du cuisinier quand il lui avait parlé de l'assurance, et il se sentit de nouveau rougir. Il avait réagi comme un enfant à qui on vient de donner un nouveau jouet, réagi au quart de tour, sans prendre le temps de réfléchir ou de vérifier l'information comme il aurait dû le faire. Il n'ignorait pas que, selon la routine, le premier réflexe était de soupçonner un conjoint en cas de mort suspecte d'une personne, mais il aurait dû tenir compte de ce que lui soufflait son instinct sur Iacovantuono ; il aurait dû repenser à sa voix hésitante, à son inquiétude pour ses enfants. C'est à cela qu'il aurait dû faire confiance, au lieu d'agresser le malheureux pizzaiolo à la première accusation lancée contre lui par la voix d'une inconnue au téléphone.

Il n'avait aucun moyen de présenter ses excuses au cuisinier, car toute explication n'aurait fait qu'accroître son sentiment de culpabilité et sa gêne.

« A-t-on une chance de savoir d'où provenait l'appel ?

– Il y avait des bruits de fond. On aurait dit ceux d'une rue. J'ai bien peur qu'elle n'ait téléphoné d'une cabine », répondit Vianello.

S'ils étaient assez malins pour penser à donner ce coup de téléphone – ou assez bien informés, ajouta une voix glacée dans la tête de Brunetti – ils devaient l'être aussi pour penser à appeler d'une cabine publique.

« Alors on en reste là, je suppose. »

Il retourna s'asseoir à son bureau, se sentant tout à coup très fatigué.

Sans rien ajouter, le sergent quitta la pièce et Brunetti s'attaqua à la pile de courrier qu'il avait devant lui.

Il commença par un fax en provenance d'un collègue d'Amsterdam ; celui-ci souhaitait savoir si Brunetti ne pouvait pas accélérer une demande d'information de la police hollandaise à propos d'un ressortissant italien arrêté aux Pays-Bas pour l'assassinat d'une prostituée. Le passeport de l'homme le domiciliant à Venise, les autorités hollandaises avaient contacté une première fois la police vénitienne pour savoir si l'individu n'avait pas déjà fait l'objet de condamnations. Cette première requête datait de plus d'un mois et n'avait pas encore reçu de réponse.

Brunetti tendait déjà la main vers le téléphone, dans l'intention de vérifier si l'homme n'avait pas un casier, lorsque la sonnerie retentit… et c'est alors que tout commença.

Il savait bien que cela finirait par arriver, tôt ou tard ; il avait même essayé de s'y préparer, d'imaginer une stratégie qui lui permettrait de faire face à la presse. En dépit de cela, il fut complètement pris par surprise.

Le journaliste, un homme qu'il connaissait et qui travaillait pour *Il Gazzettino*, commença à dire qu'il appelait pour vérifier une information selon laquelle le commissaire Brunetti aurait donné sa démission. Lorsque Brunetti lui répondit qu'il tombait des nues, qu'il n'avait jamais envisagé de démissionner de la police, le journaliste, un certain Piero Lembo, lui demanda comment il comptait traiter l'arrestation de sa femme et ce qu'il pensait du conflit d'intérêts entre ce fait et sa situation.

Brunetti lui répondit qu'il n'avait strictement rien à voir avec l'affaire, et qu'il n'y avait donc aucune possibilité de conflit d'intérêts.

« Voyons, commissaire, vous devez bien avoir des

amis à la Questure, tout de même, objecta Lembo, qui s'arrangea néanmoins pour laisser transparaître son scepticisme quant à cette hypothèse. Des amis dans la magistrature, aussi. Cela ne risque-t-il pas d'affecter leur jugement ? Ou les décisions qu'ils prendront ?

– Je ne crois pas, répondit Brunetti, n'hésitant pas à mentir. En outre, rien ne permet de penser qu'il y aura procès.

– Et pourquoi ?

– Un procès sert en règle générale à tenter d'établir la culpabilité ou l'innocence de la personne poursuivie. La question ne se pose pas, dans le cas présent. Je pense qu'il y aura une audience devant un magistrat et une amende.

– Et ensuite ?

– Je ne suis pas certain de bien comprendre votre question, signor Lembo », répondit Brunetti.

Il regarda par la fenêtre ; un pigeon venait d'atterrir sur le toit du bâtiment situé de l'autre côté du canal.

« Qu'est-ce qui se passera, lorsque l'amende aura été notifiée ?

– C'est une question à laquelle je ne peux répondre.

– Et pourquoi ?

– Parce que c'est à ma femme que cette amende sera infligée, pas à moi. »

Il se demanda combien de fois il allait devoir faire cette réponse.

« Et quelle est votre opinion sur le délit qu'elle a commis ?

– Je n'ai pas d'opinion. »

Il n'en avait pas, en tout cas, qu'il voulût divulguer à la presse.

« Je trouve cela étrange, observa Lembo qui ajouta (comme si l'utilisation de son titre pouvait délier la langue de Brunetti) : commissaire.

– À vous de voir. »

Puis, d'une voix plus forte :

« Si vous n'avez pas d'autre question, signor **Lembo**, je vous souhaite le bonjour. »

Il raccrocha, attendit que la ligne se libère, puis reprit le combiné et composa le numéro du standard.

« Plus aucun appel pour moi aujourd'hui, d'accord ? »

Il n'oublia pas de contacter ensuite l'employé des archives ; il lui communiqua le nom du policier hollandais et lui demanda de vérifier s'il y avait un dossier au nom de l'assassin et, si oui, de le faxer immédiatement à la police néerlandaise. Il s'attendait à un barrage de protestations – du genre *Avec tout le travail que j'ai, comment voulez-vous que…* – mais il n'en fut rien. On lui répondit au contraire que ce serait fait l'après-midi même, dans le cas, bien entendu, où l'homme aurait un casier.

Brunetti consacra le reste de sa matinée à répondre au courrier et à rédiger les rapports des deux affaires dont il était chargé en ce moment et dans lesquelles il n'avait pas particulièrement brillé.

Un peu après 13 heures, il se leva et se prépara à quitter son bureau. Arrivé au rez-de-chaussée, il traversa le hall en direction de la sortie. Il n'y avait aucun gardien, mais ça n'avait rien d'anormal ; les personnes étrangères au service n'étaient pas admises pendant la pause du déjeuner. Brunetti appuya sur la commande électrique de la grande porte en verre, puis la poussa. Le froid avait envahi le hall et il releva le col de son manteau, enfonçant le menton dans l'épais lainage. C'est donc tête baissée qu'il franchit le seuil pour se jeter dans la tourmente.

Tout commença par un éclair de lumière aveuglant, suivi d'un autre, puis d'un autre. Ses yeux baissés virent des pieds s'approcher, cinq ou six paires, jusqu'au moment où le passage fut bloqué pour lui. Il leva alors la tête pour voir à qui il avait affaire.

Il était entouré par un cercle serré de cinq hommes lui tendant des micros. Derrière eux, dans un cercle plus lâche, trois autres personnes dansaient sur place en braquant sur lui des caméras vidéo, toutes diodes allumées.

« Commissaire ? Est-il vrai que vous avez été obligé d'arrêter votre propre femme ?

– Va-t-il y avoir un procès ? Votre femme a-t-elle engagé un avocat ?

– Allez-vous divorcer ? Est-ce vrai ? »

Les micros oscillaient devant lui, mais il refréna son envie de les disperser d'un revers de main coléreux. Devant son évidente surprise, les questions se mirent à fuser, de plus en plus frénétiques, se noyant les unes les autres. On aurait dit des requins se jetant dans un banc de poissons. Il ne put distinguer que des lambeaux de phrase : *beau-père…, signor Mitri…, libre entreprise…, obstruction à la justice…*

Il enfonça ses mains dans les poches de son manteau, baissa de nouveau la tête et reprit son chemin. Il heurta de nouveau quelqu'un mais continua néanmoins d'avancer, écrasant lourdement des pieds à deux reprises. *Vous ne pouvez pas vous en sortir comme ça…, obligation…, le droit de savoir…*

Un autre corps humain se plaça en travers de son chemin mais il continua d'avancer sans lever les yeux, pour éviter cette fois de lui marcher sur les pieds. Au premier coin de rue il tourna à gauche et prit la direction de Santa Maria Formosa, avançant d'un pas régulier, ne donnant nullement l'impression de fuir. Une main le saisit par l'épaule, mais il s'en débarrassa d'une secousse, se retenant de ne pas tordre la patte importune et de jeter le journaliste à qui elle appartenait contre un mur.

La meute le suivit encore pendant quelques minutes, sans qu'il ralentisse le pas ou semble même faire attention à leur présence. Il tourna brusquement à droite dans une minuscule *calle*. N'étant pas vénitiens, les journalistes durent s'inquiéter de le voir s'engouffrer dans un passage aussi étroit, obscur et encombré, car plus personne ne le suivit. Au bout, il tourna à gauche et longea le canal, enfin débarrassé de leur escorte.

Depuis une cabine, sur campo Santa Marina, il téléphona chez lui et apprit de Paola qu'une équipe de télévision stationnait en bas de leur immeuble, et que trois journalistes avaient essayé (sans succès) de la retenir pour l'interviewer.

« Je vais aller déjeuner ailleurs, dans ce cas.

– Je suis désolée, Guido. Je ne me doutais pas… »

Elle n'alla pas plus loin, et il n'eut rien à lui offrir pour rompre ce silence.

Sans aucun doute, pensa-t-il, elle n'avait pas imaginé un seul instant les conséquences qu'auraient ses actes. Bizarre, tout de même, de la part d'une femme aussi intelligente que Paola.

« Que vas-tu faire ? demanda-t-elle.

– Je reviendrai plus tard, dans l'après-midi. Et toi ?

– Je n'ai pas cours d'ici après-demain.

– Tu ne vas tout de même pas rester enfermée tout ce temps à la maison, Paola.

– Seigneur, c'est comme si j'étais en prison, non ?

– Crois-moi, la prison est pire.

– Reviendras-tu à la maison ? Après le travail ?

– Évidemment.

– Promis ? »

Il fut sur le point de lui répondre qu'il n'avait nul autre endroit où aller, mais il se rendit compte qu'elle risquait de se méprendre s'il présentait la chose ainsi.

« Il n'y a aucun autre endroit où j'aie envie d'aller, préféra-t-il dire.

– Oh, Guido… *Ciao, amore.* »

Et elle raccrocha.

10

Ces sentiments, cependant, ne firent pas le poids lorsqu'il se retrouva face à la foule qui l'attendait devant la Questure, après le déjeuner. Des métaphores ornithologiques se mirent à l'assaillir tandis que, après avoir franchi le ponte dei Grechi, il se dirigeait vers le rassemblement de journalistes : corbeaux, vautours, charognards, harpies. Ils formaient un cercle compact autour du bâtiment et il ne manquait qu'un cadavre en putréfaction à leurs pieds pour que le tableau soit complet.

L'un d'entre eux l'aperçut et – le traître –, se gardant bien d'alerter ses confrères, il se glissa hors du cercle pour se précipiter vers Brunetti, le micro tendu devant lui comme l'aiguillon d'un bouvier.

« Commissaire ! commença-t-il alors qu'il était encore à plus d'un mètre de lui, est-ce que le dottor Mitri a décidé de poursuivre votre femme en justice ? »

Souriant, Brunetti s'arrêta.

« Pour le savoir, il faudra poser la question au dottor Mitri, j'en ai peur. »

Tandis qu'il répondait, il vit que le gros de la meute sentait l'absence d'un de ses membres et se tournait, dans une sorte de spasme collectif, vers les voix qui parlaient derrière elle. Le cercle se défit instantanément et ils coururent vers lui, le micro en bataille, comme pour attraper toute parole que le hasard aurait fait flotter autour de Brunetti.

La bousculade fut d'une violence qui frôlait la panique, et l'un des cameramen se prit le pied dans un câble et tomba de tout son long, tandis que sa caméra s'écrasait au sol à côté de lui. L'objectif se détacha de l'appareil brisé et se mit à rouler en direction du canal, comme une boîte de soda qu'un gamin aurait chassée d'un coup de pied. Tout le monde s'immobilisa, cloué sur place par la surprise ou toute autre émotion, et regarda le cylindre rouler vers les marches donnant sur l'eau. Il ralentit, bascula lentement par-dessus la première, rebondit légèrement sur la deuxième, puis sur la troisième et, avec un petit clapotis paisible, s'enfonça dans les eaux verdâtres.

Brunetti profita de ce détournement inattendu de l'attention générale pour reprendre le chemin de la Questure, mais les journalistes sortirent brusquement de leur paralysie et se précipitèrent pour l'intercepter.

« Allez-vous donner votre démission, commissaire ? Est-il vrai que votre femme a déjà été arrêtée pour une autre affaire ? Qu'elle a bénéficié d'un non-lieu ? »

Leur adressant son sourire le plus synthétique, il continua d'avancer, se frayant un chemin, écartant tranquillement la barricade qu'ils formaient pour l'empêcher d'atteindre son but. À l'instant même où il arrivait à la hauteur de la porte, celle-ci s'ouvrit, et Vianello et Pucetti en émergèrent, se tenant de chaque côté, bras en travers pour barrer l'entrée aux journalistes.

Brunetti se glissa à l'intérieur, suivi des deux policiers.

« De vrais sauvages, non ? » observa Vianello, s'adossant à la porte.

Contrairement à Orphée, Brunetti ne se retourna pas ni ne dit mot, mais il s'engagea dans l'escalier conduisant à son bureau. Entendant des pas derrière lui, il jeta un coup d'œil par-dessus son épaule et vit qu'il s'agissait du sergent qui montait les marches quatre à quatre.

« Il veut vous voir », dit-il.

Ne prenant même pas le temps le temps d'enlever son manteau, Brunetti se rendit directement dans le bureau de Patta ; la signorina Elettra était à son bureau, l'édition du jour de *Il Gazzettino* étalée devant elle.

Il jeta un coup d'œil sur le journal et constata qu'en première page de la deuxième section s'étalait une photo de lui, laquelle datait d'un certain nombre d'années, ainsi que celle de Paola telle qu'elle figurait sur sa carte d'identité. Levant les yeux, la jeune femme lui lança :

« Si vous vous mettez à devenir célèbre, je vais devoir vous supplier de m'accorder un autographe.

— Vous croyez que c'est ce que le vice-questeur veut me réclamer ? répliqua-t-il, souriant.

— Non. Votre tête, plutôt.

— C'est bien ce que je me disais, aussi. »

Il frappa à la porte.

La voix de Patta, à travers le battant, avait tonné dans un registre sinistre. Il serait tellement plus agréable de faire l'économie de tout ce mélodrame, et tellement plus reposant d'en finir rapidement, se prit à penser Brunetti. En entrant, un vers de *Anne Boleyn,* l'opéra de Donizetti, lui vint soudain à l'esprit : *Si ceux qui me jugent sont ceux-là mêmes, qui m'ont déjà condamné, je n'ai aucune chance.* Seigneur, parlez-moi de mélo…

« Vous vouliez me voir, vice-questeur ? » demanda Brunetti dès son entrée.

Il ne manquait à Patta, qui siégeait derrière son bureau, impassible, que la coiffe noire que les juges britanniques portaient jadis, paraît-il, pour prononcer une condamnation à mort.

« Oui, Brunetti. Ne prenez pas la peine de vous asseoir. Ce que j'ai à vous dire tient en une phrase. J'ai parlé de cette affaire au questeur, et nous avons décidé que le mieux était que vous preniez un congé administratif tant qu'elle ne sera pas réglée.

– Qu'est-ce que cela signifie ?

– Que, tant que le dossier ne sera pas clos, vous n'aurez pas besoin de venir à la vice-Questure.

– Comment ça, clos ?

– Jusqu'à ce qu'un jugement intervienne et que votre femme ait payé l'amende, ou offert au dottor Mitri une compensation pour les dommages subis par son agence et son chiffre d'affaires.

– C'est supposer qu'elle va être inculpée et condamnée », fit observer Brunetti, n'ignorant pas que cela était hautement probable.

Patta ne daigna pas répondre.

« La procédure peut prendre des années, ajouta le commissaire, qui connaissait fort bien la loi.

– J'en doute, dit Patta.

– Monsieur, j'ai dans mes archives des dossiers qui ont été ouverts il y a plus de cinq ans et qui attendent encore une date pour passer en jugement. Je vous le répète : cela pourrait prendre des années.

– Cela dépendra entièrement de la décision de votre femme, commissaire. Le dottor Mitri a fait preuve de beaucoup de compréhension, je dirais même qu'il s'est montré assez généreux pour offrir une solution amiable au problème. Votre femme, cependant, semble avoir choisi de ne pas l'accepter. Les conséquences seront donc de son fait.

– Avec tout le respect que je vous dois, monsieur, ceci n'est pas tout à fait exact. »

Et avant que Patta puisse s'indigner, Brunetti poursuivit :

« C'est à moi que le dottor Mitri a proposé sa solution, pas à mon épouse. Comme je l'ai alors expliqué, c'est une décision que je ne peux pas prendre à sa place. Si c'était à elle, directement, qu'il l'avait proposée et qu'elle l'ait refusée, alors vous auriez en effet raison.

– Vous ne lui en avez pas parlé ? demanda Patta, ne cachant pas sa stupéfaction.

– Non.

– Et pourquoi ?

– C'est le dottor Mitri que cela regarde, pas moi, il me semble. »

Le vice-questeur eut une fois de plus l'air stupéfait. Il réfléchit quelques instants avant de répondre.

« Je le lui transmettrai. »

Brunetti acquiesça, mais personne n'aurait pu dire (pas davantage lui que Patta) si c'était pour remercier Patta ou simplement montrer qu'il avait compris.

« Ce sera tout, monsieur ?

– Oui. Mais vous devez néanmoins, en attendant, vous considérer en congé administratif. C'est bien clair ?

– Oui, monsieur », répondit Brunetti, même s'il n'avait aucune idée de ce que signifiait ce terme, sinon qu'il n'était plus en fonction, autrement dit qu'il n'avait plus de travail.

Il se garda bien d'en faire la remarque à Patta, fit demi-tour et sortit.

La signorina Elettra était toujours à son bureau, mais elle en avait fini avec *Il Gazzettino* et lisait une revue. Elle leva les yeux vers le commissaire.

« Qui a averti la presse ? » demanda-t-il.

Elle secoua la tête.

« Aucune idée. Le lieutenant, probablement. »

Elle jeta un coup d'œil en direction de la porte de Patta.

« Congé administratif.

– Jamais entendu parler, dit-elle. Sans doute un truc inventé pour la circonstance. Qu'allez-vous faire, commissaire ?

– Rentrer chez moi et lire », répondit-il – mais l'idée lui vint simultanément avec sa réponse, et avec l'idée, le désir de la mettre à exécution. Il n'avait pour cela qu'une seule chose à faire : franchir le barrage de reporters qui faisait le siège du bâtiment, échapper à leurs caméras et à leurs sempiternelles questions. Il pourrait alors rentrer chez lui et lire aussi longtemps que Paola n'en serait pas arrivée à une décision ou que l'affaire ne serait pas résolue d'une manière ou d'une autre. Grâce à ses livres, il pourrait quitter la Questure, quitter Venise, quitter ce siècle lamentable avec son sentimentalisme au rabais et sa passion morbide pour le sang, il pourrait aller visiter des mondes où son esprit se sentirait plus à l'aise.

La signorina Elettra sourit, croyant à une plaisanterie de sa part, et retourna à sa revue.

Il ne prit même pas la peine de repasser par son bureau. À son grand étonnement – et aussi à son grand soulagement –, les journalistes s'étaient évanouis dans la nature. De leur présence récente ne restaient plus que des morceaux de plastique épars et une bretelle de caméra rompue.

11

Il trouva ce qui restait de la meute débandée des
journalistes qui montait encore la garde devant son
immeuble ; trois d'entre eux étaient de ceux qui avaient
braqué un peu plus tôt leurs micros sur lui en le bom-
bardant de questions devant la Questure. Il ne tenta
même pas de répondre à la nouvelle salve de leurs hur-
lements, s'ouvrit un chemin au milieu de cette masse
compacte et pointa sa clef vers la serrure de l'énorme
portail donnant sur le hall d'entrée. Une main jaillit et
l'attrapa par le bras pour essayer de détourner son
geste.

Brunetti fit brusquement volte-face, tenant son trousseau hérissé de clefs comme une arme. Si le journaliste
ne remarqua pas cette menace, l'expression du visage
de Brunetti ne lui échappa pas et il recula, levant la
main en un geste d'apaisement.

« Excusez-moi, commissaire », dit-il, avec un sourire
qui démentait ces mots.

Ce qu'il y avait d'instinct animal chez ses confrères
saisit la peur nue que trahissait ce ton, et ils firent
silence. Brunetti les dévisagea froidement. Il n'y eut
pas un seul flash et pas une seule caméra braquée sur
lui.

Il se retourna alors vers la porte et introduisit la clef dans la serrure. Il ouvrit, passa dans le hall et s'adossa contre le battant après l'avoir refermé. Son buste, toute la partie supérieure de son corps, en réalité, était couvert de la sueur épaisse provoquée par sa soudaine bouffée de fureur, tandis que son cœur battait de manière incontrôlable. Il déboutonna son manteau et l'ouvrit, laissant l'air frais de l'endroit le rafraîchir. Il se redressa d'une poussée des épaules et entama l'ascension de l'escalier.

Sans doute Paola l'avait-elle entendu arriver, car elle ouvrit la porte alors qu'il attaquait la dernière volée de marches. Elle lui tint le battant ouvert et, lorsqu'il fut à l'intérieur, l'aida à enlever son manteau et l'accrocha pour lui. Il se pencha sur elle et l'embrassa sur la joue, savourant le parfum qui émanait de sa personne.

« Eh bien ? demanda-t-elle.

— Un machin brillamment appelé "congé administratif", inventé pour la circonstance, à mon avis.

— Ce qui signifie ? » voulut-elle savoir, le suivant jusque dans le séjour.

Il se laissa lourdement tomber sur le canapé, pieds écartés devant lui.

« Ce qui signifie que je vais rester à la maison et bouquiner, en attendant que toi et Mitri vous vous mettiez d'accord, d'une manière ou d'une autre.

— Que nous nous mettions d'accord ? répéta-t-elle en s'asseyant sur le bord du canapé, à côté de lui.

— Patta semble penser que tu devrais rembourser la vitrine de Mitri et lui présenter des excuses. »

Il repensa un instant à Mitri et se corrigea.

« Ou simplement rembourser les dégâts.

— Une fois, ou deux ?

— Ça change quelque chose ? »

Elle baissa les yeux et, du pied, aplatit le bord du tapis qui rebiquait le long du canapé.

« Non, pas vraiment. Je ne pourrai pas lui donner une lire.

— Tu ne pourras pas, ou tu ne voudras pas ?

— Je ne pourrai pas.

— Eh bien, je crois que je vais enfin avoir l'occasion de lire Gibbon.

— Ce qui veut dire ?

— Que je suis plus ou moins assigné à résidence tant qu'une solution à l'affaire, qu'elle soit à l'amiable ou judiciaire, n'aura pas été trouvée.

— Si on me condamne à payer une amende, je la paierai », dit-elle sur un ton vertueusement citoyen tel que Brunetti ne put retenir un sourire.

Sans se départir de ce sourire, il reprit :

« Je crois que c'est Voltaire qui a dit je ne sais où quelque chose comme "Je désapprouve ce que vous dites, mais je défendrai jusqu'à la mort votre droit de le dire".

— Il a dit beaucoup de choses de ce genre, Voltaire. Ça sonne bien. Il avait l'habitude de dire des choses qui sonnaient bien.

— Tu parais sceptique. »

Elle haussa les épaules.

« Ceux qui affichent la noblesse de leurs sentiments me rendent toujours méfiante.

— En particulier quand ce sont des hommes ? »

Elle se pencha vers lui, posant ses mains sur une des siennes.

« C'est toi qui l'as dit, pas moi.

— Ce n'en est pas moins vrai pour autant. »

Elle haussa de nouveau les épaules.

« Tu vas vraiment te mettre à lire Gibbon ?

— J'en ai toujours rêvé. Mais dans une traduction, je crois. Son style est un peu trop recherché pour moi.

— C'est ce qui fait son mérite.

– J'ai mon content de rhétorique en lisant les journaux ; je n'en ai pas besoin dans un ouvrage d'histoire.

– Ils vont adorer cette affaire… Les journaux, je veux dire.

– Cela fait une éternité que personne n'a essayé d'arrêter Andreotti, et il faut bien qu'ils remplissent leurs feuilles de chou.

– Probablement. »

Elle se leva.

« As-tu besoin de quelque chose ? »

Brunetti, qui avait fait un méchant déjeuner auquel il n'avait pris aucun plaisir, répondit sans hésiter.

« Oui, un sandwich et un verre de dolcetto. »

Il se pencha et commença à dénouer ses lacets. Lorsque Paola s'éloigna vers la porte, il ajouta :

« Et le premier tome de Gibbon. »

Elle revint dix minutes plus tard avec les trois tomes. Il se laissa chouchouter sans le moindre scrupule, allongeant ses jambes sur le canapé, le verre posé à côté de lui sur la table basse. L'assiette en équilibre sur sa poitrine, il ouvrit le livre et commença à lire. Le *panino* contenait des petits morceaux de tomate et des tranches fines d'un fromage pecorino bien rassis. Paola revint une minute après et lui glissa une serviette sous le menton, juste à temps pour rattraper un bout de tomate juteuse tombé du sandwich. Il posa le reste de *panino* dans l'assiette, prit le verre de vin, en but une longue rasade. Puis, revenant à Gibbon, il lut le magistral chapitre d'introduction et son hommage politiquement incorrect à la gloire de l'Empire romain.

Un peu plus tard, alors que l'historien expliquait avec quel esprit de tolérance les polythéistes considéraient toutes les religions, Paola revint lui remplir son verre. Elle le débarrassa de l'assiette vide, récupéra la serviette et retourna dans la cuisine. Sans doute Gibbon devait-il parler, à un moment ou un autre, de la soumission des femmes romaines : il tardait à Brunetti de savoir ce qu'il en disait.

Le lendemain, pour se reposer de la lecture de Gibbon, il passa en revue les presses nationale et locale que les enfants avaient été chargées de ramener à la maison. *Il Gazzettino*, dont le journaliste s'était permis de le saisir par le bras, dénonçait rageusement ce qu'il estimait être un abus de pouvoir de la part des autorités, et critiquait d'un ton acerbe le refus de Brunetti de coopérer avec la presse et de se soumettre au droit légitime à l'information, son « arrogance » et son « penchant pour la violence ». La motivation avouée de Paola, dont ils avaient eu vent, était prise à la légère et traitée avec condescendance ; le journal condamnait sans nuance cet « esprit de vigilance contre le crime » et présentait la fille du comte Falier comme une personne qui cherchait à faire parler de soi, indigne du poste qu'elle occupait à l'université. L'article ne mentionnait à aucun moment qu'on ne lui avait même pas demandé d'accorder une interview au journal.

La grande presse faisait preuve d'un peu plus de modération dans le ton, même si l'incident était systématiquement présenté comme un exemple de la dangereuse tendance des citoyens à se substituer à l'État, à usurper son pouvoir légitime au nom d'une idée perverse et erronée de la « justice », mot qu'ils ne manquaient jamais d'encadrer des guillemets de leur mépris.

Les journaux une fois lus, Brunetti se remit à Gibbon et ne sortit pas de chez lui. Pas plus que Paola, qui passa le plus clair de son temps dans son bureau, épluchant la thèse de doctorat d'un de ses étudiants. Les enfants, mis en garde par l'un et l'autre sur ce qui se passait, purent aller et venir sans être importunés, et s'occupèrent des courses et de rapporter les journaux, se comportant, en dépit du bouleversement de leur vie de famille, d'une manière qui leur faisait honneur.

Le deuxième jour, Brunetti s'accorda une longue sieste après le déjeuner, allant même jusqu'à se déshabiller et à se mettre au lit sous les couvertures, au lieu de se contenter de s'allonger sur le canapé pour se laisser gagner incidemment, si l'on peut dire, par le sommeil. Le téléphone sonna à plusieurs reprises pendant l'après-midi, mais Brunetti laissa à Paola le soin de répondre, du poste de son bureau. Si Mitri ou l'avocat de celui-ci avait appelé pour lui parler, elle le lui aurait dit – ou peut-être pas.

Le téléphone sonna brièvement après le petit déjeuner, le troisième jour de ce que Brunetti considérait de plus en plus comme une retraite, alors qu'il était dans sa position favorite (allongée) et sur son siège préféré (le canapé). Quelques instants plus tard, Paola entra dans le séjour et lui dit que l'appel était pour lui.

Sans même prendre la peine de remettre pieds à terre, il tendit le bras et décrocha.

« Oui ?

– C'est Vianello, monsieur. Est-ce qu'ils vous ont appelé ?

– Qui ?

– Les hommes de service, cette nuit.

– Non. Pourquoi ? »

Vianello commença à parler, mais ses paroles furent noyées par des voix bruyantes en arrière-plan.

« Où te trouves-tu, Vianello ?

– Dans le bar, près du pont.

– Il s'est passé quelque chose ?

– Mitri a été assassiné la nuit dernière. »

Brunetti se redressa et posa cette fois les pieds sur le plancher.

« Où ? À quel moment ?

– Chez lui. Étranglé avec un garrot. Du moins, on dirait. Comme si quelqu'un l'avait pris par-derrière avec une corde, ou un fil de fer… On ne sait pas au juste avec quoi, on n'a rien retrouvé sur place. Cependant… »

De nouveau, ses paroles disparurent au milieu de voix semblant provenir d'une radio.

« Quoi ? demanda Brunetti lorsque le brouhaha retomba.

– On a trouvé un mot à côté de son corps. Je ne l'ai pas vu, mais Pucetti m'a dit qu'il s'en prenait aux pédophiles et aux gens qui les aidaient. Et qu'il y avait quelque chose à propos de la justice.

– Bordel de Dieu, ne put s'empêcher de murmurer Brunetti. Qui l'a trouvé ?

– Corvi et Alvise.

– Et qui les a alertés ?

– Sa femme. Elle était allée dîner avec des amis et elle l'a découvert sur le plancher de la cuisine, en rentrant chez elle.

– Chez qui était-elle allée dîner ?

– Je l'ignore, monsieur. Je ne peux vous rapporter que ce que Pucetti m'a raconté, et lui ne sait que ce que Corvi lui a dit avant de quitter son service, ce matin.

– À qui a-t-on donné l'affaire ?

– Je crois que le lieutenant Scarpa est allé sur la scène du crime, lorsque Corvi l'a appelé. »

Brunetti ne fit aucune remarque à ce sujet, mais ne s'en demanda pas moins pour quelle raison on avait confié l'enquête à l'assistant personnel de Patta.

« Le vice-questeur est-il déjà arrivé ?

– Il n'était pas encore là au moment où je suis venu téléphoner d'ici, c'est-à-dire il y a deux ou trois minutes. Mais Scarpa l'a appelé à son domicile.

– J'arrive », dit Brunetti, ses pieds cherchant déjà ses chaussures.

Le sergent garda longuement le silence avant de répondre :

« Oui. Je crois qu'il vaut mieux.

– Dans vingt minutes. »

Il laça ses chaussures et retourna dans le fond de l'appartement. La porte du bureau de Paola était ouverte, invitation tacite à entrer et à lui parler, s'il le désirait, de ce coup de téléphone. Manifestement, le sergent ne lui avait rien dit et ne s'était même pas annoncé, car elle lisait tranquillement quand il arriva.

« C'était Vianello », dit-il.

Elle leva la tête, posa la copie qu'elle corrigeait et reboucha son stylo, le posant sur le côté.

« Qu'est-ce qu'il t'a dit ?

– Mitri a été assassiné, la nuit dernière. »

Elle eut un mouvement de recul dans son siège, comme si quelqu'un venait brusquement de la menacer du poing ou d'une arme.

« Non ! bredouilla-t-elle. Non !

– D'après Pucetti, on a trouvé un mot à côté du cadavre, un mot dans lequel il était question de pédophiles et de justice. »

Le visage de Paola se pétrifia et elle porta lentement le dos de sa main à la bouche.

« Oh, *Santa Madonna* ! puis elle ajouta, dans un murmure : Comment ?

– On l'a étranglé. »

Elle secoua la tête, les yeux fermés.

« Oh, mon Dieu, mon Dieu ! »

Le moment était venu, Brunetti le savait. Le moment de poser la question. Il prit une profonde inspiration.

« Avant d'agir, est-ce que tu en avais parlé avec quelqu'un d'autre ? Est-ce que quelqu'un t'y a encouragée ?

— Qu'est-ce que tu veux dire ?

— As-tu agi seule ? »

Il vit ses yeux changer, vit ses iris rétrécir sous le choc.

« Est-ce que tu me demandes s'il n'y a pas quelqu'un que je connais, quelqu'un qui serait une sorte de fanatique, qui savait que j'allais briser la vitrine ? Et qui est ensuite allé le tuer ?

— Paola, répondit-il en prenant grand soin de ne pas hausser le ton, je te pose cette question dans un but précis : exclure cette possibilité avant que quelqu'un d'autre ne fasse le même raisonnement et ne te la pose. Et ce quelqu'un sera un policier ou un juge d'instruction, qui n'aura pas forcément pour toi toute la sympathie que… "

Empêtré dans sa phrase, il s'arrêta.

« Il n'y a aucun raisonnement à faire, dit-elle, se reprenant soudain et prononçant le mot *raisonnement* d'une manière sarcastique appuyée.

— Il n'y avait donc eu personne d'autre ?

— Personne. Je n'en ai discuté avec personne. C'est une décision que j'ai prise absolument seule. Une décision pas facile à prendre. »

Il hocha la tête. Si elle avait agi seule, il devait alors s'agir de quelque illuminé que la manière dont la presse avait présenté l'affaire avait galvanisé ou encouragé. Seigneur, voilà que les choses commençaient à se passer comme en Amérique, où la police ne redoutait rien tant que les tueurs par imitation, pour qui la seule mention d'un crime suffisait à les pousser au crime.

« J'y vais, reprit Brunetti. Je ne sais pas quand je reviendrai. »

Elle lui répondit d'un hochement de tête, mais ne bougea pas de son bureau et garda le silence.

Brunetti s'engagea d'un pas rapide dans le corridor, décrocha son manteau au passage et quitta l'appartement. Personne ne l'attendait devant l'immeuble, mais il savait que cet armistice, hélas, n'allait pas durer longtemps.

12

Il ne s'était pas trompé : l'armistice fut rompu devant la Questure, dont la porte était bloquée par une triple rangée de journalistes. En première ligne se trouvaient les hommes et les femmes dont l'instrument de travail était le crayon-calepin – les chevau-légers ; ensuite, ceux qui tenaient les micros, disons, les cuirassiers ; et derrière encore, collée à la porte, la rangée des caméras vidéo, dont deux étaient montées sur des pieds, lampes à arc branchées au-dessus d'elles. L'artillerie lourde.

L'un des canonniers, meilleure sentinelle que les autres, aperçut Brunetti qui s'approchait et orienta l'œil atone de sa caméra sur lui. Brunetti l'ignora, de même que tous ceux qui l'entouraient. Bizarrement, personne ne lui posa de questions, personne ne lui adressa la parole ; ils se contentèrent de braquer sur lui leurs instruments (à l'exception des crayons et des calepins) et de le regarder en silence, tandis qu'il passait, nouveau Moïse, entre les vagues de leur curiosité qui s'ouvraient devant lui.

À son entrée dans la Questure, il fut salué par un Alvise bouche bée de surprise et par Riverre.

« Bonjour, commissaire », dit ce dernier, tandis que son compère bredouillait aussi quelque chose en écho.

Brunetti leur adressa un signe de tête, conscient qu'il aurait perdu son temps à demander quoi que ce soit à Alvise, et prit la direction de l'escalier et du bureau de Patta. Dans l'antichambre, assise devant son ordinateur, la signorina Elettra était en communication téléphonique. Elle lui fit signe de la tête, l'air nullement surpris de le voir ici, et leva la main pour l'arrêter.

« Cet après-midi, j'aimerais bien », dit-elle à son correspondant.

Elle attendit que celui-ci donne sa réponse, le salua et raccrocha.

« Bienvenue pour votre retour à bord, commissaire.

– Vraiment ? »

Elle lui lança un regard interrogateur.

« Vraiment bienvenu ? expliqua-t-il.

– Oh, pour moi, sans aucun doute. Pour le vice-questeur, je ne sais pas, mais il m'a demandé il y a cinq minutes si vous étiez là.

– Que lui avez-vous répondu ?

– Que vous n'alliez pas tarder à arriver.

– Réaction ?

– Il a paru soulagé.

– Parfait. »

Brunetti aussi se sentait soulagé.

« Et le lieutenant Scarpa ?

– Il est resté avec le vice-questeur depuis qu'il est revenu de la scène du crime.

– À quelle heure, à peu près ?

– L'appel de la signora Mitri a été enregistré à 22 h 27. Corvi s'est présenté à 23 h 03. »

Elle consulta un papier qui était posé sur son bureau.

« Quant au lieutenant Scarpa, il est venu ici à 23 h 15, et il est allé aussitôt sur les lieux. Il était plus de 1 heure du matin lorsqu'il est revenu.

– Et il est là depuis… ? demanda Brunetti avec un mouvement du menton vers la porte de Patta.

– Depuis 8 h 30 ce matin, monsieur.

– Pas la peine d'attendre davantage. »

Il avait parlé tout autant pour lui-même que pour la signorina Elettra, tandis qu'il se tournait vers la porte. Il frappa. La voix de Patta s'éleva aussitôt :

« *Avanti !* »

Brunetti poussa donc le battant et entra. Comme d'habitude, le vice-questeur avait pris la pose derrière son bureau. La lumière, qui coulait à flots des fenêtres placées derrière lui, se reflétait violemment sur le plan de travail parfaitement lisse et vide, et aveuglait quiconque se trouvait assis en face de lui.

Le lieutenant Scarpa se tenait aux côtés de son supérieur, dans une posture si raide, dans un uniforme repassé avec un soin tellement maniaque, qu'il ressemblait de manière terrifiante à Maximilian Schell dans l'un de ses rôles de bon nazi.

Patta salua Brunetti d'un signe de tête et lui indiqua la chaise placée en face du bureau. Brunetti la déplaça de quelques centimètres pour profiter de l'ombre projetée par le corps de Scarpa sur le bureau, et être ainsi moins directement exposé au reflet du soleil sur le bois poli. Le lieutenant fit passer son poids d'un pied sur l'autre et se déplaça d'un petit pas sur sa droite. Brunetti contra en pivotant légèrement sur sa gauche.

« Bonjour, vice-questeur, dit le commissaire, adressant également un signe de tête à Scarpa.

– Vous êtes donc au courant ? demanda Patta.

– J'ai seulement entendu dire qu'il avait été assassiné. Je n'en sais pas plus. »

Patta regarda Scarpa.

« Expliquez-lui ce qui s'est passé, lieutenant. »

Scarpa regarda Brunetti, puis de nouveau Patta, avant

d'ouvrir la bouche, accompagnant son geste d'un hochement de tête obséquieux vers son chef.

« Avec tout le respect que je vous dois, vice-questeur,
j'avais cru comprendre que le commissaire était en
congé administratif. »

Comme Patta ne répondait rien, il enchaîna :

« Je ne m'attendais pas à ce qu'on lui confie cette
enquête. Et, si je puis me permettre, la presse pourrait
trouver cela étrange. »

Brunetti trouva intéressant que, au moins dans la tête
de Scarpa, l'ensemble des faits soit considéré comme
une seule et même affaire. Et il se demanda si, par
hasard, le lieutenant ne soupçonnerait pas Paola d'être
plus ou moins impliquée dans le meurtre.

« C'est moi qui déciderai qui sera chargé de quoi, lieutenant, dit Patta d'un ton calme. Racontez au commissaire ce qui s'est passé. C'est son problème, à présent.

– Bien, monsieur », répondit Scarpa, impassible.

Il se redressa avant de commencer :

« Corvi m'a appelé à la Questure un peu après 11 heures,
hier soir, et je me suis rendu aussitôt au domicile des
Mitri. Une fois sur place, j'ai trouvé le corps du signor
Mitri allongé sur le sol de la cuisine. Les marques que
j'ai pu voir à son cou faisaient penser qu'il avait été
étranglé, mais il n'y avait pas trace de l'arme du crime. »

Il marqua un arrêt et regarda Brunetti, mais celui-ci
ne fit aucun commentaire.

« J'ai examiné rapidement le corps, puis j'ai appelé le
dottor Rizzardi, qui est arrivé environ une demi-heure
plus tard. Il a confirmé mon opinion sur la cause du
décès.

– A-t-il émis un avis ou une hypothèse sur l'instrument qui aurait pu servir à la strangulation ? l'interrompit Brunetti.

– Non. »

Scarpa n'avait pas utilisé le titre du commissaire dans sa réponse, mais Brunetti ne le releva pas. Il n'avait pas besoin de se demander comment le lieutenant s'était comporté avec Rizzardi, dont les liens d'amitié avec Brunetti étaient connus, et il n'était donc pas surpris que le médecin légiste se soit gardé d'avancer la moindre hypothèse sur les causes du décès en présence de Scarpa.

« Et l'autopsie ? demanda Brunetti.

– Aujourd'hui, autant que possible. »

Brunetti décida d'appeler Rizzardi dès qu'il sortirait de cette réunion. Ce serait possible.

« Puis-je continuer, monsieur ? » demanda Scarpa en se tournant vers le vice-questeur.

Patta regarda Brunetti de manière appuyée, comme pour lui demander s'il n'avait pas de nouvelle et inopportune question à poser, mais Brunetti ignora son expression et le vice-questeur, se tournant vers Scarpa, l'invita à poursuivre.

« Il était seul dans l'appartement, ce soir-là. Sa femme était allée dîner avec des amis.

– Pour quelle raison Mitri ne l'accompagnait-il pas ? » demanda Brunetti.

Scarpa se tourna derechef vers Patta, comme pour lui demander s'il pouvait répondre aux questions du commissaire. Patta acquiesça et le lieutenant reprit la parole.

« D'après sa femme, il s'agissait d'anciens amis à elle, qu'elle connaissait d'avant son mariage, et Mitri l'accompagnait rarement quand elle sortait avec eux.

– Des enfants ?

– Ils ont une fille, mais elle habite à Rome.

– Des domestiques ?

– Tous ces détails figurent dans le rapport, remarqua Scarpa avec irritation, tourné vers Patta et non vers Brunetti.

– Des domestiques ? » répéta ce dernier.

Scarpa eut un instant d'hésitation.

« Non. En tout cas, pas de domestiques logés sur place. Ils ont une femme de ménage qui vient deux fois par semaine. »

Brunetti se leva.

« Où se trouve la signora Mitri ?

– Elle était toujours sur place quand je suis parti.

– Je vous remercie, lieutenant. J'aimerais avoir une copie de votre rapport. »

Scarpa hocha la tête sans rien dire.

« Je vais devoir rencontrer la signora Mitri », dit Brunetti, s'adressant à Patta, mais ajoutant avant que le vice-questeur ait le temps de lui en faire la remarque :

« Je ferai le maximum pour l'épargner, monsieur.

– Et votre femme ? » demanda Patta.

La question était suffisamment vague pour signifier n'importe quoi, mais Brunetti choisit de répondre à la forme la plus évidente qu'on pouvait lui donner.

« Elle n'a pas bougé de la maison de toute la soirée. D'ailleurs, aucun de nous n'est sorti de l'appartement après 19 h 30, heure à laquelle notre fils est rentré après être allé étudier chez une de ses camarades de classe. »

Il attendit un instant de voir si Patta allait exiger d'autres précisions, mais, rien ne venant, il quitta le bureau sans rien ajouter ni demander d'autre.

La signorina Elettra leva les yeux des documents placés sur son bureau et, sans chercher à dissimuler sa curiosité, lui lança :

« Eh bien ?

– Il me l'a confiée, dit Brunetti.

– Mais c'est insensé ! »

Elle avait réagi de manière spontanée, sans réfléchir. À la hâte, elle ajouta :

« Parce que, enfin, la presse va se déchaîner, quand elle apprendra ça. »

Brunetti haussa les épaules. Que pouvait-il faire pour tempérer l'enthousiasme des journalistes ? Rien. Ignorant la remarque, il demanda à la jeune femme :

« Avez-vous ces papiers que je vous ai interdit de rechercher ? »

Il vit qu'elle examinait les conséquences que pourrait avoir la manière dont elle allait répondre : être accusée de désobéissance et d'insubordination, refus d'obéir à un ordre explicite donné par un supérieur constituant un motif de licenciement, mise à mal de sa carrière.

« Bien sûr, monsieur.

– Vous pouvez m'en donner une copie ?

– Cela me prendra quelques minutes. Ils sont cachés là-dedans, ajouta-t-elle avec un geste en direction de son ordinateur.

– Où ça ?

– Dans un dossier que personne d'autre ne pourrait ouvrir, je crois.

– Personne ?

– Ou alors, répondit-elle avec aplomb, il faudrait qu'ils soient aussi bons que moi.

– Ce n'est donc pas possible ?

– Pas ici, en tout cas.

– Bien. Apportez-les-moi quand vous les aurez imprimés, d'accord ?

– Bien sûr, monsieur. »

Dès qu'il fut dans son bureau, il appela Rizzardi. Le médecin légiste était dans son service, à l'hôpital.

« Tu as eu le temps de la faire ? demanda Brunetti dès qu'il se fut annoncé.

– Non, pas encore. Je dois commencer dans une heure.

J'ai un suicide à terminer. Une jeune fille, seize ans seulement. Son petit ami l'a larguée, alors elle a avalé tous les somnifères de sa mère. »

Rizzardi, qui s'était marié tard, avait lui-même des enfants adolescents, comme le savait Brunetti. Deux filles, lui semblait-il.

« Pauvre gosse, dit-il.

– Oui, pauvre gosse. »

Rizzardi laissa passer quelques secondes, puis reprit : « Je crois que ça ne fait aucun doute. Il doit s'agir d'un câble métallique fin, probablement recouvert de plastique.

– Comme un câble électrique ?

– C'est le plus vraisemblable. Je pourrai te le dire quand j'aurai examiné ça de plus près. Il pourrait même s'agir d'un double cordon, comme ceux sur lesquels on branche les haut-parleurs d'une stéréo. Il y a de légères traces d'une deuxième marque, parallèle à l'autre, mais c'est peut-être simplement que l'assassin a relâché un instant sa pression pour avoir une meilleure prise. J'en saurai un peu plus lorsque je l'aurai regardé au microscope.

– Un homme ou une femme ?

– L'un ou l'autre… Ce que je veux dire, c'est que le geste pourrait aussi bien avoir été fait par une femme que par un homme. Si on surprend sa victime par-derrière, celle-ci n'a aucune chance, ce n'est pas une question de puissance. Mais ce sont en règle générale les hommes qui étranglent ; il semble que les femmes ne se sentent pas assez sûres de leur force.

– Dieu en soit loué…

– Et on dirait qu'il y a quelque chose sous les ongles de sa main gauche.

– Quelque chose ?

– Avec un peu de chance, ce sera de la peau. Ou des

fragments de tissu arrachés au vêtement que portait le tueur. Ça aussi, je le saurai avec l'examen.

– Ces éléments pourraient-ils suffire à permettre une identification ?

– Si tu me trouves le bon suspect, oui. »

Brunetti réfléchit quelques secondes.

« L'heure ?

– Même chose. Je le saurai quand je l'aurai ouvert. Mais sa femme l'a quitté à 19 h 30 et l'a trouvé peu après 22 heures, à son retour. Si bien qu'il y a peu de chances que je trouve un élément me permettant d'être plus précis. »

Rizzardi s'interrompit, couvrit le combiné de la main et parla à quelqu'un qui devait se trouver dans la même salle que lui.

« Il faut que j'y aille, à présent. On vient de la mettre sur la table. »

Avant que Brunetti ait eu le temps de le remercier, il ajouta :

« Je t'enverrai tout ça demain. »

Et il raccrocha.

Brunetti était impatient d'aller s'entretenir avec la signora Mitri, mais il se força néanmoins à attendre à son bureau jusqu'à ce que la signorina Elettra lui apporte ses informations sur Mitri et Zambino, ce qu'elle fit cinq minutes plus tard.

Elle frappa, entra et vint poser deux chemises sur son bureau, sans un mot.

« Dans quelle mesure ce qu'il y a là-dedans est-il de notoriété publique ? demanda Brunetti, posant enfin à voix haute la question qui le démangeait depuis des années.

– La plupart des informations qui sont dans ces dossiers, commissaire, deviennent plus ou moins rapidement de notoriété publique, ou du moins sont connues dans certains milieux.

– Ce n'est pas une réponse, signorina.

– Je n'ai jamais communiqué d'informations venant de la police à quelqu'un qui n'y aurait pas eu droit, se défendit-elle.

– Droit légal ou moral ? »

Elle étudia l'expression de Brunetti pendant un bon moment avant de répondre.

« Légal. »

Le policier, qui savait que le seul prix auquel on pouvait payer certaines informations était d'autres informations, ne se considéra pas satisfait, pour autant.

« Dans ce cas, comment les obtenez-vous ? »

Elle réfléchit quelques instants.

« Je conseille aussi mes amis sur des techniques plus efficaces pour récupérer les informations dont ils ont besoin.

– Ce qui signifie, en langage de tous les jours ?

– Je leur apprends comment fureter, où regarder. »

Cette fois, elle ne se laissa pas interrompre.

« Mais je n'ai jamais, jamais donné d'informations confidentielles d'aucune sorte, ni à mes amis ni aux personnes qui ne sont pas de mes amis mais avec lesquelles j'échange parfois des informations, monsieur. J'aimerais que vous me croyiez. »

D'un hochement de tête, il lui fit savoir que oui, résistant à la tentation de lui demander si elle n'avait jamais expliqué à quelqu'un comment subtiliser des informations dans les mémoires de la police. Il se contenta de tapoter les dossiers.

« Aurez-vous autre chose, plus tard ?

– Peut-être une liste de clients plus longue pour Zambino, mais je ne crois pas qu'il y ait grand-chose d'autre à apprendre sur Mitri. »

Bien sûr que si, se dit Brunetti : la raison pour laquelle on avait éprouvé le besoin de lui passer un câble électrique autour du cou et de serrer jusqu'à ce qu'il meure par étouffement.

« Je vais jeter un coup d'œil là-dedans, alors.

– Je crois que c'est assez clair, mais, si vous avez des questions, n'hésitez pas.

– Est-ce que quelqu'un d'autre que nous sait que vous m'avez donné ces informations ?

– Non, bien sûr que non. »

Et là-dessus, elle quitta le bureau.

Il choisit de commencer par le dossier le moins épais : Zambino. Natif de Modène, l'avocat avait fait ses études à la Cà Foscari et ouvert son cabinet à Venise vingt ans auparavant. Il s'était spécialisé en droit des sociétés et avait acquis une certaine réputation dans la ville. La signorina Elettra avait joint une liste de certains de ses clients les plus notoires, et Brunetti reconnut bon nombre de noms. Aucune cohérence particulière ne se dégageait de cette liste, mais ce qui était clair, en tout cas, c'était que Zambino ne travaillait pas que pour les riches : on y trouvait aussi bien des employés ou des garçons de café que des médecins et des banquiers. S'il acceptait à l'occasion de défendre un criminel, sa principale source de revenus venait de son travail pour les sociétés, dont Vianello avait fait état. Marié depuis vingt-cinq ans à une enseignante, il avait quatre enfants, dont aucun n'avait jamais eu le moindre ennui avec la police. Par ailleurs, il était loin d'être riche ; ou alors, sa fortune était ailleurs qu'en Italie.

L'agence de voyage du campo Manin appartenait à Mitri depuis six ans, mais Brunetti fut amusé de découvrir que l'homme n'avait rien à voir avec la gestion quotidienne de cette entreprise. La licence était en effet louée à un gérant qui réglait toutes les questions pratiques ; tout semblait indiquer que c'était ce gérant qui avait pris la décision d'organiser les voyages ayant provoqué le geste de Paola et conduit, apparemment, au meurtre de Mitri. Brunetti prit en note le nom du gérant et poursuivit sa lecture.

La femme de Mitri était elle aussi vénitienne, et plus jeune que lui de deux ans. Bien que le couple n'ait eu qu'un enfant, elle n'avait pas fait de carrière professionnelle et Brunetti ne se souvenait pas d'avoir vu son nom associé à l'une des institutions charitables de la ville. En outre, Mitri laissait après lui un frère, une sœur et un cousin. Le frère, également chimiste, habitait près de Padoue, la sœur à Vérone, et le cousin était parti faire fortune en Argentine.

Venaient ensuite les numéros de trois comptes ouverts dans des banques différentes de la ville, une liste d'obligations du gouvernement, quelques actions, le tout pour un total de plus d'un milliard de lires. Et c'était tout. Mitri n'avait jamais été mis en examen pour quoi que ce soit et n'avait pas une seule fois, en plus d'un demi-siècle, fait l'objet de l'attention de la police.

En revanche, songea Brunetti, il avait probablement fait l'objet de l'attention d'une personne qui pensait (il eut beau essayer de chasser cette idée, il dut la développer jusqu'au bout) comme Paola et qui, comme elle, avait décidé d'employer la manière forte pour exprimer son opposition au genre de voyages que proposait l'agence. Il n'ignorait pas que l'Histoire, avec un grand H, était pleine d'exemples de personnes qui étaient mortes au mauvais moment, ou injustement. Le meilleur des fils du Kaiser Guillaume, Friedrich, n'avait survécu que de quelques mois à son père, laissant le chemin de la succession ouvert à son propre fils, Guillaume II, et en fin de compte à la première véritable guerre mondiale. La mort de l'empereur Germanicus avait de même posé un problème de succession qui avait abouti à Néron. Il s'agissait cependant d'exemples dans lesquels le destin, ou l'Histoire, intervenait sans qu'il y eût besoin d'un individu équipé d'un fil de fer ou d'une arme quelconque pour mettre un terme précoce à la vie de la victime ; il n'y avait pas eu cette sélection délibérée.

Brunetti appela Vianello, qui décrocha dès la deuxième sonnerie.

« Le labo en a fini, avec la note ? lui demanda-t-il sans autre préambule.

– Probablement. Voulez-vous que j'aille leur demander ?

– S'il te plaît. Et ramène-la-moi, si tu peux. »

Pendant qu'il attendait le sergent, Brunetti relut la courte liste des clients pour affaire pénale de Zambino, essayant de rameuter ses souvenirs quand il tombait sur un nom qu'il connaissait. Il y avait un cas d'homicide dans lequel l'homme avait été certes condamné, mais seulement à sept années de réclusion, grâce à des circonstances atténuantes ; Zambino avait réussi à venir faire témoigner un certain nombre de femmes résidant dans le même immeuble que la victime pour prouver que celle-ci, pendant des années, les avait pourchassées et harcelées dans l'ascenseur et les couloirs. Zambino avait réussi à convaincre les juges que son client n'avait fait que défendre l'honneur de sa femme, le jour où une dispute avait éclaté entre les deux hommes dans un bar voisin. Deux individus soupçonnés d'être les auteurs d'un cambriolage avaient été relâchés, faute de preuves : Zambino avait fondé sa plaidoirie sur le fait qu'on les avait surtout arrêtés parce qu'ils étaient albanais.

Un coup frappé à la porte interrompit sa lecture, et Vianello entra. Le sergent tenait une grande enveloppe en plastique transparente à la main droite ; il la portait devant lui comme le saint sacrement. Le labo venait tout juste de finir. Chou blanc sur toute la ligne.

« *Lavata con Perlana* », conclut Vianello, utilisant l'un des slogans publicitaires les plus connus de la télé depuis dix ans. Comme le savait tout un chacun, rien ne pouvait être plus immaculé qu'un vêtement lavé avec Perlana. Sauf une note laissée sur la scène du meurtre par un assassin qui savait qu'elle serait examinée par la police à la loupe, au microscope, au spectrographe, au carbone 14 – bref, à l'aide de tout ce que la science pouvait offrir en matière d'instruments d'investigation.

Vianello déposa l'enveloppe sur le bureau et, les mains appuyées sur le plateau, se pencha dessus, l'étudiant en même temps que Brunetti.

Les lettres, remarqua ce dernier, paraissaient avoir été découpées dans *La Nuova*, le journal qui proposait les articles les plus sensationnels et la plupart du temps les plus ignobles et vulgaires de la ville. Si lui n'en était pas sûr, les techniciens, eux, sauraient. Les lettres étaient collées sur une demi-feuille de papier à lettres ligné.

« Sales pédérastes et pornographes d'enfants ! Vous mourrez tous ainsi ! » lisait-on.

Brunetti prit l'enveloppe par un coin et la retourna. On ne voyait rien d'autre que le même lignage et les petites marques aplaties faites par la colle à travers le papier, qu'elle tachait de gris. Il tourna à nouveau la feuille et la relut.

« On dirait bien qu'il y a eu une fuite quelque part, non ?

– C'est le moins que l'on puisse dire », répondit Vianello.

Si Paola avait donné explicitement aux policiers qui l'avaient arrêtée les raisons de son geste, elle ne s'en était jamais expliquée devant les journalistes, auxquels elle n'avait pratiquement pas adressé la parole. Autrement dit, tout ce qu'ils racontaient sur ses motivations provenait d'une autre source. Source qui avait quelque chance de s'appeler Scarpa. Les articles que Brunetti avait lus ne faisaient guère que mentionner qu'elle avait agi par « féminisme », même si ce terme n'était jamais écrit noir sur blanc. Il avait bien été fait mention des voyages organisés par l'agence, mais l'accusation de tourisme sexuel avait été vigoureusement et formellement rejetée par le gérant, qui avait répété à plusieurs reprises que la plupart des hommes qui achetaient des billets pour Bangkok y allaient avec leur épouse. *Il Gazzettino*, se souvenait Brunetti, avait publié une longue interview du gérant, dans laquelle il exprimait tout le dégoût que lui inspirait le tourisme sexuel et prenait bien soin de rappeler que c'était une activité illégale en Italie – et qu'il était donc impensable, pour une agence ayant pignon sur rue, de se livrer à cet ignoble commerce.

Si bien que le poids de l'opinion et celui de l'autorité étaient ligués contre Paola, taxée de « féministe hystérique », et penchaient en faveur du respectable gérant et, derrière lui, du dottor Mitri, l'homme assassiné. Celui ou celle qui avait eu l'idée de dénoncer ainsi les « pornographes d'enfants » s'était lamentablement trompé de cible.

« Je crois qu'il est temps que nous allions parler à quelques personnes, dit Brunetti en se levant. À commencer par le gérant de l'agence. J'aimerais savoir ce qu'il a à nous dire sur toutes ces femmes mariées qui ne demandent qu'à accompagner leur mari à Bangkok. »

Brunetti consulta sa montre et s'aperçut qu'il était presque 14 heures.

« La signorina Elettra est-elle encore ici ?

– Oui, monsieur. Elle était à son bureau lorsque je suis monté.

– Bien. J'aimerais lui dire un mot en passant. Ensuite, on pourrait peut-être aller manger un morceau quelque part. »

Un peu surpris, Vianello acquiesça et suivit son supérieur jusque dans le petit bureau de la secrétaire. Depuis la porte, il vit le commissaire se pencher vers elle et lui parler, il vit la signorina Elettra lui répondre et l'entendit rire. Elle hocha affirmativement la tête à plusieurs reprises et se tourna vers son ordinateur, puis Brunetti la laissa. Les deux hommes sortirent de la Questure pour se rendre dans le petit bar situé près du ponte dei Grechi, où ils prirent du vin et des *tramezzini* en parlant de choses et d'autres. Brunetti ne semblait pas pressé de partir, et ils reprirent donc des sandwichs et un deuxième verre de vin.

Une demi-heure après, la signorina Elettra entra dans le bar, réussissant à décrocher un sourire au barman et à se faire offrir un café par deux hommes installés au bar. L'établissement était à moins de deux minutes de la Questure, mais elle avait tout de même enfilé un manteau matelassé en soie noire qui lui tombait jusqu'aux chevilles. Elle refusa le café d'un mouvement poli de la tête et se dirigea vers les deux policiers, tendant à Brunetti quelques feuilles de papier qu'elle venait de sortir de sa poche.

« Un jeu d'enfant, dit-elle en levant les yeux au ciel, prenant une mine faussement exaspérée. C'est vraiment trop facile.

– Je n'en doute pas », lui répondit Brunetti en souriant.

Sur quoi, il paya ce qui était censé être leur déjeuner.

13

Brunetti et Vianello se présentèrent à l'agence de voyages dès l'heure de sa réouverture, à 15 h 30, et demandèrent à parler au signor Dorandi. Brunetti se retourna vers la place et remarqua que la vitrine était si propre qu'elle en semblait invisible. La femme blonde, à l'accueil, leur demanda qui ils étaient et, sans commenter leur réponse, appuya sur le bouton de son Interphone. Quelques secondes après, une porte s'ouvrit, à la gauche du comptoir, sur le gérant de l'agence.

D'une taille légèrement inférieure à celle de Brunetti, il portait une barbe complète qui commençait à grisonner, alors qu'il ne devait guère avoir plus de trente-deux ou trente-quatre ans. Quand il vit l'uniforme de Vianello, il s'avança vers lui, main tendue, le visage fendu d'un grand sourire.

« Ah, la police. Je suis content que vous soyez venus. »

Brunetti le salua mais sans donner leurs noms, comptant que l'uniforme du sergent suffirait comme introduction, puis il demanda au signor Dorandi s'il serait possible d'avoir un entretien avec lui dans son bureau. Le barbu se tourna aussitôt et tint la porte pour laisser entrer les deux visiteurs, s'attardant lui-même sur le seuil le temps de leur demander s'ils désiraient un café. Les deux policiers refusèrent.

Les inévitables affiches représentant des plages de cocotiers, des temples exotiques et des palais de rêve tapissaient tous les murs, preuves incontestables que les mauvais chiffres de l'économie et la menace régulièrement brandie d'une crise financière ne suffisaient pas à persuader les Italiens de rester chez eux. Dorandi prit place derrière son bureau, repoussa sur le côté quelques papiers et se tourna vers Brunetti, lequel repliait son manteau, le posait sur le dossier d'une chaise et s'asseyait, tandis que Vianello s'installait dans le siège voisin.

Le gérant portait un costume tout à fait classique, mais cependant quelque chose clochait. Intrigué, Brunetti essaya de comprendre ce que c'était : était-il trop grand pour lui ? Ou au contraire y était-il trop engoncé ? Non, il s'agissait d'autre chose. Le veston croisé était coupé dans un tissu bleu épais qui faisait penser à de la laine mais aurait tout aussi bien pu être une variété de contreplaqué. Il tombait de ses épaules, droit, rigide, sans un pli, avant de disparaître au-dessous du bureau. Le visage de Dorandi donnait lui aussi l'impression que quelque chose manquait, mais sur le coup Brunetti ne saisit pas quoi. Puis il remarqua la moustache. Elle avait été taillée avec un soin qui ne devait rien au hasard, laissant une partie de la lèvre supérieure parfaitement rasée, si bien qu'elle dessinait un accent circonflexe parfaitement rectiligne et mince avant d'aller se perdre dans le reste du système pileux luxuriant de l'homme, avec pour résultat de la faire paraître aussi fausse qu'une moustache de théâtre.

« Que puis-je faire pour vous, messieurs ? demanda Dorandi qui, toujours souriant, croisa les mains devant lui.

– Je voudrais que vous nous parliez du dottor Mitri et de l'agence, si c'était possible, répondit Brunetti.

– Ah, volontiers. »

Il prit un instant de réflexion avant de poursuivre.

« Je le connaissais depuis des années, depuis que je suis venu travailler ici, en fait.

– Combien d'années, exactement ? »

Vianello avait sorti son petit calepin et prenait des notes.

Dorandi tourna la tête de côté et se mit à contempler une affiche, sur le mur latéral, où l'on voyait la baie de Rio. Puis il revint vers Brunetti et répondit :

« Cela aurait fait exactement six ans en janvier.

– Et quel poste occupiez-vous, à vos débuts ?

– Le même qu'aujourd'hui : gérant.

– Mais n'êtes-vous pas aussi propriétaire ? »

Dorandi sourit.

« À tous points de vue, sauf nominalement. Je suis propriétaire de l'affaire, mais le dottor Mitri détient encore la licence.

– Qu'est-ce que cela signifie, exactement ? »

Une fois de plus, le gérant consulta du regard la ville sud-américaine, sur son affiche. Lorsqu'il eut trouvé la réponse, il se tourna vers Brunetti.

« Cela signifie que c'est moi qui engage ou licencie le personnel, qui choisis les supports publicitaires, qui décide des offres spéciales, et qui garde la majorité des bénéfices.

– Quel pourcentage ?

– Soixante-quinze pour cent.

– Et le reste allait au dottor Mitri ?

– Oui. Ainsi que le loyer.

– Qui était de ?

– Le loyer ?

– Oui.

– Trois millions de lires par mois.

– Et les bénéfices ?

– Pourquoi avez-vous besoin de savoir cela ? demanda Dorandi sans hausser le ton.

– À ce stade de l'enquête, signore, je n'ai aucune idée de ce que j'ai besoin de savoir ou pas. Je m'efforce simplement d'accumuler autant d'informations que possible sur le dottor Mitri et ses affaires.

– Dans quel but ?

– De découvrir pour quelle raison il a été tué. »

La réponse de Dorandi fusa sur-le-champ.

« Je croyais que cette raison était clairement expliquée par la note que vous avez trouvée auprès du corps. »

Brunetti leva la main, comme s'il concédait le point.

« Je pense néanmoins qu'il est important que nous en apprenions le plus possible sur lui.

– Mais… cette note existe bien, n'est-ce pas ?

– Où et comment en avez-vous entendu parler, signor Dorandi ?

– C'était dans les journaux. Dans au moins deux d'entre eux. »

Brunetti acquiesça.

« En effet, cette note existe bien.

– Et disait-elle ce que les journaux ont rapporté ? »

Brunetti, qui lui aussi avait lu les journaux, hocha de nouveau affirmativement la tête.

« Mais c'est absurde ! s'emporta l'homme, comme si Brunetti était l'auteur du mot laissé près du cadavre. Il n'y a pas de pornographie enfantine, ici ! On ne recherche pas les pédérastes ! Toute cette affaire est ridicule !

– Avez-vous une idée des raisons qui auraient pu pousser quelqu'un à écrire cela, signore ?

– C'est probablement à cause de cette folle, répliqua Dorandi, sans chercher à dissimuler son dégoût et sa rage.

– De quelle folle voulez-vous parler ? » demanda Brunetti.

Le gérant garda longtemps le silence avant de répondre ; il étudiait le visage de Brunetti avec soin, comme pour deviner le piège que pouvait contenir la question.

« La femme qui a jeté la pierre, dit-il finalement. C'est à cause d'elle que tout est arrivé. Si elle n'avait pas lancé toutes ces accusations insensées, qui ne sont que mensonges, mensonges, il ne se serait rien passé.

– Sont-ce bien des mensonges, signor Dorandi ?

– Comment osez-vous me poser la question ? rétorqua l'homme qui, penché vers Brunetti, s'emportait encore plus. Bien sûr que ce sont des mensonges ! Nous n'avons rien à voir avec ces histoires de pornographie enfantine et de pédérastes.

– C'était ce qu'il y avait dans la note, signor Dorandi.

– Qu'est-ce que ça change ?

– Il s'agit de deux accusations différentes, signore. J'essaie de comprendre pourquoi la personne qui a rédigé la note a pu croire que l'agence était impliquée dans des histoires de pédérastie et de pornographie enfantine.

– Et moi, je vous ai expliqué pourquoi ! »

Le gérant était de plus en plus exaspéré.

« À cause de cette femme ! Elle est allée voir tous les journaux, elle m'a diffamé, elle a diffamé l'agence, prétendant qu'on organisait du tourisme sexuel…

– Mais elle n'a pas parlé de pédérastie ou de pornographie enfantine, n'est-ce pas ? l'interrompit Brunetti.

– Quelle différence, pour une folle ? Elles mettent tout dans le même sac, du moment qu'il s'agit de sexe.

– Dans ce cas, est-ce que les voyages que vous organisez ont quelque chose à voir avec le sexe ?

– Ce n'est pas ce que j'ai dit ! » explosa Dorandi.

Puis, se rendant compte qu'il venait de crier, il ferma un instant les yeux, décroisa et recroisa les mains et répéta, d'un ton tout à fait normal cette fois :

« Ce n'est pas ce que j'ai dit.

— Quelque chose a dû m'échapper, admit Brunetti en haussant les épaules. Mais pourquoi cette folle, comme vous l'appelez, aurait dit ces choses ? Pourquoi les gens, d'une manière générale, en parlent-ils ?

— Confusion des esprits. »

Dorandi avait retrouvé le sourire.

« Vous savez comment c'est, avec les gens : ils voient ce qu'ils veulent bien voir, ils donnent aux choses le sens qu'ils ont envie qu'elles aient.

— Plus précisément ?

— Plus précisément, prenez le cas de cette femme. Elle voit des affiches pour des voyages dans des pays exotiques, la Thaïlande, le Sri Lanka, Cuba, après quoi elle lit un article hystérique, dans une revue féministe quelconque, qui prétend qu'il existe de la prostitution enfantine dans ces pays et que les agences de voyages organisent des tours dans ce but ; elle fait le rapprochement, dans sa tête malade, et décide de venir la nuit détruire ma vitrine.

— Ne trouvez-vous pas que c'est une réaction excessive ? Pour quelqu'un qui n'a pas de preuves, je veux dire ? »

Brunetti avait parlé d'un ton des plus raisonnables.

C'est avec une pointe de sarcasme appuyée que Dorandi répondit :

« C'est exactement pour cela qu'on dit que certains sont fous : parce qu'ils font des choses folles. Bien entendu que c'est une réaction excessive. Et totalement dépourvue de raisons objectives. »

Brunetti laissa le silence s'éterniser entre eux avant de reprendre.

« Vous avez été cité dans *Il Gazzettino* comme disant qu'il y avait autant de femmes que d'hommes qui allaient à Bangkok. Que la plupart des hommes qui vous achetaient un voyage à Bangkok prenaient aussi un billet pour leur femme. »

Dorandi, qui contemplait ses mains jointes, ne répondit pas. Brunetti sortit alors de sa poche les feuilles de papier que la signorina Elettra lui avait remises.

« Pourriez-vous être plus précis sur ce point, signore ? demanda Brunetti en examinant les documents.

– Sur quel point ?

– Le nombre d'hommes qui emmènent leur épouse avec eux lorsqu'ils vont à Bangkok. Disons, au cours de l'année écoulée.

– Je ne vois pas de quoi vous voulez parler. »

Le commissaire ne se fendit pas d'un sourire.

« Signor Dorandi, dois-je vous rappeler qu'il s'agit ici d'une enquête criminelle, ce qui signifie que j'ai le droit de requérir, c'est-à-dire d'exiger, s'il le faut, certaines informations auprès des personnes concernées ?

– Que voulez-vous dire, *concernées* ? bafouilla Dorandi.

– La chose devrait pourtant être claire pour vous, répondit Brunetti d'un ton égal. Vous avez une agence de voyages qui vend des billets d'avion et des séjours à l'étranger, qui organise des tours dans des lieux que vous qualifiez vous-même d'exotiques. L'accusation a été lancée que certains de ces voyages auraient pour but le tourisme sexuel – et je ne devrais pas avoir besoin de vous rappeler qu'il s'agit d'une activité illégale dans ce pays. Un homme, le propriétaire de cette agence, a été assassiné, et une note laissée sur place semble suggérer que vous vous livrez à cette activité illégale, et que celle-ci est le motif du crime. Vous semblez vous-même admettre qu'il y a un rapport. Autrement dit, l'agence serait impliquée, et donc vous aussi, en tant que gérant. »

Brunetti garda un instant le silence.

« Ai-je été assez clair ?

– Oui, répondit Dorandi d'un ton boudeur.

– Dans ce cas, pourriez-vous avoir l'obligeance de me dire dans quelle mesure votre déclaration à la presse était juste – ou, pour parler plus directement, était vraie ? Je vous rappelle que, dans cette déclaration, vous disiez que la plupart des hommes qui achetaient un séjour à Bangkok prenaient aussi un billet pour leur épouse.

– Bien sûr qu'elle est vraie, s'entêta Dorandi en changeant de position dans son fauteuil, une main toujours posée sur le bureau.

– Ce n'est pas la conclusion que l'on peut tirer en examinant vos ventes de billets, signor Dorandi.

– Mes quoi ?

– Les ventes de billets d'avion faites par votre agence qui, toutes, comme vous le savez certainement, sont archivées dans un ordinateur central. »

Brunetti vit que l'homme commençait à comprendre.

« La plupart des billets pour Bangkok que vous avez vendus, au moins au cours des six derniers mois, ont été achetés par des hommes voyageant seuls. »

C'est sans réfléchir que Dorandi réagit :

« Leurs épouses les rejoignaient plus tard. Ils voyageaient pour affaires – les hommes – et les femmes les rejoignaient plus tard.

– Achetaient-elles leur billet dans votre agence ?

– Comment le saurais-je ? »

Brunetti disposa les feuilles de papier sur le bureau, tournées de manière à être lisibles par Dorandi s'il voulait les consulter. Il prit une profonde inspiration.

« Signor Dorandi, faut-il tout reprendre depuis le début ? Je vais vous répéter ma question et j'aimerais, cette fois, que vous réfléchissiez à ce que vous allez me répondre. »

Il laissa quelques longues secondes s'écouler.

« Est-ce que les hommes qui ont acheté des billets pour Bangkok par l'intermédiaire de votre agence voyageaient ou non avec leur épouse ? »

Dorandi mit longtemps à réagir, et lorsqu'il le fit, ce fut pour dire simplement :

« Non.

– Et ces voyages que vous organisez dans des hôtels à la "direction tolérante", situés dans des quartiers "pratiques" (Brunetti s'exprimait d'un ton parfaitement neutre, sans la moindre trace d'émotion perceptible), ont-ils pour objet le tourisme sexuel ?

– J'ignore ce que font mes clients lorsqu'ils sont sur place, s'entêta Dorandi. D'ailleurs, ça ne me regarde pas. »

Sa tête donna l'impression de s'enfoncer dans l'encolure trop large de son veston, comme le ferait une tortue attaquée.

« Savez-vous quoi que ce soit sur le genre d'hôtels où se rendent ces touristes un peu particuliers ? »

Avant que Dorandi eût le temps de répondre, Brunetti posa les coudes sur le bureau et, la tête entre ses mains, se mit à examiner la liste.

« Ils ont une direction tolérante, finit par dire le gérant.

– Cela signifie-t-il qu'ils laissent entrer librement les prostituées, ou même qu'ils se chargent d'en trouver pour leur clientèle ? »

Dorandi haussa les épaules.

« Peut-être.

– Des jeunes filles, aussi ? Pas seulement des femmes, des jeunes filles ? »

Dorandi foudroya le commissaire du regard.

« Je ne sais rien de ces hôtels, sinon leurs tarifs. Ce qu'y font mes clients ne me regarde pas.

– Des jeunes filles ? » répéta Brunetti.

L'homme agita la main en l'air, d'un geste agacé.

« Je vous l'ai dit, cela ne me concerne pas !

– Voyez-vous, cela nous concerne, à présent, signor Dorandi. C'est pourquoi je préférerais une réponse. »

Le gérant se tourna de nouveau vers l'affiche de Rio ; mais elle n'avait aucune solution à lui proposer, cette fois.

« Oui, dit-il.

– Est-ce pour cette raison que vous les choisissez ?

– Je les choisis parce que ce sont ceux qui proposent les meilleurs tarifs. Si les clients qui y descendent décident de faire venir des prostituées dans leur chambre, c'est leur affaire. »

Il ne parvenait plus à contenir sa colère.

« Je vends des voyages organisés, des tours. Je ne prêche pas la morale. J'ai vérifié tous les termes de ces publicités avec soin, aidé par mon avocat, et elles n'ont rien qui soit illégal, absolument rien. Je respecte parfaitement la loi.

– Je n'en doute pas », ne put s'empêcher de répliquer Brunetti.

Soudain, il en eut plus qu'assez. Il se leva.

« Je crains que nous ne vous ayons pris trop de temps, signor Dorandi. Nous allons vous laisser pour le moment, mais nous aurons peut-être besoin de vous reparler. »

L'homme préféra ne rien répondre. Et il ne se leva même pas lorsque les deux policiers quittèrent la pièce.

14

En traversant le campo Manin, Vianello et Brunetti n'eurent pas besoin de se consulter pour savoir quel itinéraire suivre s'ils voulaient aller interroger la veuve pendant qu'ils étaient encore dehors, plutôt que de retourner à la Questure. Pour se rendre jusqu'à l'appartement des Mitri, situé sur le campo del Ghetto Nuovo, ils revinrent jusqu'au Rialto et prirent le vaporetto de la ligne 1 en direction de la gare.

Ils préférèrent rester sur le pont, en dépit de la fraîcheur de la journée, plutôt que d'aller s'entasser avec les autres passagers dans l'air confiné et humide de la cabine. Brunetti attendit qu'ils soient passés sous le pont du Rialto pour se tourner vers Vianello.

« Eh bien ?

– Il vendrait sa mère pour une bouchée de pain, celui-là », répondit Vianello, sans faire mystère de son mépris.

Il garda le silence un moment, puis demanda :

« Vous croyez que c'est la télé, monsieur ? »

Brunetti resta interdit.

« Comment ça, la télé ?

– Qui nous permet de garder si facilement nos distances avec le mal que nous faisons ? »

Voyant qu'il avait acquis l'attention de Brunetti, il poursuivit :

« Vous comprenez, lorsque nous la regardons, ce qui se passe sur l'écran est bien réel, se produit vraiment, et en même temps, c'est une image irréelle, non ? On voit des tas de gens se faire tirer dessus, se faire tuer et on nous voit (il s'arrêta ici et sourit légèrement avant de s'expliquer), je veux dire, nous la police, on nous voit découvrir des tas de choses horribles. Mais les flics ne sont pas réels, les choses non plus ne sont pas réelles. Si bien que si l'on en a vu beaucoup à la télé, des horreurs qui sont de vraies horreurs, quand elles arrivent dans la réalité, à de véritables personnes, elles ne semblent pas plus réelles qu'à la télé. »

Brunetti trouva les explications du sergent un peu embrouillées, et son langage confus, avec ces choses qui étaient vraies mais pas réelles ou le contraire, mais il voyait cependant ce qu'il voulait dire, et était d'accord avec lui.

« Elles sont à quelle distance de nous, ces gamines dont il ne veut rien savoir ? Dix mille kilomètres ? Quinze mille ? J'aurais tendance à dire qu'il est probablement très facile de ne pas voir que ce qui leur arrive est tout à fait réel, ou bien, si l'on en a conscience, de ne pas en être affecté. »

Vianello acquiesça.

« Vous pensez que les choses deviennent pires qu'avant ? »

Brunetti haussa les épaules.

« Certains jours, je pense qu'elles sont pires que jamais, en effet. D'autres jours, je suis même sûr qu'elles le sont. Puis le soleil chasse les nuages, et je change d'avis. »

Vianello hocha de nouveau la tête, ajoutant un petit grognement d'assentiment.

« Et toi ? demanda Brunetti.

– Je pense que les choses vont en empirant. »

Le sergent avait répondu sans hésiter.

« Comme vous, pourtant, il y a des jours où tout va bien. Les enfants sautent autour de moi quand j'arrive à la maison, ou bien Nadia est heureuse et c'est contagieux. Mais dans l'ensemble, j'estime que le monde est un endroit de plus en plus inhabitable. »

Espérant lui rendre sa bonne humeur habituelle, Brunetti remarqua :

« Pas tellement le choix, pas vrai ? »

Vianello eut la gentillesse de rire.

« Non, pas tellement, c'est vrai. Pour le meilleur et pour le pire, ce monde est le seul que nous ayons. »

Il se tut quelques instants, contemplant le *palazzo* dont ils se rapprochaient, celui où se trouve le casino.

« C'est peut-être différent pour nous parce que nous avons des enfants.

– Et pourquoi ?

– Parce qu'on se fait une idée du monde dans lequel ils vont vivre, et qu'on peut comparer avec le monde dans lequel nous avons grandi. »

Brunetti, grand lecteur d'ouvrages historiques, se rappela les innombrables fulminations prononcées par les anciens Romains contre les diverses époques dans lesquelles ils vivaient, toujours assorties du rappel que celle de la génération de leurs parents et de leur enfance était infiniment meilleure, à tous points de vue, que la leur. Ils se rappelaient leurs violentes mercuriales contre l'insensibilité de la jeunesse, sa paresse, son ignorance, son manque de respect et de déférence pour les anciens, et il se trouva fort rasséréné par cette évocation. Si chaque génération avait pensé de cette façon, alors peut-être s'étaient-elles toutes trompées et les choses n'empiraient-elles pas, en réalité ? Il ne savait trop comment expliquer cela à Vianello et se sentait gêné de lui citer Pline, craignant que le sergent ne se sente mis en position d'infériorité culturelle.

Il se contenta donc de lui taper chaleureusement sur l'épaule tandis que le bateau accostait à l'embarcadère de San Marcuola et qu'ils en descendaient tous les deux, marchant en file indienne dans l'étroite *calle* afin de laisser la place à ceux qui couraient vers le vaporetto encore à quai.

« C'est pas un problème que nous allons régler à nous deux, n'est-ce pas, monsieur ? commenta Vianello lorsqu'ils atteignirent la rue plus large, derrière l'église, et purent marcher de nouveau côte à côte.

– Je doute même que quelqu'un puisse jamais le résoudre, dit Brunetti, conscient d'avoir choisi une réponse vague qui ne le satisfaisait pas.

– Puis-je vous poser une question, monsieur ? »

Le sergent, qui s'était arrêté un instant, avait repris sa marche. L'un et l'autre connaissaient l'adresse et avaient donc une idée assez précise de l'emplacement de la maison.

« C'est à propos de votre femme, commissaire. »

À la manière dont il avait parlé, Brunetti sut ce qu'allait fatalement être cette question.

« Oui ? »

Regardant droit devant lui, même s'ils ne côtoyaient plus, dans l'étroite ruelle, des passagers en retard se précipitant en sens inverse, Vianello demanda :

« Est-ce qu'elle vous a expliqué pourquoi elle l'avait fait ? »

Brunetti s'était remis en marche en même temps que le sergent et avait réglé son pas sur le sien. Il jeta un coup d'œil de côté avant de répondre :

« Je crois que ça se trouve dans le rapport de son arrestation.

– Ah… Je ne le savais pas.

– Tu ne l'as pas lu ? »

Vianello s'arrêta de nouveau pour faire face à son supérieur.

« Comme il concernait votre épouse, monsieur, j'ai pensé qu'il ne convenait pas que je le lise. »

Vianello étant un fidèle du commissaire, il était peu probable que Landi, l'un des séides de Scarpa, lui en ait parlé ; or, c'était Landi qui avait arrêté Paola et pris sa déposition.

Les deux hommes reprirent leur marche avant que Brunetti ne réponde.

« Elle a déclaré qu'il était mal d'organiser des voyages de tourisme sexuel et qu'il fallait que quelqu'un arrête ça. »

Il attendit de voir si Vianello allait lui poser une nouvelle question avant de continuer.

« À moi, elle a dit que, puisque la loi ne voulait pas s'en occuper, elle allait le faire. »

Il s'interrompit à nouveau, attendant la réaction du sergent.

« C'était votre femme, la première fois ?

– Oui », lui répondit Brunetti, sans hésiter.

Ils marchaient d'un même pas, comme à la parade. Finalement, le sergent conclut :

« C'est mieux pour elle. »

Brunetti se tourna vers son subordonné, mais celui-ci ne lui offrit que son profil massif dominé par un long nez. Avant qu'il ne puisse lui poser une nouvelle question, le sergent s'arrêta et dit :

« Si c'est bien le 607, ça devrait se trouver juste au coin. »

Et effectivement, le coin de la rue franchi, ils se retrouvèrent devant la maison.

Des trois sonnettes, celle des Mitri était la supérieure, et Brunetti la pressa ; il attendit, pressa encore.

Une voix, rendue sépulcrale par le chagrin ou par la médiocrité de l'Interphone, leur parvint par le petit haut-parleur, leur demandant qui ils étaient.

« Commissaire Brunetti, de la police de Venise. Nous souhaiterions parler à la signora Mitri. »

Un long moment s'écoula, puis la voix d'outre-tombe leur demanda d'attendre un moment, et il n'y eut plus rien.

Plus d'une minute passa avant le déclenchement du portier automatique. Brunetti poussa le battant et précéda Vianello dans un vaste atrium où deux palmiers poussaient de part et d'autre d'une fontaine circulaire. La lumière du ciel pénétrait jusque dans cet espace.

Ils s'engagèrent dans le passage qui s'ouvrait devant eux, en direction de l'arrière du bâtiment et de l'escalier. Tout comme dans l'immeuble de Brunetti, la peinture s'écaillait sur les murs, victime des lentes remontées de sel en provenance des eaux de la lagune. Des débris de la taille d'une pièce de cent lires s'étaient accumulés – poussés du balai ou du pied – de part et d'autre de l'escalier, laissant à nu la paroi de brique. En arrivant à hauteur du premier palier, on distinguait la ligne horizontale qui marquait le niveau atteint par l'humidité : au-dessus, aucune écaille de peinture ne déparait les marches et la peinture redevenait lisse et blanche sur les murs.

Brunetti songea au devis qu'une entreprise de travaux publics avait soumis aux sept copropriétaires de son immeuble pour en chasser l'humidité, à l'énormité de la somme ; mais cette idée le déprima, et il la repoussa aussitôt de son esprit.

Au dernier étage, la porte était ouverte et une jeune fille, à peu près de l'âge de Chiara, se tenait un peu en retrait du seuil, à demi cachée.

Brunetti fit halte et, sans lui tendre la main, lui donna son nom et celui du sergent.

« Nous aimerions parler à la signora Mitri, ajouta-t-il.

L'adolescente ne bougea pas.

« Ma grand-mère ne se sent pas très bien, expliqua-t-elle d'une voix que la nervosité faisait chevroter.

– Je suis désolé de l'apprendre, signorina, et désolé aussi pour ce qui est arrivé à votre grand-père. C'est pour cette raison que je suis ici, parce que nous aimerions pouvoir faire quelque chose.

– Ma grand-mère dit que, de toute façon, il n'y a plus rien à faire.

– Nous pourrions peut-être trouver la personne qui a commis ce crime. »

L'adolescente réfléchit. Aussi grande que Chiara, sa chevelure brune, séparée en deux par une raie, retombait sur ses épaules. Elle ne deviendrait jamais une beauté, songea Brunetti, mais cela n'avait rien à voir avec ses traits, qui étaient à la fois délicats et réguliers : de grands yeux espacés et une bouche bien dessinée. Sa banalité venait de son manque total de vie et d'animation quand elle parlait ou écoutait. Sa placidité, qui confinait à l'inertie, donnait l'impression qu'elle n'était pas concernée par ce qu'elle disait ou, d'une certaine manière, qu'elle ne participait pas réellement à la conversation.

« Pouvons-nous entrer ? » demanda le commissaire.

Il avait fait un pas en avant tout en parlant, soit pour lui faciliter la décision, soit pour l'obliger à lui céder le passage.

Elle ne dit rien mais s'effaça et leur tint la porte. Les deux hommes murmurèrent poliment le *« Permesso »* de rigueur et la suivirent dans l'appartement.

Un long couloir central conduisait jusqu'à une série de quatre fenêtres gothiques, à l'autre extrémité. Son sens de l'orientation dit à Brunetti que la lumière qui en tombait devait venir du rio di San Girolamo, en particulier parce que les bâtiments que l'on apercevait à travers les vitres paraissaient assez éloignés ; seul le canal pouvait offrir un espace aussi dégagé dans ce secteur.

La jeune fille les précéda jusque dans la première pièce à droite, un grand salon avec une cheminée flanquée de deux fenêtres de plus de deux mètres de haut. Elle leur indiqua le canapé qui faisait face au foyer, mais les deux policiers restèrent debout.

« Voulez-vous dire à votre grand-mère que nous sommes là ? » demanda Brunetti.

Elle acquiesça, mais ajouta :

« Je ne crois pas qu'elle ait envie de parler à quelqu'un.

– Expliquez-lui, s'il vous plaît, que c'est très important », insista Brunetti.

Afin de manifester clairement son intention de rester, il retira son manteau et le posa sur le dossier d'une chaise, puis il s'assit à un bout du canapé. Il fit signe à Vianello d'en faire autant et le sergent l'imita, posant son manteau par-dessus celui de Brunetti, puis prenant place à l'autre extrémité du canapé. Il retira ensuite un carnet de notes de sa poche et accrocha son stylo à la couverture. Aucun des deux hommes ne parla.

L'adolescente quitta la pièce, et ils eurent ainsi le loisir d'examiner les lieux. Un grand miroir à cadre doré était accroché au-dessus d'une table sur laquelle s'épanouissait un énorme bouquet de glaïeuls rouges, fleurs multipliées par leur reflet dans la glace au point de paraître remplir la pièce. Un tapis en soie (Brunetti pensa que c'était un Naïn) était disposé devant la cheminée et venait s'arrêter si près du canapé qu'on ne pouvait faire autrement que de poser les pieds dessus en s'asseyant. Contre le mur faisant face aux fleurs, il y avait un buffet en chêne sur lequel était posé un grand plateau en cuivre terni par le temps. La richesse et l'opulence, même discrètes, étaient évidentes.

Ils n'avaient toujours pas échangé un mot lorsque la porte s'ouvrit et qu'une femme approchant la soixantaine entra. Corpulente, elle n'était pas très grande et portait une robe en lainage gris qui lui tombait bien au-dessous des genoux. Elle avait des chevilles épaisses et des pieds petits, dans des chaussures qui paraissaient la serrer de manière inconfortable. Sa coiffure et son maquillage impeccables laissaient supposer qu'elle y consacrait beaucoup de temps et d'efforts. Elle avait les yeux plus clairs que ceux de sa petite-fille, des traits plus grossiers ; en fait, elles n'avaient que peu de ressemblance, si ce n'est par l'étrange placidité de leurs manières.

Les deux hommes s'étaient aussitôt levés, et Brunetti s'avança vers elle.

« Signora Mitri ? »

Elle se contenta de hocher la tête en silence.

« Je suis le commissaire Brunetti, et voici le sergent Vianello. Nous aimerions vous demander un peu de votre temps pour parler de votre mari et de la chose terrible qui lui est arrivée. »

La signora Mitri ferma les yeux mais continua de garder le silence. Son visage était aussi inexpressif que celui de sa petite-fille, et Brunetti se demanda si sa fille (qui habitait à Rome), dont l'adolescente devait être *a priori* l'enfant, présentait la même caractéristique.

« Que voulez-vous savoir ? » demanda la signora Mitri, toujours debout devant Brunetti.

Sa voix avait ce timbre haut perché si fréquent chez les femmes ménopausées. Brunetti remarqua que, bien que vénitienne, elle avait choisi de s'exprimer en italien, comme lui-même.

Avant qu'elle ne réponde, Brunetti s'éloigna du canapé et lui fit signe de s'installer à la place qu'il occupait auparavant. Elle lui obéit machinalement et ce n'est qu'alors que les deux hommes se rassirent, Brunetti choisissant un gros fauteuil en velours placé à angle droit par rapport au canapé, à côté d'une des fenêtres.

« Signora, j'aimerais savoir si votre mari ne vous aurait pas parlé d'ennemis qu'il aurait pu avoir, ou de quelqu'un qui aurait voulu lui faire du tort. »

Elle avait commencé à faire un geste de dénégation avant même que Brunetti ait fini de lui poser sa question ; ce fut sa seule réponse, car elle n'ouvrit pas la bouche.

« N'a-t-il jamais fait allusion à un désaccord avec d'autres personnes, avec l'un de ses associés, par exemple ? Ou encore à un contrat mal honoré qui lui aurait fait perdre de l'argent, à un projet auquel il aurait été obligé de renoncer ?

— Non, rien, finit-elle par dire.

— Et à un niveau plus personnel ? Jamais d'histoires avec les voisins, ou avec un ami peut-être ? »

Elle secoua de nouveau la tête en silence.

« Je vous prie d'excuser mon ignorance, signora, mais je ne sais à peu près rien de votre mari. »

La femme n'eut toujours aucune réaction.

« Pouvez-vous me dire où il travaillait ? »

La question parut la surprendre, comme si Brunetti avait suggéré que Mitri pointait tous les matins à 8 heures à l'usine, et le policier trouva prudent de s'expliquer :

« Dans laquelle de ses usines avait-il un bureau ? Ou, si vous préférez, dans laquelle passait-il le plus de temps ?

— À l'usine chimique de Marghera. C'est là qu'il a un bureau. »

Brunetti acquiesça mais ne demanda pas l'adresse. Il n'aurait pas de mal à la trouver.

« Avez-vous une idée de la mesure dans laquelle il s'occupait des différentes usines et entreprises qu'il possédait ?

– S'occupait ?

– Ce que je veux dire, c'est directement, sur le plan de leur gestion quotidienne.

– Il faudra demander à sa secrétaire.

– À Marghera ? »

Elle acquiesça.

Pendant cet entretien, et en dépit des réponses laconiques qu'elle lui donnait, Brunetti essaya de détecter chez son interlocutrice des signes de chagrin ou de détresse. L'impassibilité de son visage ne lui facilitait pas la tâche, mais il eut l'impression de déceler de la tristesse ; cependant, cela tenait peut-être avant tout à la manière dont elle gardait constamment les yeux baissés vers ses mains, qu'elle avait croisées sur ses genoux, plus qu'au ton de sa voix.

« Depuis combien d'années étiez-vous mariés, signora ?

– Trente-cinq ans.

– Et c'est bien votre petite-fille qui nous a accueillis ?

– Oui, répondit-elle, et une esquisse de sourire vint atténuer la rigidité de son masque d'impassibilité. Giovanna. Ma fille habite à Rome, mais Giovanna a dit qu'elle voulait venir vivre avec moi, à présent. »

Brunetti hocha la tête pour signifier qu'il comprenait, mais l'empathie manifestée par la jeune Giovanna pour les malheurs de sa grand-mère rendait son attitude apathique encore plus étrange.

« Je suis sûr que c'est un grand réconfort pour vous que de l'avoir ici.

– Oui, c'est vrai, admit la signora Mitri avec, pour la première fois, un vrai sourire qui adoucissait les traits de son visage. Ce serait terrible d'être toute seule dans cette maison. »

Brunetti inclina la tête et attendit quelques secondes avant de la relever et de regarder de nouveau la signora Mitri.

« Encore deux ou trois questions, signora, et je vous rends à votre petite-fille. »

Il ne lui laissa pas le temps de réagir et posa la première sans préambule :

« Êtes-vous l'héritière de votre mari, signora ? »

Elle manifesta une surprise évidente devant cette question – la première émotion que trahissait son visage, si l'on excepte son sourire à l'évocation de Giovanna.

« Oui, je crois, répondit-elle sans hésiter.

– Votre mari a-t-il de la famille ?

– Un frère et une sœur, et un cousin. Son cousin a émigré en Argentine il y a des années.

– Personne d'autre ?

– Non, pas dans la famille proche.

– Le signor Zambino est-il un ami de votre mari ?

– Qui ?

– L'avocat Giuliano Zambino.

– Pas que je sache, non.

– J'ai cru comprendre qu'il était l'avocat de votre mari.

– Je ne sais que très peu de choses des affaires de mon mari, j'en ai peur. »

Brunetti se demanda, une fois de plus, combien de femmes lui avaient chanté la même chanson au cours de ses années d'enquête. Bien rares avaient été celles qui lui avaient dit la vérité, et c'était donc une réponse dont il se méfiait par principe. Il lui arrivait parfois d'être mal à l'aise à l'idée de tout ce que savait Paola sur les affaires qu'il traitait, qu'il s'agisse de l'identité d'un violeur présumé, des résultats de quelque autopsie abominable, ou des noms des différents suspects dont les journaux ne donnaient que le prénom et l'initiale, comme *Giovanni S., 39 ans, conducteur d'autobus de Mestre,* ou encore *Federico G., 52 ans, maçon, de San Dona di Piave.* Bien peu de secrets résistent à l'oreiller du mariage, comme le savait Brunetti, et l'ignorance affichée par la signora Mitri le laissait donc sceptique. Malgré tout, il n'insista pas.

Le policier connaissait déjà l'identité des personnes chez qui elle était allée dîner, le soir où on avait assassiné son mari, et il n'y avait pas lieu de l'interroger là-dessus. Il passa donc à autre chose.

« Est-ce que vous n'auriez pas noté de changements dans le comportement de votre mari, au cours des semaines récentes ? Ou ces derniers jours ? »

Elle secoua vigoureusement la tête.

« Non, il était exactement comme d'habitude. »

Brunetti aurait bien aimé lui demander ce qu'était ce comportement habituel, mais il résista à cette envie et se leva.

« Merci, signora, de nous avoir accordé un peu de votre temps, et pour votre aide. J'ai bien peur que nous n'ayons besoin de vous parler à nouveau, quand nous aurons davantage d'informations. »

Il vit que cette perspective était loin de l'enchanter, mais il pensa qu'elle ne refuserait pas de répondre une deuxième fois à ses questions. Les derniers mots qu'il lui adressa lui vinrent spontanément aux lèvres :

« J'espère que cette épreuve douloureuse n'est pas trop pénible pour vous et que vous trouverez le courage de la supporter. »

Elle sourit, sensible à la sincérité de ces paroles et, de nouveau, il y eut de la douceur dans son visage.

Vianello se leva, prit son manteau et tendit le sien à

Brunetti. Les deux hommes, après les avoir enfilés, se dirigèrent vers la porte, suivis par la signora Mitri qui les raccompagna jusque sur le palier.

Là, ils prirent congé d'elle et descendirent jusque dans l'atrium, où les palmiers étalaient toujours leur luxuriance.

15

Une fois dehors, c'est en silence qu'ils prirent la direction de l'embarcadère. Un vaporetto de la ligne 82 se présenta à point nommé et ils l'empruntèrent donc, sachant qu'ils décriraient toute la courbe du Grand Canal et qu'ils pourraient descendre à San Zaccaria, à une courte distance de la Questure.

Le froid étant devenu plus vif au fur et à mesure qu'avançait l'après-midi, ils allèrent s'asseoir à l'avant de la cabine, qui était pratiquement vide. Non loin d'eux, deux vieilles femmes étaient assises, têtes rapprochées, et parlaient en vénitien, d'une voix forte, de cette chute soudaine de température.

« Zambino ? » demanda Vianello.

Brunetti acquiesça.

« J'aimerais savoir pourquoi Mitri s'est fait accompagner par un avocat lorsqu'il est venu parler à Patta.

– En plus, un avocat à qui il arrive de plaider au pénal, ajouta inutilement Vianello. C'est quand on a quelque chose à se reprocher qu'il en faut un, non ?

– Peut-être voulait-il des conseils sur les poursuites qu'il pouvait intenter contre ma femme, au cas où je me serais débrouillé pour éteindre la procédure de flagrant délit de la police, la seconde fois.

– Il n'y avait guère de chances que ça se produise, n'est-ce pas ? demanda Vianello d'un ton qui rendait évident son regret.

– Non, à partir du moment où Landi et Scarpa étaient au courant. »

Vianello marmonna quelque chose dans sa barbe, mais Brunetti ne comprit pas et ne demanda pas au sergent de répéter.

« Je ne sais pas très bien ce qui va se passer, reprit Brunetti.

– À quel sujet ?

– Au sujet de l'affaire. Avec la mort de Mitri, il est peu vraisemblable que ses héritiers portent plainte contre Paola. À moins que le gérant ne le fasse, lui.

– Et en ce qui concerne… »

La voix de Vianello mourut, tandis qu'il se demandait comment il devait dénommer la police.

« … nos collègues ? finit-il par dire.

– Cela dépendra du magistrat instructeur.

– Qui est-ce ? Le savez-vous ?

– Pagano, je crois. »

Vianello réfléchit, évoquant toutes ces années où il avait eu l'occasion de travailler avec le juge, ou pour lui ; c'était un homme âgé, arrivant au terme de sa carrière.

« Il est peu probable qu'il déclenche des poursuites, n'est-ce pas ?

– En effet. Il ne s'est jamais très bien entendu avec le vice-questeur, et il y a donc peu de chances qu'il se laisse convaincre d'une manière ou d'une autre.

– Comment les choses vont-elles se régler, alors ? Une amende ? »

Comme Brunetti se contenta de hausser les épaules, le sergent laissa tomber le sujet.

« Et maintenant ?

– J'aimerais aller voir s'il n'y a rien de nouveau, après quoi j'irai parler à Zambino. »

Vianello consulta sa montre.

« Vous croyez que vous aurez le temps ? »

Comme cela lui arrivait souvent, Brunetti avait complètement perdu le sens de l'heure et fut surpris de constater qu'il était 18 heures largement passées.

« Non, probablement pas. En fait, ça ne rime à rien de retourner à la Questure, pas vrai ? »

Vianello sourit, d'autant plus que le bateau était toujours amarré à l'embarcadère du Rialto. Il se leva et se dirigea vers la porte. Au moment où il l'atteignait, il entendit les moteurs monter en régime et vit le matelot détacher l'amarre du quai et la ranger dans le bateau.

« Attends ! » cria-t-il.

Le matelot ne réagit pas, ne regarda même pas derrière lui, et le moteur continua à accélérer.

« Attends ! » cria Vianello, plus fort cette fois, sans obtenir davantage de résultat.

Il s'avança en jouant des coudes entre les passagers qui se pressaient sur le pont et posa une main légère sur l'épaule du matelot.

« Hé, Marco, c'est moi », dit-il d'un ton tout à fait normal.

L'homme le regarda, vit l'uniforme, reconnut le visage et adressa un geste au capitaine qui, à travers le vitrage de sa cabine, était attentif à ce qui se passait sur son bateau.

Le matelot lui fit de nouveau signe de la main et le vaporetto passa brusquement en marche arrière. Plusieurs personnes faillirent perdre l'équilibre et une femme plus toute jeune vint tomber lourdement contre Brunetti, qui la retint et l'aida à se remettre sur pied. Il ne tenait surtout pas à être accusé de brutalité policière ni de quoi que ce soit, si jamais elle était tombée ; il l'avait rattrapée d'un geste instinctif, avant même d'avoir pensé à cette éventualité et, quand il la relâcha, il eut le soulagement de se voir adresser un sourire reconnaissant.

Lentement, le bateau partit à reculons et parcourut le demi-mètre qui le séparait de l'embarcadère. Le marin ouvrit le portillon et Vianello et Brunetti sautèrent sur la plate-forme de bois. Le sergent salua le matelot pour le remercier ; les moteurs rugirent et le vaporetto repartit.

« Mais au fait, pourquoi es-tu descendu ? » s'étonna Brunetti.

Cet arrêt était le sien, mais Vianello aurait dû rester jusqu'à celui de Castello.

« Je prendrai le prochain. Qu'est-ce qu'on fait, pour Zambino ?

– J'irai demain matin, répondit Brunetti, mais tard. J'aimerais que la signorina Elettra vérifie que rien ne lui a échappé. »

Vianello approuva d'un hochement de tête.

« C'est une bénédiction, cette secrétaire. Je ne connais pas suffisamment le lieutenant Scarpa pour en être sûr, mais il me semble qu'il a peur d'elle.

– Moi, je le connais bien, et je peux t'assurer que c'est vrai. Il la redoute. Avant tout parce qu'elle n'a absolument pas peur de lui. Ce qui la range parmi les très rares personnes, à la Questure, qui n'ont pas la frousse rien qu'en le voyant. »

Ce qui lui permettait de parler de cette façon, c'est que lui-même et Vianello faisaient partie de cette très petite minorité.

« C'est aussi ce qui le rend très dangereux. J'ai essayé d'avertir Elettra, mais elle le traite par le mépris.

– Elle ne devrait pas », observa Vianello.

Un autre vaporetto se présenta sous le pont du Rialto et se dirigea vers l'embarcadère. Vianello attendit que tous les passagers soient descendus, puis il sauta sur le pont.

« *A domani, capo* », lança-t-il à Brunetti. Celui-ci le salua de la main, puis fit demi-tour avant que les passagers ne montent à bord.

Il s'arrêta dans une cabine publique, non loin de l'embarcadère et, de mémoire, composa le numéro du bureau de Rizzardi à l'hôpital. Le médecin légiste était absent pour la journée, mais il avait laissé un message pour le commissaire Brunetti, au cas où il appellerait. Les résultats de l'autopsie n'avaient fait que confirmer son hypothèse : l'arme du crime était un simple câble, recouvert de plastique et épais d'environ six millimètres. Sans autre précision. Brunetti remercia l'assistant et prit la direction de son domicile.

Avec la tombée de la nuit, le froid se faisait plus mordant. Il regrettait de ne pas avoir pris de foulard avec lui ce matin ; il dut se contenter de relever le col de son manteau et d'y rentrer la tête – un peu comme le signor Dorandi avait rentré la sienne dans son costume en contre-plaqué. Il franchit rapidement le pont, tourna à gauche et prit l'itinéraire qui longeait l'eau, attiré par les lumières qui filtraient par les vitres des nombreux restaurants alignés le long de la rive. Puis, sur sa droite, il s'engouffra sous un passage qui donnait sur campo San Silvestro, et tourna à gauche en direction de son domicile. Devant chez Biancat, il fut tenté d'acheter les iris qui s'épanouissaient dans la vitrine, mais il se souvint qu'il était en colère contre Paola et passa son chemin – pour oublier aussitôt sa colère et ne se souvenir que de Paola. Il fit demi-tour, entra chez le fleuriste et acheta une douzaine d'iris violets.

Elle était dans la cuisine quand il entra dans l'appartement ; elle passa la tête à la porte pour savoir si c'était lui ou l'un des enfants, et s'aperçut qu'il tenait quelque chose dans les bras. Elle s'avança dans le couloir, un torchon humide à la main.

« Qu'est-ce que tu caches dans ce papier, Guido ? lui demanda-t-elle, en proie à une réelle perplexité, car elle avait bien cru reconnaître l'emballage discret de Biancat.

– Ouvre-le et regarde », dit-il en lui tendant les fleurs.

Elle jeta le torchon sur son épaule et prit le bouquet. Brunetti se tourna, enleva son manteau et l'accrocha à l'une des patères ; il entendait le froissement du papier, tandis qu'elle déballait les fleurs. Puis il n'y eut plus que le silence, un silence de mort, et il se tourna vers elle, se demandant s'il n'avait pas fait quelque chose qu'il n'aurait pas dû.

« Qu'est-ce qui t'arrive ? » lui demanda-t-il en voyant son air douloureux.

Elle prit le bouquet à deux bras et le serra contre elle. Sa réponse se perdit dans les craquements de la Cellophane.

« Quoi ? » demanda-t-il, se penchant un peu vers elle, car elle avait baissé la tête et plongé le nez dans les fleurs.

« Je ne peux pas supporter l'idée que c'est à cause de ce que j'ai fait que cet homme est mort. »

Elle eut un sanglot étouffé, mais reprit néanmoins :

« Je suis désolée, Guido. Je suis désolée pour tout ce gâchis et ces ennuis que je t'ai causés. Je t'ai fait ça, et tu es encore capable de m'apporter des fleurs… »

Elle se mit à sangloter, sans retenue cette fois, le visage toujours au milieu des fleurs, les épaules secouées par la force de son émotion.

Il lui enleva le bouquet des mains et regarda où il pouvait le poser. Comme il n'y avait pas d'emplacement propice à proximité, il le déposa sur le sol avant de prendre Paola dans ses bras. Elle se mit alors à pleurer contre sa poitrine avec un abandon que même sa fille n'avait jamais eu, y compris lorsqu'elle était toute petite. Il la tint de manière protectrice, comme s'il craignait qu'elle ne s'effondre, tant étaient violents les sentiments qui l'agitaient. Il l'embrassa sur le sommet du crâne et s'imprégna du parfum qui montait d'elle, apercevant sa nuque à l'endroit où sa chevelure se séparait en deux vagues. Il la tint serrée contre lui et la berça légèrement, disant et redisant son nom. Jamais il ne l'avait autant aimée qu'à cet instant. Il ressentit un bref éclair de satisfaction, puis, tout aussi rapidement, un sentiment de honte plus fort que tout ce qu'il avait jamais éprouvé. Par un effort de volonté délibéré, il repoussa tout ce qui était sentiment d'avoir vu juste, tout sentiment de triomphe, pour se retrouver dans un espace limpide où il n'y avait rien, sinon la douleur de savoir que sa femme, l'autre moitié de lui-même, souffrait et était dans l'angoisse. Il se pencha de nouveau sur elle et l'embrassa dans les cheveux puis, se rendant compte que ses sanglots allaient diminuant, il recula légèrement, sans cependant la lâcher, la tenant à présent par les épaules.

« Ça va aller, Paola ? »

Elle hocha affirmativement la tête, encore incapable de parler, gardant le visage baissé pour qu'il ne puisse la voir.

Il prit son mouchoir dans sa poche de pantalon ; le bout de tissu ne sortait pas exactement du repassage, mais cela ne paraissait guère avoir d'importance. Il lui tamponna le visage, au-dessous des yeux, sous le nez, puis lui enfonça fermement le mouchoir dans la main. Elle le prit et continua de s'essuyer la figure avant de se moucher bruyamment. Elle pressa de nouveau le mouchoir sur ses yeux, se cachant de lui.

« Paola, dit-il alors, d'une voix qui avait presque un ton normal alors qu'il s'étranglait presque, ce que tu as fait est parfaitement honorable. Je n'aime pas le fait que tu l'aies fait, mais tu t'es comportée honorablement. »

Un instant, il crut qu'elle allait de nouveau fondre en larmes, mais elle se contint. Elle éloigna le mouchoir de son visage et le regarda, les yeux rougis.

« Si j'avais su… » commença-t-elle.

Mais il lui coupa la parole en levant simplement la main.

« Pas maintenant, Paola. Plus tard, peut-être, quand nous pourrons tous les deux en parler. Pour l'instant, allons dans la cuisine voir si on peut trouver quelque chose à boire. »

Il lui fallut zéro seconde et quelques dixièmes pour ajouter :

« Et à manger. »

Elle sourit, contente de ce répit.

16

Le lendemain matin, Brunetti arriva à la Questure à son heure habituelle, après s'être arrêté en chemin pour acheter les journaux. *Il Gazzettino* continuait de consacrer des pages entières au meurtre de Mitri, se lamentant de cette « perte pour la ville », sans plus de précision, mais la presse nationale semblait ne plus s'intéresser à l'affaire : seul l'un d'eux en parlait, dans un article de deux petits paragraphes.

Le rapport final de Rizzardi l'attendait sur son bureau. La double marque laissée sur le cou de la victime était bien, avait-il déterminé, la trace d'une hésitation de la part de l'assassin, qui avait probablement relâché un instant son effort pour mieux assurer sa prise, déplaçant ainsi le câble de deux ou trois millimètres et laissant un deuxième sillon dans le cou de Mitri. C'était bien de la peau humaine qu'il y avait sous les ongles de la main gauche de l'industriel, ainsi que quelques fibres d'une laine brun foncé, probablement arrachées à un veston ou à un manteau et, selon toute vraisemblance, au cours des efforts dérisoires et désespérés de Mitri pour se libérer.

« Trouvez-moi un suspect et je vous donnerai de quoi l'inculper », avait écrit Rizzardi au crayon, dans la marge.

À 9 heures, Brunetti estima qu'il n'était pas trop tôt pour appeler son beau-père, le conte Orazio Falier. Il composa le numéro du bureau, donna son nom et fut immédiatement mis en relation avec lui.

« Bonjour, Guido, dit le comte. Quel pastis, dis-moi ! »

Oui, c'était un sacré pastis, et même davantage.

« C'est à ce propos que je t'appelle », expliqua Brunetti, marquant une pause.

Mais le comte ne réagit pas.

« Est-ce que tu as entendu parler de quoi que ce soit ? Ton avocat n'aurait pas eu vent de quelque chose ? »

Nouveau silence, nouvelle absence de réaction à l'autre bout du fil.

« Au fait, je ne sais même pas si ton avocat s'en occupe.

– Non, pas encore. J'attends de savoir ce que le juge va décider. Sans compter que je ne sais pas non plus ce que souhaite Paola. En as-tu une idée ?

– Nous en avons parlé hier soir, répondit Brunetti, qui entendit son beau-père murmurer un "Bien" de sou-lagement. Elle m'a dit qu'elle paierait l'amende et ce qu'il en coûterait pour le remplacement de la vitrine.

– Et pour le manque à gagner ?

– Nous n'avons pas abordé la question. J'ai pensé que ce n'était déjà pas mal qu'elle accepte de payer l'amende et les dégâts, au moins en principe. De cette façon, s'il y a quelque chose de plus que la vitrine, elle le paiera peut-être aussi.

– Oui. Bien, très bien. Ça pourrait marcher. »

Brunetti se sentit irrité à l'idée que son beau-père paraissait considérer comme allant de soi que lui et Brunetti devaient s'allier pour doubler et manipuler Paola. Si excellentes qu'aient été leurs motivations et si entièrement convaincus qu'ils soient, l'un comme l'autre, qu'ils agissaient pour le plus grand bien de Paola, il déplaisait au policier que le comte puisse aussi facilement supposer qu'il était capable de manigancer quelque chose dans le dos de sa femme.

Il refusait de poursuivre dans cette veine.

« Ce n'est pas pour ça que j'appelais. J'aimerais que tu me dises ce que tu sais de Mitri ou de l'avocat Zambino.

— Giuliano Zambino ?

— Oui.

— Il n'a strictement rien à se reprocher.

— Il a défendu Manolo, fit remarquer Brunetti, désignant un tueur de la Mafia que Zambino avait tiré d'affaire, trois ans auparavant.

— Manolo avait été enlevé en France et ramené illégalement en Italie pour son procès. »

Là, les interprétations différaient : le mafioso s'était trouvé dans une petite ville juste de l'autre côté de la frontière avec l'Italie. Il logeait à l'hôtel et se rendait tous les soirs à Monaco pour jouer au casino. À la table de baccara, il avait fait la connaissance d'une jeune femme qui lui avait proposé de venir prendre un verre chez elle, en Italie. Manolo avait été arrêté au moment où il passait la frontière, par la femme elle-même, qui était colonel des carabiniers. Zambino avait plaidé avec succès le vice de forme, son client ayant été la victime d'un piège tendu par la police et enlevé.

Brunetti n'insista pas.

« Est-ce qu'il a jamais travaillé pour toi ? demanda-t-il au comte.

— Une ou deux fois. C'est comme ça que je le sais. Et certains de mes amis ont aussi fait appel à ses services. Il est bon. Il est aussi obstiné qu'un furet et n'aura de cesse de trouver la meilleure défense pour son client. Mais il est réglo… »

Le comte marqua une pause, comme s'il s'étonnait d'avoir employé ce terme – ou comme s'il se demandait s'il pouvait faire confiance à son gendre pour une autre information qu'il possédait.

« La rumeur a couru, l'an dernier, qu'il n'essayait pas de tricher avec le fisc. J'ai entendu dire par quelqu'un digne de foi qu'il déclarait un revenu de cinq cents millions de lires, quelque chose de cet ordre.

– Et c'est ce qu'il aurait gagné, à ton avis ?

– À mon avis, oui, répondit le comte avec le ton qu'on réserve en général à la description d'un miracle.

– Et qu'en pensent les autres avocats ?

– Eh bien, tu peux l'imaginer sans peine, Guido. Ça ne leur facilite pas les choses, quand quelqu'un comme Zambino déclare un revenu de cinq cents millions, alors qu'ils prétendent ne gagner que deux cents millions, voire moins. Voilà qui peut faire planer de sérieux soupçons sur leur bonne foi.

– Les pauvres, ça doit être dur pour eux.

– Oui. Il est… » commença le comte, qui prit alors conscience de l'ironie mordante qu'avait mise Brunetti dans sa réponse.

Il n'alla pas plus loin.

« Quant à ce qui est de Mitri, enchaîna-t-il, je crois que tu pourrais aller y regarder de plus près. Il pourrait bien y avoir quelque chose.

– Les agences de voyages ?

– Je ne sais pas. En fait, je ne sais strictement rien de lui, mis à part ce que j'ai pu retenir de deux ou trois conversations avec quelques personnes, après sa mort. Tu sais, le genre de choses auxquelles on fait allusion quand quelqu'un a été la victime d'un crime violent. »

Brunetti était bien placé pour le savoir. Il avait entendu des rumeurs de ce genre à propos de malheureux tués pendant la fusillade d'une attaque de banque ou lors d'une prise d'otages. Et il y avait toujours quelqu'un pour se demander, en toute bonne conscience, pourquoi ces personnes se trouvaient précisément à cet endroit à ce moment-là, pour se demander pourquoi ils étaient morts et pas les autres, et dans quelle mesure les victimes ne connaissaient pas leurs assassins. Car ici, en Italie, rien ne pouvait jamais être aussi simple qu'il n'y paraissait. Et toujours, si parfaitement dues au hasard que soient les circonstances, si innocente que soit la victime, on trouvait une langue de vipère pour évoquer le spectre de la justice immanente, laisser entendre que cela cachait forcément quelque chose, que l'on n'avait que ce que l'on méritait et que les choses n'étaient jamais ce qu'elles semblaient être.

« Et qu'as-tu entendu dire ? demanda-t-il.

– Oh, rien de direct, ni même de très précis. Tout le monde a pris bien soin de manifester de la surprise. Mais les propos tenus par certains laissaient l'impression sous-jacente qu'ils n'en pensaient pas moins.

– Qui ?

– Voyons, Guido, dit le comte, dont la voix se refroidit de plusieurs degrés. Même si je le savais, je ne te le dirais pas. Il se trouve cependant que je l'ai oublié. Et il ne s'agit pas tant de propos précis, tenus par quelqu'un de précis, que de la suggestion voilée que ce qui lui est arrivé n'était pas complètement dû au hasard.

– Il y avait la note laissée par l'assassin », fit observer Brunetti, à juste titre.

Il n'en fallait pas davantage, en effet, pour en conduire plus d'un à penser que Mitri avait quelque chose à voir avec les violences qui avaient entraîné son assassinat.

« Oui, je sais… Cela pourrait suffire à expliquer ces sous-entendus. Qu'est-ce que tu en penses, toi ?

– Pourquoi me le demander ?

– Parce que je ne tiens pas à ce que ma fille passe le reste de sa vie à croire qu'elle est responsable, à cause de son geste, de la mort d'un homme. »

C'était là, pour le coup, un sentiment que Brunetti partageait de toute son âme.

« Comment a-t-elle réagi ? demanda le comte.

– Hier soir, elle m'a dit qu'elle était désolée pour toute cette affaire, désolée d'avoir déclenché tout ça.

– Et toi, le crois-tu ? Crois-tu qu'elle l'ait déclenchée ?

– Je ne sais pas, avoua Brunetti. Il y a tellement de cinglés qui courent partout, de nos jours…

– Il faut vraiment être cinglé pour aller assassiner quelqu'un sous prétexte qu'il vend des voyages organisés.

– … Pour faire du tourisme sexuel, précisa Brunetti.

– Du tourisme sexuel ou aller voir les pyramides, rétorqua le comte. On ne va de toute façon pas assassiner les gens, dans un cas comme dans l'autre. »

Brunetti se retint de lui répondre que, normalement, les gens ne sortaient pas non plus la nuit pour aller lancer des pierres dans les vitrines, et il se contenta d'observer :

« Les gens font des tas de choses pour des raisons débiles, et on ne peut donc pas exclure *a priori* cette possibilité.

– Mais y crois-tu ? » insista le comte.

À la tension de sa voix, Brunetti comprit combien cela lui coûtait de poser cette question à son gendre.

« Je te l'ai dit, je ne veux pas y croire. Je ne suis pas certain que cela revienne au même, mais cela signifie que je ne suis pas prêt à le croire, sauf si nous trouvons de très bonnes raisons pour cela.

– Quelles pourraient être ces raisons ?

– Avant tout, un suspect. »

En tant qu'époux du seul suspect de l'affaire, il savait mieux que personne que le suspect en question se trouvait assis à côté de lui à l'heure du crime, si bien qu'il ne restait que deux possibilités : soit on avait assassiné Mitri en tant qu'organisateur présumé de tourisme sexuel, soit pour une tout autre raison. Mais que ce soit pour l'une ou l'autre, il avait tout autant envie de trouver le responsable.

« Est-ce que tu serais d'accord pour m'appeler, si tu entendais parler de quelque chose de plus précis ? » demanda-t-il, ajoutant, avant que le comte ne puisse poser ses conditions : « Tu n'auras pas à me donner de noms, juste à me dire de quoi il s'agit.

– Entendu. Et tu me donneras des nouvelles de Paola ?

– Tu devrais l'appeler. L'emmener déjeuner quelque part. Trouver quelque chose qui lui fasse plaisir.

– Merci, Guido. Je n'y manquerai pas. Je vais peut-être charger Donatella de lui téléphoner. »

Un instant, Brunetti crut que le comte allait raccrocher après cette idée de demander l'aide de son épouse, tant le silence se prolongea. Puis il reprit :

« J'espère bien que tu trouveras celui qui a fait ça. Et je t'aiderai autant que je le pourrai.

– Merci. »

Cette fois, le comte raccrocha.

Brunetti ouvrit son tiroir et en tira la photocopie de la note trouvée auprès du corps de Mitri. Pourquoi cette accusation de pédophilie ? Et qui était accusé, exactement, Mitri lui-même, ou Mitri en tant que propriétaire de l'agence de voyages qui encourageait ou facilitait cette pratique ? Si le tueur avait été assez cinglé pour écrire un texte pareil et aller ensuite assassiner la personne à qui la menace était adressée, n'était-il pas étrange qu'un homme comme Mitri lui ait ouvert la porte de son appartement, si tard le soir ? Peut-être était-ce un préjugé un peu archaïque, mais Brunetti considérait que les personnes authentiquement cinglées laissent en général de nombreux indices les confondant. Il lui suffisait de penser à ceux qu'il voyait souvent près du palazzo Boldù, le matin de bonne heure, pour que cette vérité lui soit rappelée.

Et cependant, cette personne avait réussi à s'introduire sans effraction dans l'appartement de Mitri. De plus, l'homme (ou la femme, concéda intérieurement Brunetti, sans toutefois considérer cette éventualité comme probable – encore un de ses préjugés, sans doute) avait réussi à rassurer suffisamment sa victime pour que celle-ci n'hésite pas à lui tourner le dos et à lui donner tout loisir de lui passer le câble mortel autour du cou. Il était entré et reparti sans se faire remarquer ; personne dans l'immeuble, où tous les voisins avaient été interrogés, n'avait observé quoi que ce soit d'anormal dans la soirée ; la plupart d'entre eux se trouvaient dans leur appartement et n'avaient compris qu'il s'était passé quelque chose que lorsqu'ils avaient entendu les cris de la signora Mitri, revenue en courant sur le palier.

Si les choses s'étaient bien déroulées selon ce scénario, comme le laissaient penser les indices rassemblés jusqu'alors, le comportement du meurtrier n'avait en rien été celui d'un fou ou d'un illuminé capable d'écrire une note comme celle retrouvée sur place. Qui plus est, Brunetti avait du mal à concilier l'idée qu'une personne voulant prendre une position spectaculaire contre ce qu'elle estimait être une injustice – et ici, il ne put s'empêcher d'évoquer Paola à titre d'exemple – et celle qu'elle puisse commettre un meurtre pour réparer cette injustice. Le paradoxe était trop fort.

Plus il analysait les choses, plus il se voyait contraint de renoncer à l'hypothèse d'un fou (ou d'une folle), d'un fanatique ou d'un illuminé. En fin de compte, il se retrouvait face à l'éternelle question que posait toute enquête criminelle : à qui profitait le crime ? Voilà qui rendait encore plus improbable la possibilité qu'il y ait un lien entre Mitri et la gestion de l'agence de voyages dont il était le propriétaire. Sa disparition n'y change-rait rien. La publicité négative ne durerait pas. En tout état de cause, le signor Dorandi pourrait même en tirer finalement profit, ne serait-ce que parce que le nom de l'agence se serait imprimé dans la tête des gens, avec tout le battage médiatique fait autour du meurtre ; l'homme n'avait d'ailleurs pas hésité à bénéficier de la publicité gratuite offerte par la presse, quand celle-ci lui avait généreusement ouvert ses colonnes ; il avait pu s'y indigner vertueusement et à loisir sur le scandale que représentait le tourisme sexuel.

Donc, quelque chose d'autre. Brunetti revint à la pho-tocopie du message constitué de lettres découpées. Quelque chose d'autre…

« Le sexe ou l'argent », dit-il à haute voix.

Il y eut un petit cri de surprise. Il releva la tête et vit la signorina Elettra, qui était rentrée sans qu'il l'ait remarquée et se tenait devant son bureau, un dossier à la main.

Il la regarda et lui sourit.

« Je vous demande pardon, commissaire ?

– C'est pour l'une de ces raisons qu'il a été tué, signorina. Le sexe ou l'argent. »

Elle comprit sur-le-champ.

« Toujours à la mode, ces deux-là, répondit-elle en déposant le dossier devant lui. Celui-ci, c'est pour le second des deux.

– Et concernant qui ?

– L'un et l'autre, répondit-elle, prenant une expression mécontente. Sauf que je trouve les chiffres incompréhensibles, en ce qui concerne le dottor Mitri.

– Comment ça incompréhensibles ? » demanda Brunetti, bien conscient que, si la signorina Elettra n'arrivait pas à les démêler, il y avait peu de chances pour qu'il en comprenne lui-même la signification.

« Il était très riche. »

Le policier, qui connaissait l'appartement des Mitri, acquiesça.

« Mais ses usines et ses affaires ne faisaient que très peu de bénéfices. »

Voilà un phénomène qui était assez commun, il le savait bien. À en croire leurs déclarations de revenus au fisc, aucun Italien ne gagnait assez d'argent pour vivre décemment, et l'Italie était une nation de gueux et de miséreux, qui s'en sortaient en retournant leurs manteaux, en portant leurs chaussures jusqu'à ce que la semelle en soit trouée, et, pour ce qu'il en savait, subsistant grâce à la cueillette des pissenlits et à des soupes d'ortie. Ce qui n'empêchait pas les restaurants d'être pleins, ni leur clientèle d'être bien habillée, ni les aéroports d'envoyer chaque jour sur toute la planète des avions bourrés à craquer de joyeux touristes. « Va comprendre », comme aurait dit un de ses amis français dont c'était l'expression favorite.

« Je vois mal ce qui vous surprend là-dedans, dit-il.

– Non, ce n'est pas ça. Tout le monde triche dans ses déclarations de revenus. Mais j'ai étudié les comptes de toutes ses sociétés, et ils paraissent corrects. Aucune d'elles ne gagne beaucoup plus de vingt millions de lires par an.

– Pour un total de combien ?

– D'environ deux cents millions.

– De bénéfice ?

– Oui. C'est le montant de ce qu'il déclare. Une fois ses impôts payés, il lui en reste moins de la moitié. »

C'était de toute façon bien plus que ce que Brunetti gagnait en un an, et on était encore très loin du seuil de pauvreté.

« Mais qu'est-ce qui vous rend aussi perplexe ?

– Voyez-vous, je suis allée voir du côté des dépenses qu'il a réglées avec ses cartes de crédit, répondit-elle en montrant le dossier d'un mouvement du menton. Et ce ne sont pas celles d'un homme qui gagne aussi peu. »

Ne sachant trop comment réagir à ce « aussi peu » méprisant, Brunetti se contenta de lui demander ce qu'elle entendait par là et lui fit signe de s'asseoir.

Elle disposa sa jupe longue sous elle et se posa bien droite sur la chaise, sa colonne vertébrale n'effleurant même pas le dossier. Elle eut un mouvement de la main et dit :

« Je ne me souviens pas de la somme exacte. Plus de cinquante millions, je crois. Si on ajoute à ça les frais d'entretien de son domicile et les dépenses de la vie courante, il devient très difficile d'expliquer comment il peut posséder près d'un milliard de lires en actions et en épargne.

– Il a peut-être gagné à la loterie, suggéra Brunetti avec un sourire.

– Personne ne gagne à la loterie, répliqua la signorina Elettra, mais sans sourire.

– Pourquoi conserver autant d'argent à la banque ?

– Personne ne s'attend à mourir, je suppose. Mais il y a eu d'importants mouvements de fonds. Une bonne partie a disparu au cours de l'année dernière.

– Pour aller où ? »

Elle haussa les épaules.

« Là où l'argent a tendance à disparaître, j'imagine ; en Suisse, au Luxembourg, dans les îles Anglo-Normandes.

– Et pour quelle somme ?

– Environ un demi-milliard. »

Brunetti se mit à contempler le dossier, mais ne l'ouvrit pas. Il releva la tête.

« Pourriez-vous vous renseigner ?

– Je n'ai pas vraiment commencé à chercher, commissaire. Ou, si vous préférez, je me suis contentée de donner quelques coups de sonde ici et là. Mais je n'ai encore forcé aucun tiroir ni feuilleté de documents privés.

– Pensez-vous pouvoir trouver le temps de le faire ? »

Le policier ne se souvenait pas de la dernière fois où il avait offert des bonbons à un petit enfant, mais il avait le vague souvenir d'un sourire tout à fait semblable à celui que la signorina Elettra lui adressa.

« Rien ne pourrait me faire plus plaisir, commissaire », répondit-elle, le surprenant davantage par la formule rhétorique qu'elle avait employée que par sa réaction.

Elle se leva, impatiente de s'y atteler.

« Et Zambino ?

– Absolument rien. Je n'ai jamais vu quelqu'un dont les comptes soient aussi limpides et aussi… (elle chercha un instant le mot juste)… aussi honnêtes, dit-elle, incapable de cacher son émerveillement d'avoir pu employer ce terme. Jamais.

– Savez-vous quelque chose sur lui ?

– Personnellement ? »

Brunetti acquiesça, mais, au lieu de répondre, elle posa une autre question :

« Pourquoi voulez-vous le savoir ?

– Oh, sans raison particulière. »

Cependant, sa curiosité se trouvant piquée par la manière dont la secrétaire hésitait à répondre, il répéta :

« Savez-vous quelque chose ?

– C'est l'un des patients de Barbara. »

Il médita cette réponse. Il connaissait assez bien la signorina Elettra pour savoir qu'elle ne révélerait rien qu'elle considérerait comme relevant du secret de famille, de la même façon qu'il savait que sa sœur se considérerait liée par son obligation de confidentialité en tant que médecin. Il laissa tomber.

« Et professionnellement ?

– Des amis à moi ont employé ses services.

– En tant qu'avocat ?

– Oui.

– Pourquoi ? Je veux dire, dans quelle sorte d'affaires ?

– Vous vous rappelez, quand Lily a été attaquée ? »

Brunetti s'en souvenait, effectivement. L'histoire de cette agression l'avait laissé sans voix, tant il étouffait de rage. Trois ans auparavant, Lily Vitale, une jeune architecte, avait été attaquée alors qu'elle rentrait chez elle après une soirée à l'Opéra. Tout avait commencé comme si elle avait eu affaire à un simple détrousseur, mais les choses s'étaient terminées par une agression physique en règle ; elle avait reçu plusieurs coups de poing au visage et avait eu le nez cassé. Son agresseur n'avait pas essayé de la voler ; les gens sortis de chez eux pour voir ce qui se passait, en entendant les cris qu'elle poussait, avaient retrouvé son sac à côté d'elle avec son contenu intact.

L'homme avait été arrêté la nuit même et rapidement identifié comme l'individu qui était l'auteur d'au moins trois autres tentatives de viol sur des femmes de la ville. Mais il n'avait jamais dérobé quoi que ce soit ; et comme il était en réalité impuissant et donc incapable de violer, il avait simplement été condamné à trois mois d'assignation à domicile – après que sa mère et sa petite amie étaient venues devant le tribunal chanter ses vertus, sa loyauté et son intégrité.

« Lily l'a poursuivi au civil pour des dommages et intérêts. Zambino était son avocat. »

Brunetti ignorait tout des suites qui avaient été données à l'affaire.

« Et alors ? demanda Brunetti.

– Elle a perdu.

– Pour quelle raison ?

– Parce que l'homme n'avait pas essayé de la voler. Il n'avait fait que lui casser le nez, et le juge n'a pas considéré que c'était aussi grave que de lui voler son porte-monnaie. Si bien qu'elle n'a même pas eu droit à des dommages et intérêts. Il a déclaré que l'assignation à résidence était une punition suffisante.

– Et Lily ? »

La jeune femme haussa les épaules.

« Elle n'ose plus sortir seule, et elle sort donc beaucoup moins souvent qu'avant. »

Le triste personnage était actuellement en prison pour avoir donné un coup de couteau à sa petite amie, mais Brunetti ne pensait pas que cela ferait spécialement plaisir à Lily, ni ne changerait grand-chose.

« Comment Zambino a-t-il réagi, lorsqu'il a perdu ?

– Je ne sais pas. Lily ne me l'a jamais dit. »

Elle se leva.

« Je vais aller regarder tout ça de plus près, reprit-elle, lui rappelant que c'était à Mitri qu'ils s'intéressaient, et non à une femme dont le courage avait été brisé.

– Oui, merci. Je crois que je vais avoir un entretien avec cet avocat.

– Comme vous voudrez, commissaire, répondit-elle en gagnant la porte, mais, croyez-moi, si quelqu'un n'a rien à se reprocher dans cette ville, c'est bien lui. »

Étant donné que la personne à qui s'adressait ce compliment était un avocat, Brunetti lui accorda la même crédibilité que celle qu'il attribuait aux marmonnements des fous devant le palazzo Boldù.

17

Il décida de ne pas se faire accompagner par Vianello, en espérant qu'ainsi sa visite à l'avocat donnerait à celui-ci davantage l'impression de n'être qu'une formalité, même s'il se doutait bien que, pour un homme habitué à être confronté à la justice et à ses instruments, la vue d'un uniforme avait peu de chance de l'affecter. Une phrase que citait souvent Paola lui revint à l'esprit, la description de l'homme de loi tel que la donne Chaucer dans un de ses contes : « Il paraissait plus occupé qu'il ne l'était en réalité. »

Brunetti songea alors qu'il serait peut-être judicieux d'appeler pour lui faire savoir qu'il allait passer le voir, s'il voulait éviter de devoir attendre pendant que l'homme de loi accomplissait ses tâches avocatesques. Sa secrétaire (s'il s'agissait bien d'une secrétaire), lui avait répondu que maître Zambino serait libre dans une demi-heure environ et aurait la possibilité d'accorder à ce moment-là un entretien au commissaire.

Le cabinet de Zambino était situé campo San Polo, si bien que Brunetti pouvait terminer ses tâches matinales à proximité de son domicile et aurait tout son temps pour aller déjeuner chez lui. Il appela Paola pour le lui dire. Ils ne discutèrent de rien d'autre que du menu et de l'heure.

Dès qu'il eut raccroché, Brunetti descendit au rez-de-chaussée, dans la salle des officiers de police ; il trouva Vianello assis à son bureau et plongé dans la lecture d'un des journaux du matin. Quand le sergent entendit Brunetti approcher, il leva la tête et referma son journal.

« Quelque chose de nouveau, aujourd'hui ? lui demanda le commissaire. Je n'ai pas encore eu le temps de les lire.

– Non, leur inspiration se tarit, sans doute parce qu'il n'y a pas grand-chose à dire. Pas tant que nous n'aurons pas arrêté quelqu'un. »

Vianello commença à se lever, mais Brunetti lui dit que ce n'était pas la peine puisqu'il avait prévu de se rendre seul chez l'avocat ; et, avant que le sergent ait pu présenter une objection, il ajouta :

« La signorina Elettra m'a promis d'examiner plus en détail les finances de Mitri, et j'ai pensé que tu aimerais peut-être voir comment elle s'y prend. »

Depuis quelque temps, Vianello était fasciné par l'art avec lequel la jeune secrétaire, aidée de son ordinateur et de quelques dizaines de relations, dont certaines personnes qu'elle n'avait jamais rencontrées, découvrait toutes sortes de choses. Aucune barrière, que ce soit celles de la langue ou de la nationalité, ne paraissait capable d'entraver ce libre échange d'informations, dont beaucoup étaient du plus grand intérêt pour la police. La tentative faite par Brunetti pour s'initier à ces mystères s'était soldée par un échec, et il était ravi de l'enthousiasme de Vianello. Il trouvait plus prudent qu'une autre personne que la jeune secrétaire soit capable de faire ce genre de travail, au cas où, pour une raison ou une autre, temporairement ou définitivement, il leur faudrait se passer de ses services. À cette seule idée, d'ailleurs, il lançait une prière silencieuse vers le ciel et allumait un cierge métaphorique.

Vianello acheva de replier son journal et le laissa tomber sur son bureau.

« Avec plaisir. Elle m'a déjà montré beaucoup de choses, mais il y a toujours un truc ou un autre auquel elle pense quand ça ne marche pas par les voies normales. Si vous saviez, les gosses n'en reviennent pas, à la maison, ajouta-t-il. Ils se fichaient encore de moi, il n'y a pas si longtemps, parce que je ne comprenais pas ce qu'ils rapportaient de l'école ou ce dont ils parlaient, mais c'est eux, à présent, qui viennent me trouver quand ils ont des difficultés ou ne peuvent "accéder" à quelqu'un. » Inconsciemment, il avait utilisé la forme syntaxique anglaise du verbe, car c'était la plupart du temps en anglais que la signora et lui recherchaient leurs informations.

Brunetti, que ce bref échange avait bizarrement mis mal à l'aise, adressa un signe de tête au sergent et quitta la Questure. Un seul cameraman poireautait dehors, mais il tournait le dos à l'entrée, s'étant réfugié dans un angle du bâtiment pour allumer une cigarette à l'abri du vent, si bien que Brunetti put s'éclipser sans être remarqué. Arrivé au Grand Canal, le vent lui fit renoncer à prendre le *traghetto* et il franchit le pont du Rialto. Il avançait sans prêter attention aux merveilles qui l'entouraient de tous côtés, tant il était plongé dans ses pensées, lesquelles tournaient autour des questions qu'il allait poser à l'avocat Zambino. Il ne fut tiré de ses réflexions que lorsqu'il vit ce qu'il crut bien être des champignons *porcini* sur l'étal d'un marchand de légumes ; un instant, il se prit à espérer que Paola les aurait vus aussi et en aurait préparé avec la polenta, pour le déjeuner.

Il avança rapidement le long de la Rughetta, passa devant la rue où se trouvait son domicile, se glissa dans un passage et déboucha sur la place. Les feuilles étaient

depuis longtemps tombées des arbres, et l'espace paraissait trop dégagé, curieusement nu et exposé.

Le cabinet de l'avocat se trouvait au premier étage du
palazzo Soranzo, et il eut la surprise, à son arrivée, de
se faire ouvrir la porte par Zambino en personne.

« Ah, commissaire Brunetti… C'est un plaisir pour
moi, dit l'avocat en serrant fermement la main du policier. Non pas un plaisir de faire votre connaissance,
puisque nous nous sommes déjà rencontrés, mais un
plaisir que vous veniez ici pour me parler. » La première fois que Brunetti l'avait vu, Zambino était en
compagnie de Mitri, et c'était surtout à celui-ci qu'il
avait prêté attention – d'autant qu'il se souvenait que
l'avocat n'avait pas ouvert la bouche une seule fois. Il
était petit, replet, toute sa personne montrant qu'il préférait sûrement la bonne chère aux exercices sportifs.
Brunetti eut l'impression qu'il portait le même costume
que celui qu'il avait dans le bureau de Patta, sans en
être vraiment sûr. Son crâne, de forme étonnamment
ronde, n'exhibait que des cheveux clairsemés, et le
reste de son visage, joues, menton, était tout aussi rond.
Il avait des yeux de femme, taillés en amande, bleu per-
venche et magnifiques.

« Merci », répondit Brunetti en regardant autour de
lui. À sa grande surprise, il découvrait une pièce banale
jusqu'à l'humilité, rappelant bien plus la salle d'attente
d'un médecin généraliste qui vient de décrocher son
diplôme et d'ouvrir son premier cabinet que celle d'un
avocat distingué. Les chaises, en métal, avaient des
sièges et des dossiers en Formica dont les motifs cherchaient vainement à se faire passer pour du bois. Il y
avait une seule table basse, au centre de la pièce, sur
laquelle s'empilaient quelques revues, datant de plusieurs mois pour certaines.

L'homme de loi le précéda dans une autre pièce dont la porte était restée ouverte et qui devait être son bureau. Les murs étaient couverts de rayonnages allant du sol au plafond, et remplis de livres que Brunetti identifia immédiatement comme étant des ouvrages de droit : codes civil et criminel de l'État italien, recueils de jurisprudences, traités, revues professionnelles. Quatre ou cinq d'entre eux étaient ouverts sur le bureau de Zambino.

Tandis que Brunetti prenait place sur l'une des trois chaises qui faisaient face au bureau, Zambino alla rejoindre sa place et referma les livres, non sans prendre soin d'y glisser des marque-pages avant de les ranger sur le côté.

« Pour que nous ne perdions pas notre temps, commença l'avocat, je vais être direct. Je suppose que vous êtes venu me parler du dottor Mitri, n'est-ce pas ? » Brunetti acquiesça. « Parfait. Si vous voulez bien me dire ce que vous aimeriez savoir, j'essaierai de vous apporter toute l'aide possible.

— C'est très aimable à vous, maître, lui répondit Brunetti en employant la formule convenue la plus courtoise.

— Non, ce n'est pas une question d'amabilité, commissaire. Il est de mon devoir, en tant que citoyen et plus encore en tant qu'avocat inscrit au barreau, de coopérer le plus étroitement possible avec vous pour retrouver l'assassin du dottor Mitri.

— Vous ne l'appelez pas Paolo ?

— Qui, le dottor Mitri ? »

Brunetti acquiesça.

« Non, le dottor Mitri était un client, pas un ami.

— Qu'est-ce qui fait que vous n'étiez pas amis ? »

Il y avait bien trop longtemps que Zambino était avocat pour manifester de la surprise devant une question quelconque, même si elle était des plus insolites, et c'est donc d'un ton imperturbable qu'il répondit :

« Aucune raison particulière, sinon le fait que nous ne sommes entrés en contact que le jour où il m'a demandé de le conseiller dans le cadre de l'incident de l'agence de voyages.

– Pensez-vous que vous auriez pu devenir amis ? demanda Brunetti.

– J'aurais du mal à spéculer là-dessus, commissaire. Je lui ai parlé une fois au téléphone, je me suis entretenu une fois de vive voix avec lui dans son bureau, et je l'ai accompagné chez le vice-questeur. Ce sont les seuls contacts que j'ai eus avec lui et je suis donc bien incapable de répondre à votre question.

– Je vois. Pouvez-vous me dire ce qu'il avait décidé de faire, en ce qui concerne ce que vous avez appelé l'incident de l'agence de voyages ?

– S'il voulait engager des poursuites ?

– Par exemple.

– Après vous avoir parlé et eu un entretien avec le vice-questeur, je lui ai suggéré de réclamer des dommages et intérêts dans le cadre d'un règlement à l'amiable, pour la vitrine mais aussi pour le manque à gagner qu'il pensait que cela occasionnerait à l'agence ; il avait le droit d'en exiger également à ce titre, étant donné qu'il touchait un pourcentage sur les bénéfices. Quant au remplacement de la vitrine, il était de son seul ressort, en tant que propriétaire des lieux occupés par l'agence.

– Avez-vous eu des difficultés à le persuader, maître ?

– Non, pas du tout, répondit l'avocat, presque comme s'il s'était attendu à la question. En fait, je dirais qu'il avait déjà décidé de suivre cette procédure avant même de m'avoir parlé, et qu'il attendait seulement de moi que je confirme son opinion sur des bases légales.

– Savez-vous pour quelle raison c'est vous qu'il avait choisi comme avocat ? » demanda Brunetti.

Toute personne moins sûre de son rang professionnel aurait certainement marqué le coup et feint la surprise, devant une question à la limite de l'offense et pouvant laisser entendre que son statut n'était peut-être pas celui d'un grand avocat. Mais, au lieu de cela, Zambino se contenta de répondre :

« Non, pas du tout. Il n'avait certainement pas besoin de s'adresser à quelqu'un comme moi.

– Qu'entendez-vous par là ? Que vous vous occupez essentiellement de droit commercial, ou bien que vous êtes quelqu'un qui jouit d'une grande réputation ? »

Zambino sourit, et Brunetti se sentit pris de sympathie pour cet homme.

« C'est dit très élégamment, commissaire ; après ça, je ne peux faire autrement que chanter mes propres louanges. »

Comme il vit que Brunetti souriait à son tour, il poursuivit :

« Comme je vous l'ai dit, je n'ai aucune idée de ses raisons. J'ai très bien pu être recommandé par une personne qu'il connaissait. Tout comme il a très bien pu choisir mon nom au hasard dans l'annuaire professionnel. »

Avant que le policier n'ait eu le temps de lui faire l'objection, l'avocat la souleva lui-même :

« Bien que le dottor Mitri ne m'ait pas semblé être homme à prendre une décision de cette façon.

– Avez-vous passé assez de temps avec lui pour vous faire une opinion sur le genre de personnage qu'il était, maître ? »

Zambino réfléchit longuement à la question.

« J'ai eu l'impression que c'était un homme d'affaires redoutable à qui il importait plus que tout de réussir.

– N'avez-vous pas été surpris qu'il renonce aussi facilement à l'idée de porter plainte contre ma femme ? »

Comme Zambino hésitait à répondre, Brunetti ajouta : « Vous comprenez, il ne risquait absolument pas de perdre, dans cette affaire. Elle a admis sa *responsabilité* (l'emploi volontaire du terme responsabilité et non de celui de *culpabilité* n'échappa pas à Zambino), ainsi qu'elle l'a déclaré à l'officier de police qui l'a arrêtée, si bien qu'il aurait pu réclamer pratiquement n'importe quelle somme, il aurait de toute façon gagné son procès.

– Et cependant, il a préféré ne pas plaider.

– Pour quelle raison, à votre avis ?

– Il n'éprouvait peut-être pas le besoin de se venger.

– C'est ce que vous avez pensé ? »

Zambino, une fois de plus, réfléchit avant de répondre.

« Non. En réalité, je crois qu'il aurait beaucoup aimé se venger. Il était très, très en colère qu'on se soit attaqué à lui. Et il était en colère non seulement contre votre épouse, mais aussi contre le gérant de l'agence, car il lui avait donné des directives tout à fait précises, en particulier celle d'éviter à tout prix de tremper dans ces histoires de tourisme sexuel.

– De tourisme sexuel ?

– Oui. Il m'a montré le double d'un contrat, accompagné d'une lettre, qu'il avait fait signer au signor Dorandi trois ans auparavant. Il y était écrit en toutes lettres que le gérant s'engageait à ne pas vendre ce genre de tours, sous peine de voir son contrat annulé et sa licence retirée. Je ne sais pas dans quelle mesure cette clause aurait eu force de loi si Dorandi l'avait contestée – je n'en étais pas le rédacteur –, mais je crois qu'on peut en déduire que Mitri était tout à fait sérieux sur cette question.

– Est-ce pour des raisons morales qu'il tenait autant à cette clause, d'après vous ? »

La réponse de l'avocat fut une fois de plus longue à venir, comme s'il se demandait s'il était encore lié par l'obligation légale de confidentialité qu'il devait à son client décédé.

« Non. Je pense qu'il considérait que c'était une erreur, commercialement parlant. Dans une ville comme Venise, ce genre de publicité peut être désastreuse pour une agence de voyages. Non, je ne crois pas que le problème moral était ce qui avait motivé cette clause ; il s'agissait d'une décision purement commerciale.

– Et vous, maître, voyez-vous cela comme un problème moral ?

– Tout à fait », répondit sans hésiter l'avocat.

Il n'avait pas eu besoin de réfléchir, cette fois-ci. Brunetti passa à un autre sujet.

« Avez-vous une idée de ce qu'étaient ses intentions, en ce qui concernait Dorandi ?

– Je sais qu'il lui a écrit une lettre pour lui rappeler les termes de son contrat et lui demander de s'expliquer sur les voyages contre lesquels votre épouse a protesté.

– A-t-il envoyé cette lettre ?

– Il en a envoyé une copie à Dorandi par fax, et l'original en recommandé. »

Ce fut au tour de Brunetti de réfléchir. Si on pouvait considérer les idéaux de Paola comme un motif suffisant pour assassiner, le risque de perdre un poste de gérant dans une entreprise très lucrative en était un largement aussi valide.

« Je suis toujours aussi intrigué par le fait qu'il vous ait engagé, maître.

– Il arrive aux gens de faire des choses étranges, répondit Zambino avec un sourire. En particulier quand ils sont forcés d'avoir affaire à la justice.

– Les hommes d'affaires dépensent rarement leur argent pour rien, observa Brunetti, si vous voulez bien excuser la vulgarité de cette considération. Car tout de même, on était dans un cas de figure extrêmement simple, où la présence d'un avocat ne paraissait pas s'imposer. Il lui aurait suffi de présenter ses conditions au vice-questeur Patta, par téléphone ou par lettre. Personne ne s'y serait opposé. Et cependant, il a engagé un avocat.

– Dont les tarifs ne sont pas donnés, dois-je ajouter.

– Exactement. Ne trouvez-vous pas cela étrange ? »

Zambino s'enfonça dans son fauteuil et croisa les mains derrière sa tête, geste machinal qui mit en évidence une considérable bedaine.

« Je crois que c'est un comportement auquel les Américains ont donné un nom : *overkill.* »

Brunetti ne connaissait pas cette expression, mais il en comprit le sens : même si un corps ne bouge plus, on lui tire encore quelques balles dedans, à titre de sécurité.

« Je crois, enchaîna Zambino, contemplant toujours le plafond, qu'il n'était pas question pour lui que ses exigences ne soient pas satisfaites ; qu'il voulait que votre épouse accepte toutes ses conditions et que les choses en restent là.

– Que les choses en restent là ?

– Oui. »

L'avocat changea de position et s'accouda sur son bureau.

« J'ai la quasi-certitude qu'il tenait à ce que cet incident ne lui cause aucun ennui, aucune publicité. C'est peut-être même la publicité qu'il craignait le plus. À un moment donné, je lui ai demandé ce qu'il envisageait de faire si votre épouse, qui paraissait avoir agi pour une question de principe, refusait de payer les dégâts et toute idée de règlement à l'amiable. Quand je lui ai parlé d'engager éventuellement des poursuites, il a très fermement refusé. Il a beaucoup insisté là-dessus. Je lui ai fait remarquer que c'était une affaire qu'il ne pourrait pas perdre, mais il m'a néanmoins dit qu'il ne poursuivrait pas, qu'il ne l'envisageait même pas.

— Si bien que, si ma femme avait refusé de payer, il n'aurait pas déposé de plainte contre elle ?

— Exactement.

— Et vous me dites ceci, sachant qu'elle pourrait encore maintenant changer d'avis et refuser ? »

Zambino, pour la première fois, parut surpris.

« Bien sûr.

— Même en sachant que je pourrais lui dire ce que Mitri avait décidé et donc influencer sa décision ? »

Zambino sourit à nouveau.

« Commissaire, j'imagine que, avant de venir ici, vous avez passé un certain temps à chercher tout ce que vous pourriez trouver sur moi et sur ma réputation dans cette ville. »

L'avocat ne laissa pas à Brunetti le temps de protester ou d'acquiescer.

« J'ai fait la même chose, comme n'importe qui l'aurait fait. Et ce que j'ai appris me laisse à penser que je ne cours strictement aucun risque en vous disant cela, qu'il n'y a aucune chance que vous en parliez à votre épouse ou que, grâce à cette information, vous essayiez d'influencer sa décision. »

Brunetti se sentait trop gêné pour répondre quoi que ce soit à ce qu'il savait être vrai. Il se contenta donc d'un petit hochement de tête et reprit ses questions.

« Avez-vous jamais eu la curiosité de lui demander pourquoi il était si important pour lui d'éviter toute mauvaise publicité ? »

Zambino secoua négativement la tête.

« J'aurais bien aimé lui poser la question, c'est vrai, mais il n'entrait pas dans mes responsabilités de le découvrir. C'était un renseignement qui ne m'aurait été d'aucune utilité étant son avocat, et c'était à ce titre qu'il m'avait engagé.

– N'avez-vous cependant pas spéculé là-dessus ? » s'étonna Brunetti.

Nouveau sourire de l'avocat.

« Évidemment, commissaire. Car cela paraissait être en total désaccord avec l'homme tel que je le comprenais : riche, ayant des relations haut placées, et, si l'on veut, puissant. Le genre d'homme qui a en général les moyens de faire taire les rumeurs, si insistantes soient-elles. Sans compter qu'il n'était en rien responsable de tout cela, n'est-ce pas ? »

Brunetti marqua son assentiment d'un signe de tête et attendit que l'avocat poursuive.

« Autrement dit, cela signifiait soit qu'il s'appuyait sur un principe moral et que sa sensibilité lui faisait estimer que ce que faisait l'agence était condamnable – or j'ai déjà exclu cette possibilité –, soit qu'il y avait une autre raison, personnelle ou relevant de ses affaires, qui le poussait à éviter à tout prix ce genre de mauvaise publicité ou encore l'attention qu'elle aurait pu soulever. »

Telle avait été aussi la conclusion de Brunetti, et il était satisfait qu'elle soit confirmée par une personne ayant connu Mitri.

« Et vous êtes-vous interrogé là-dessus ? » demanda-t-il.

Zambino, pris par le jeu et y trouvant plaisir, éclata de rire.

« Si nous vivions dans un autre siècle, je dirais qu'il craignait pour la réputation de son nom. Mais étant donné qu'une réputation est aujourd'hui un produit que l'on peut acheter librement sur le marché, pourvu qu'on y mette le prix, je dirais qu'il craignait que les projecteurs braqués sur lui à propos de cette affaire ne mettent aussi en lumière des choses qu'il tenait au contraire à laisser dans l'ombre – que dis-je, dans l'obscurité complète. »

Ce fut au tour de Brunetti de rire, en partie devant la manière dont l'avocat avait tourné cela, mais aussi parce qu'il avait fait le même raisonnement.

« Des hypothèses ? »

Zambino hésita longuement avant de répondre :

« Je crains que cette question ne me pose problème, commissaire. Même si l'homme dont nous parlons est mort, j'ai toujours des obligations légales envers lui ; si bien que je ne suis pas en droit de transmettre à la police des informations le concernant sur des choses que je pourrais savoir ou, en fait, seulement soupçonner. »

Sa curiosité soulevée, Brunetti se demanda ce que Zambino savait et comment il pourrait lui tirer les vers du nez. Mais avant qu'il ait pu trouver une manière adroite de formuler sa question, l'avocat reprenait :

« Si cela peut vous faire gagner du temps, je vous dirais, et ceci à titre tout à fait privé et nullement officiel, que je n'ai aucune idée de ce qui pouvait l'inquiéter. Il ne m'a jamais parlé de ses autres activités ; seulement de l'affaire de la vitrine. Si bien que je n'ai aucune idée de ce qu'il aurait pu vouloir cacher, bien que, permettez-moi de vous le répéter, dans le cas contraire, je ne vous l'aurais pas dit. »

Brunetti lui adressa son sourire le plus franc, tout à la satisfaction de se dire que l'avocat ne lui avait certainement livré que la pure vérité.

« Je vous ai déjà fait perdre beaucoup de temps, maître, et je ne voudrais pas abuser de votre générosité », répondit-il en se levant et en prenant la direction de la porte.

Zambino le raccompagna.

« J'espère que vous pourrez résoudre cette affaire, commissaire », conclut l'avocat tandis qu'ils traversaient l'antichambre. Quand ils se serrèrent la main, Brunetti mit toute la chaleur qu'il pouvait dans le geste, son mauvais génie lui faisant cependant se demander si Zambino était un homme honnête ou un fieffé menteur.

« Moi aussi, je l'espère, maître. »

Sur quoi il prit congé et retourna vers son foyer et les siens.

18

Pendant toute la journée, l'idée qu'il devait aller « dîner en ville » le soir même avec sa femme lui avait trotté dans la tête. Depuis le jour de ce que Brunetti se refusait à appeler l'« arrestation » de Paola, ils avaient décliné toutes les invitations et évité d'en faire, mais il s'agissait d'une soirée dont la date était fixée depuis des mois : la célébration du vingt-cinquième anniversaire de mariage de la meilleure amie de Paola, Clara, dont le mari, Giovanni Morosini, était en outre son allié le plus proche à l'université. Il était impossible aux Brunetti de se décommander sans froisser les Morosini. Giovanni, par deux fois, avait sauvé la carrière universitaire de Paola : la première en détruisant une lettre envoyée par Paola au *Rettore magnifico*, lettre dans laquelle elle traitait notamment le directeur de l'université d'« arriviste incompétent », la seconde en persuadant sa fougueuse collègue de ne pas présenter sa lettre de démission à ce même « Recteur magnifique », qui aurait été trop content de l'accepter.

Giovanni enseignait la littérature italienne à l'université, et Clara l'histoire de l'art à l'Académie des belles-lettres ; les deux couples avaient, avec les années, tissé des liens étroits et solides. Paola, Clara et Giovanni passant l'essentiel de leur vie professionnelle dans les livres, Guido se sentait parfois mal à l'aise en leur compagnie, tant ils paraissaient, à ses yeux, trouver l'art plus réel que la vie. Mais l'affection des Morosini pour Paola était bien réelle, elle, et Brunetti avait naturellement accepté l'invitation à l'époque où elle avait été faite, et *a fortiori* il n'avait pas trouvé le moyen de se décommander lorsque Clara les avait appelés pour leur préciser que la célébration aurait lieu chez eux, et non au restaurant. C'était plutôt les endroits publics que Brunetti tenait à fuir, au moins tant que la situation légale de Paola ne serait pas éclaircie.

Quant à Paola, qui estimait n'avoir aucune raison de ne pas continuer à enseigner, elle était allée donner ses cours à l'université. Rentrée à la maison vers 17 heures, elle avait eu le temps de préparer le dîner des enfants, de prendre un bain et de se pomponner avant l'arrivée de Guido.

« Tu es déjà prête ? » s'étonna-t-il lorsqu'il entra dans l'appartement et la vit vêtue d'une robe courte faite d'un voile doré aérien.

« C'est la première fois que je la vois, ajouta-t-il, tandis qu'il accrochait son manteau.

– Et alors ?

– Elle me plaît beaucoup. Le tablier en particulier. »

Surprise, elle baissa les yeux ; mais avant qu'elle ait pu marquer son agacement d'avoir été piégée par cette variante féminine du célèbre « Tu as la braguette ouverte », il avait fait demi-tour et s'avançait dans le couloir, en direction de leur chambre. Elle retourna dans la cuisine, où elle passa effectivement son tablier, tandis que lui-même enfilait son costume bleu foncé.

Tout en redressant le col de sa chemise sous son veston, il retourna dans la cuisine.

« À quelle heure sommes-nous attendus ?

– À 20 heures. »

Il repoussa sa manche pour consulter sa montre.

« On part dans dix minutes ? »

Paola, penchée sur une casserole, répondit par un gro-gnement. Brunetti regretta d'avoir à peine le temps de siroter un verre de vin.

« As-tu une idée de qui sont les autres convives ? demanda-t-il.

– Non, aucune.

– Hum. »

Il ouvrit le frigo, en sortit une bouteille de pinot gris, s'en versa un demi-verre et but une première gorgée.

Paola remit le couvercle sur la casserole et coupa le gaz.

« Ce n'est pas avec ça qu'ils vont mourir de faim, commenta-t-elle. Ça t'inquiète ?

– De ne pas savoir quels sont les autres invités ? »

Au lieu de répondre à sa question, elle lui en posa une autre.

« Tu te souviens des Américains ? »

Brunetti poussa un soupir, finit de vider son verre et le posa dans l'évier. Leurs yeux se croisèrent et ils écla-tèrent de rire en même temps. Les Américains en ques-tion, deux « professeurs invités » par l'université et détachés de Harvard, étaient venus dîner une fois chez les Morosini, deux ans auparavant. Tous les deux grands spécialistes d'antiquités assyriennes, ils n'avaient adressé la parole à personne de toute la soirée, qu'ils avaient passée à discuter entre eux. Cela ne les avait pas empê-chés de s'enivrer si copieusement qu'il avait fallu appe-ler un taxi pour les reconduire chez eux – taxi dont la facture arriva dans la boîte aux lettres des Morosini le lendemain matin.

« Tu ne lui as pas demandé ?

– Qui serait là ?

– Oui.

– Je n'ai pas pu. » Et quand elle vit qu'il ne paraissait toujours pas convaincu, elle ajouta : « Toi non plus, tu n'aurais pas pu, Guido. Et de toute façon, qu'est-ce que j'aurais fait, si elle m'avait annoncé la présence de quelqu'un qu'on n'aurait surtout pas voulu voir ? J'aurais prétendu que j'étais malade ? »

Il haussa les épaules, pensant aux soirées qu'il avait passées, prisonnier des goûts catholiques et des divers amis des Morosini.

Paola décrocha son manteau et l'enfila sans lui laisser le temps de l'aider, et ensemble ils quittèrent l'appartement pour prendre la direction de San Polo. Ils traversèrent la place, franchirent un pont et tournèrent dans une ruelle sur leur droite. Encore quelques pas, et ils sonnaient chez les Morosini. La porte s'ouvrit presque sur-le-champ et ils montèrent jusqu'à l'« étage noble ». Giovanni Morosini se tenait devant la porte ouverte de son appartement ; le bruit de voix des invités s'entendait jusque dans la cage d'escalier.

Gaillard à la forte corpulence, Morosini portait toujours la barbe qu'il s'était laissé pousser à l'époque où il était à la fac et avait participé aux violentes protestations étudiantes de 68. Une barbe qui grisonnait, à présent, ce qui lui permettait de plaisanter souvent sur un même thème – « mes idéaux et mes principes ont eux aussi pris un coup de vieux ». Un peu plus grand mais considérablement plus volumineux que Brunetti, il donnait l'impression de remplir complètement le cadre de la porte. Il fit deux bises à Paola et serra chaleureusement la main de Guido.

« Bienvenue, bienvenue ! Entrez et venez boire quelque chose. » Il prit leurs manteaux et alla les accrocher dans un placard, à côté de la porte.

« Clara est à la cuisine. Je voudrais vous faire faire la

connaissance de nos autres invités. » Comme chaque fois, Brunetti fut frappé par la disparité entre le gabarit de l'homme et la douceur de sa voix, à peine plus forte qu'un murmure, à croire qu'il avait perpétuellement peur d'être écouté par un tiers.

L'homme recula de deux pas pour les laisser entrer, puis les précéda par un corridor central jusque dans un grand salon sur lequel donnaient toutes les autres pièces de l'appartement. Quatre personnes étaient regroupées dans un coin, et Brunetti fut instantanément frappé par un détail. Si deux d'entre elles donnaient indubitablement l'impression de former un couple, il n'en allait pas de même pour les deux autres.

À l'entrée de Guido et Paola, ils se retournèrent tous et Brunetti vit s'allumer une petite lueur tout à fait déplaisante dans l'œil de la femme du couple mal assorti lorsqu'elle aperçut Paola.

Morosini contourna le canapé bas qui les séparait de l'autre partie de la pièce pour aller présenter les derniers arrivants.

« Paola, Guido, j'aimerais vous présenter le dottor Klaus Rotgeiger et son épouse, Bettina, des amis qui habitent de l'autre côté de la place. Bettina et Klaus, je vous présente Paola et Guido Brunetti. » L'homme et la femme qui donnaient l'impression d'être un vrai couple posèrent leur verre sur une table, derrière eux, et échangèrent avec les nouveaux venus une poignée de main aussi ferme et chaleureuse qu'avait été celle de Morosini. Ils prononcèrent les formules flatteuses habituelles dans un italien teinté d'un léger accent germanique. Presque de la même taille, ils étaient tous les deux athlétiques et avaient les mêmes yeux clairs.

« Et, poursuivit Giovanni, la dottoressa Filomena Santa Lucia et son mari, Luigi Bernardi. »

Ces derniers posèrent leur verre à côté des autres et

tendirent la main à Paola et Guido. Il y eut le même échange de compliments, mais cette fois Brunetti eut l'impression qu'ils éprouvaient une sorte de répugnance tactile à laisser leur main trop longtemps entre celles d'inconnus. Il remarqua aussi que, bien que s'adressant à lui comme à Paola, ils dévisageaient davantage celle-ci. La dottoressa Santa Lucia avait des yeux sombres et donnait l'impression de se croire beaucoup plus séduisante qu'elle ne l'était en réalité. L'homme parlait avec cet accent de Milan qui élide les r.

La voix de Clara s'éleva derrière eux.

« *A Tavola, a tavola, ragazzi* », et Giovanni les entraîna dans la salle à manger, où une grande table ovale était dressée parallèlement à plusieurs hautes fenêtres qui donnaient sur la place et les immeubles situés de l'autre côté.

Venant de la cuisine, Clara apparut alors, la tête enveloppée d'un nuage de vapeur et portant devant elle une soupière qu'elle tenait comme le saint sacrement. Aux arômes qui s'en échappaient, Brunetti crut détecter des brocolis et des anchois, et il se souvint alors à quel point il était affamé.

Pendant le début du repas, la conversation fut faite d'échanges à bâtons rompus et à fleuret moucheté, telle qu'elle se déroule en général entre huit personnes qui ne sont pas sûres des centres d'intérêt des autres et qui essaient d'établir les thèmes susceptibles de les intéresser. Brunetti fut frappé une fois de plus, comme il l'avait déjà été à plusieurs reprises depuis quelques années, par l'absence d'un sujet de conversation pourtant universel : la politique. Il se demanda si c'était parce qu'il n'intéressait plus personne ou parce qu'il était un tel baril de poudre qu'on n'osait pas allumer la mèche en présence d'inconnus. Toujours est-il qu'il avait rejoint la religion, dans quelque goulag des conversations où plus personne n'osait s'aventurer ou que nul n'avait envie d'explorer.

Le dottor Rotgeiger expliqua, dans un italien que Brunetti trouva excellent, les difficultés qu'il avait, auprès du Bureau des étrangers, à faire prolonger d'un an son titre de séjour à Venise. Chaque fois qu'il s'y rendait, il était assailli par des nuées de soi-disant « agents » qui écumaient les longues files d'attente, se vantant d'être capables de faire accélérer les formalités administratives.

Brunetti accepta de reprendre des pâtes et ne fit pas de commentaires.

Au moment où commença le service du poisson (un énorme *branzino* bouilli qui dépassait largement les cinquante centimètres de long), la balle de la conversation venait de tomber entre les mains de la dottoressa Santa Lucia ; spécialiste d'anthropologie culturelle, elle était rentrée depuis seulement quelques jours d'un séjour en Indonésie, où elle avait passé un an à étudier les structures familiales d'autorité de certains groupes indigènes.

Bien qu'elle adressât ses remarques à toute la tablée, Brunetti se rendit compte que c'était le plus souvent Paola qu'elle regardait.

« Vous devez comprendre, disait-elle – affichant une expression qui n'était pas tout à fait un sourire mais qui proclamait à quel point elle était satisfaite d'être capable de saisir les subtilités d'une culture étrangère – que la structure de la famille se fonde sur la préservation de l'identique et, par là, de l'identité. C'est-à-dire que tout doit être fait pour que la structure familiale demeure intacte, même si cela signifie le sacrifice de certains de ses membres les moins importants.

– Et qui décide quels sont ces membres les moins importants ? demanda Paola d'un air candide, retirant une petite arête de sa bouche et la déposant sur le bord de son assiette avec un soin excessif.

– C'est une question très intéressante, répondit la dottoressa Santa Lucia, du ton qu'elle devait prendre lorsqu'elle expliquait la même chose, pour la centième fois, à ses étudiants. Mais je crois que nous sommes en présence d'un des très rares cas où les jugements sociaux portés sur leur culture, pourtant extrêmement complexe et élaborée, s'accordent avec nos vues nettement plus simplistes, par comparaison. »

Elle marqua un temps d'arrêt, attendant que quelqu'un veuille bien lui demander de s'expliquer davantage.

C'est Bettina Rotgeiger qui, obligeamment, s'y colla.

« En quel sens s'accordent-ils ? »

– En ce sens que nous partageons la même conception de qui sont les membres les moins importants de la société. »

Ayant énoncé cette vérité, l'anthropologue se tut et, voyant qu'elle avait capté l'attention de toute la table, prit le temps de boire une gorgée de vin tandis que les autres attendaient de savoir qui étaient ces « membres les moins importants de la société ».

« Laissez-moi deviner, intervint alors Paola, souriante, le menton au creux de la main, ayant oublié le poisson qui restait dans son assiette. Les jeunes filles ? »

La dottoressa Santa Lucia attendit une seconde avant de réagir.

« Exactement. »

Elle n'avait nullement paru déconcertée de s'être fait voler la foudre.

« Trouvez-vous cela étrange ? »

– Nullement, répondit une Paola toujours souriante, en revenant à son *branzino*.

– En effet, enchaîna l'anthropologue, en un certain sens, et les normes sociales étant ce qu'elles sont, les jeunes filles sont une ressource surabondante, dans la mesure où il en naît davantage que la plupart des familles ne peuvent en élever, et dans la mesure aussi où le fait d'avoir un garçon est infiniment plus valorisant. »

Elle regarda autour d'elle pour voir comment passait le message, avant d'ajouter, avec des précautions verbales et une hâte qui cherchaient à montrer combien elle craignait d'avoir heurté leur sensibilité rigide d'Occidentaux :

« En fonction de leur vision des choses, bien entendu, de leur mode de pensée. Après tout, qui pourra s'occuper des parents, quand ils seront âgés ? »

Brunetti prit la bouteille de chardonnay, servit chacune de ses voisines et remplit son propre verre. Son regard croisa celui de Paola, et elle lui adressa un petit sourire et un bref clignement des yeux.

« Je crois qu'il est indispensable de voir cette question à travers le filtre de leur culture ; il nous faut essayer de considérer les choses comme eux, du moins dans la mesure où nos propres préjugés culturels nous le permettront. »

S'appuyant sur cette profession de foi, la dottoressa Santa Lucia pérora pendant plusieurs minutes, et expliqua qu'il était nécessaire d'élargir notre vision des choses et d'y intégrer les différences culturelles, de les traiter avec respect, car elles s'étaient constituées au cours de millénaires d'évolution pour répondre aux besoins spécifiques des différentes sociétés.

Brunetti eut tout le temps de terminer son chardonnay et de finir son assiette, avant que l'oratrice en ait terminé. Celle-ci prit alors son verre et sourit à toute la table, comme si elle s'attendait à ce que la noble assemblée de ses pairs s'approche de l'estrade pour lui dire à quel point la conférence avait été riche d'enseignements. Le silence se prolongea jusqu'au moment où Paola s'adressa à Clara.

« Je vais t'aider à débarrasser, si tu veux bien. » Guido ne fut pas le seul à pousser un soupir de soulagement.

Plus tard, sur le chemin du retour, Brunetti se tourna vers Paola.

« Pourquoi tu ne lui es pas rentrée dedans ? »

Elle se contenta de hausser les épaules.

« Non, pourquoi ? Dis-moi.

– Trop facile, répondit-elle avec mépris. Il était évident depuis le début qu'elle n'avait qu'une envie, me faire parler, me faire dire pourquoi je l'avais fait. Pourquoi crois-tu qu'elle nous a sorti toutes ces âneries sur les filles qui seraient une ressource surabondante ? »

Ils marchaient côte à côte, Paola tenant Brunetti par le bras. Il acquiesça.

« Peut-être qu'elle y croit. »

Ils firent quelques pas en silence et, suivant le fil de sa pensée, il ajouta :

« J'ai toujours détesté ce genre de femmes.

– Quel genre de femmes ?

– Les femmes qui n'aiment pas les femmes. Peux-tu imaginer à quoi un groupe de femmes comme elle peut ressembler ? Elle est tellement certaine de tout ce qu'elle raconte, poursuivit Brunetti sans laisser à Paola le temps de répondre, tellement assurée qu'elle détient la vérité… Imagine un peu ce que ce serait si tu étais étudiante et qu'elle siégeait à ton comité d'examen. À la moindre opinion divergente, tu pourrais dire adieu à ton diplôme.

– Mais qui pourrait bien vouloir d'un diplôme en anthropologie culturelle, de toute façon ? » observa Paola.

Il éclata de rire, tout à fait d'accord avec elle. Lorsqu'ils s'engagèrent dans leur *calle*, il ralentit le pas, s'arrêta et la fit pivoter de manière à ce qu'elle soit face à lui.

« Merci, Paola, dit-il.

— Et de quoi ? demanda-t-elle, feignant l'ignorance.

— D'avoir évité la bagarre.

— Cela se serait terminé par des questions du genre : *"Mais pourquoi vous êtes-vous laissé arrêter ?"*. Et ce n'est pas avec une femme dans son genre, comme tu dis, que j'ai envie d'en parler.

— Gonzesse stupide.

— Eh, c'est une remarque sexiste, ça.

— Ben oui. »

19

Cette incursion dans la société ne leur donna qu'une envie, celle de ne pas recommencer, et ils s'en tinrent mordicus, dorénavant, à leur stratégie consistant à refuser toutes les invitations. Si Paola, comme Guido, avait un peu de mal à respecter l'obligation de rester à la maison soir après soir, et si Raffi trouvait leur présence assidue digne de commentaires ironiques, Chiara était ravie de les avoir tous les deux ; elle les entraînait dans d'interminables parties de cartes, les obligeait à regarder d'interminables programmes de télévision sur la vie des bêtes ou à faire d'aussi interminables parties de Monopoly – un véritable tournoi qui menaçait de durer jusqu'à la saint-glinglin.

Chaque jour, Paola partait pour l'université et Brunetti pour la Questure. Pour la première fois de leur carrière, ils étaient l'un et l'autre ravis d'avoir à éplucher les montagnes de paperasses engendrées par les règlements byzantins de l'État qui les employait tous les deux.

Étant donné l'implication de Paola dans l'affaire, Brunetti se résigna à ne pas aller assister à l'enterrement de Mitri, geste qu'il aurait fait en temps normal. Deux jours plus tard, il décida de relire dans leur intégralité le rapport du laboratoire, le compte rendu du constat fait sur les lieux du crime, ainsi que les quatre pages du rapport d'autopsie de Rizzardi. Il dut y consacrer l'essentiel de la matinée pour en venir à bout, et, quand il referma le dossier de Rizzardi, il se demanda comment il se faisait qu'aussi bien dans sa vie professionnelle que dans sa vie personnelle il soit apparemment obligé de toujours plus ou moins revenir sur les mêmes choses. Pendant son exil temporaire de la Questure, il avait fini de lire Gibbon et s'était attaqué à Hérodote, ayant déjà en vue la relecture de l'*Iliade* quand il en aurait terminé avec l'historien grec. Tous ces morts, toutes ces vies fauchées avant l'âge par la violence…

Emportant avec lui le rapport d'autopsie, il se rendit dans le bureau de la signorina Elettra ; lorsqu'il la vit, elle lui parut être l'antidote parfait aux sombres pensées qui tournaient dans sa tête. Elle portait une veste d'un rouge éclatant, un rouge comme il n'en avait jamais vu, et deux boutons de sa blouse en soie couleur crème étaient ouverts. Curieusement, elle était inoccupée lorsqu'il entra. Assise à son bureau, son menton dans une main et un coude sur le plan de travail, elle contemplait, à travers la fenêtre, la superstructure de San Lorenzo que l'on apercevait au loin, par-dessus les toits.

« Vous allez bien, signorina ? » lui demanda-t-il, la découvrant ainsi perdue dans ses songes.

Elle se redressa sur son siège et lui sourit.

« Bien sûr, commissaire, très bien. Je pensais simplement à une peinture.

– Une peinture ? »

Elle répondit par un petit grognement affirmatif et reprit sa position contemplative, le menton dans la paume de sa main.

Brunetti se tourna pour suivre la direction de son regard, comme si la peinture en question avait pu s'y trouver, mais il ne vit que la fenêtre et, au-delà, l'église.

« Laquelle ? voulut-il savoir.

– Celle du musée Correr, avec les courtisanes et leurs petits chiens [1]. »

Le policier connaissait l'œuvre, mais n'arrivait pas à se souvenir de l'artiste qui l'avait peinte. Sur le tableau, les deux femmes avaient le même air d'absence et d'ennui que celui de la signorina Elettra lorsqu'il était entré ; elles regardaient dans le vide, comme si elles ne s'intéressaient pas au destin qui les attendait.

« Qu'a-t-il de si particulier ?

– Je me suis toujours demandé si c'étaient bien des courtisanes et non pas simplement des femmes riches de l'époque, n'ayant rien à faire de leurs journées, sinon de rester assises à se tourner les pouces.

– Qu'est-ce qui vous fait dire ça ?

– Oh, je ne sais pas, répondit-elle avec un haussement d'épaules.

– Tout ceci vous ennuierait-il ? »

Il eut un geste vague qui englobait la pièce et tout ce qu'elle signifiait. Il espérait que sa réponse serait négative.

Elle tourna alors la tête vers lui.

« Vous plaisantez, commissaire ?

– Non, pas du tout. Pourquoi cette question ? »

Elle étudia longuement son visage avant de répondre.

« Non, je ne m'ennuie pas une minute ici. Bien au contraire. »

Comme prévu, Brunetti éprouva un profond soulagement. Elle marqua un temps d'arrêt et ajouta :

« Même si je ne sais pas encore très bien quel est exactement mon statut dans la maison. »

---

1. *Les Courtisanes*, de Carpaccio. *(N.d. T.)*

Brunetti ne voyait pas bien ce qu'elle voulait dire par là. Officiellement, elle était la secrétaire du vice-questeur Patta, et il était entendu qu'elle travaillait aussi à temps partiel pour deux des commissaires de la vice-Questure, dont Brunetti, même si elle n'avait jamais rédigé une lettre ni même un simple mémo pour aucun d'entre eux.

« Je suppose que vous voulez parler de votre statut dans la réalité, par rapport à votre statut officiel ? proposa-t-il.

– Oui, bien entendu. »

La main de Brunetti, celle qui tenait le rapport de Rizzardi, était restée pendant pendant tout cet échange. Il la leva, la tendit un peu vers elle et déclara :

« Vous êtes nos yeux et notre nez, et l'incarnation vivante de notre curiosité, signorina. »

Sa tête quitta le creux de sa main et elle lui fit cadeau d'un de ces sourires radieux dont elle avait le secret.

« Ce serait merveilleux de lire ceci dans la définition d'un poste de travail, commissaire.

– Je crois plus prudent, répondit Brunetti en brandissant le dossier dans la direction globale du bureau de Patta, de ne pas toucher à la définition des obligations de votre poste telle qu'elle existe actuellement.

– Ah… fut tout ce qu'elle dit, mais son sourire devint encore plus chaleureux.

– Et ne vous en faites pas pour la manière dont nous appelons l'aide que vous nous apportez. »

La signorina Elettra se pencha pour prendre le dossier des mains de Brunetti.

« Je me demandais, dit-il en le lui tendant, si vous ne pourriez pas vérifier si ce *modus operandi* pour se débarrasser de quelqu'un n'aurait pas été déjà employé, et si oui, par qui et quand ?

– La technique du garrot ?

– Oui. »

Elle fit de petits mouvements coléreux de la tête.

« Si je n'avais pas été aussi occupée à pleurer sur mon sort, j'y aurais pensé toute seule, dit-elle. Toute l'Europe, ou seulement l'Italie ? Et jusqu'à quand je dois remonter ?

– Vérifiez pour la région, et si vous ne trouvez rien par ici, attaquez l'Italie en commençant par le Sud. »

Il semblait à Brunetti que cette manière d'assassiner avait quelque chose de méditerranéen.

« Et remontez sur cinq ans. Sur dix, si vous ne trouvez rien avant. »

Elle se tourna et lança son ordinateur. Brunetti fut frappé à l'idée qu'il en était venu à considérer l'appareil comme une pure extension de l'esprit de la jeune femme, et qu'elle-même en était devenue inséparable. Il sourit et quitta le petit bureau, la laissant à son travail, se demandant si c'était de sa part une vision sexiste des choses ou une manière de la déconsidérer que de ne voir en elle que l'accessoire d'une machine. Dans l'escalier, il se mit à rire tout seul, se rendant compte de l'enfer que pouvait être l'existence d'un homme quand il vivait en compagnie d'une féministe intransigeante, heureux de pouvoir se dire qu'en réalité il s'en fichait.

Vianello se tenait devant l'entrée de son bureau ; il était manifeste qu'il l'attendait.

« Entre, entre, sergent. Qu'est-ce qui se passe ?

– Iacovantuono, répondit Vianello en suivant Brunetti dans la pièce. Les gens de Trévise ont commencé à poser des questions un peu partout.

– Des questions à quel propos ? voulut savoir Brunetti en lui faisant signe de prendre place.

– À propos de ses amis.

– Et de sa femme ? » ajouta Brunetti.

Telle était sans doute la raison principale de la visite du sergent. Celui-ci acquiesça.

« Et alors ?

– Il semblerait que la personne qui nous a appelés avait raison, monsieur, même si elle n'a toujours pas été localisée. Ils se bagarraient... Une femme qui habite dans l'immeuble voisin a dit qu'il la battait et qu'une fois elle avait même dû aller à l'hôpital.

– Et c'est vrai ?

– Oui. Elle serait tombée dans sa salle de bains. C'est du moins ce qu'elle a prétendu. »

Ce n'était pas la première fois que les deux policiers avaient droit à ce genre d'explication.

« Est-ce qu'ils ont vérifié les emplois du temps ? demanda-t-il, sachant qu'il n'avait pas besoin d'en dire plus.

– L'homme l'a trouvée au pied de l'escalier à 11 h 40. Iacovantuono était revenu de son travail un peu après 11 heures. Non, enchaîna Vianello avant que Brunetti n'ait le temps de lui poser la question, on ne sait pas combien de temps elle est restée en bas des marches.

– Qui s'est chargé de cet interrogatoire ?

– Negri, celui à qui on a parlé quand nous y sommes allés, la première fois. Quand j'ai fait état du coup de téléphone que nous avions reçu, il m'a dit qu'il avait déjà commencé à faire la tournée des voisins. Pour eux aussi, c'est la routine. Je lui ai expliqué que nous pensions que le coup de téléphone était bidon.

– Et qu'est-ce qu'il a dit ? »

Vianello haussa les épaules.

« Personne n'a vu Iacovantuono partir pour le travail. Personne ne sait exactement quand il en est revenu. Personne ne sait combien de temps elle est restée allongée au pied de l'escalier. »

En dépit de tous les événements qui s'étaient produits entre-temps, Brunetti se rappelait parfaitement bien le visage du pizzaiolo, les yeux assombris par le chagrin.

« Nous ne pouvons strictement rien faire, conclut-il finalement.

– Je sais. Mais j'ai pensé que vous aimeriez être tenu au courant. »

Brunetti le remercia d'un signe de tête, et Vianello quitta le bureau.

Une demi-heure plus tard, la signorina Elettra frappait à sa porte. Elle entra, tenant en main quelques feuilles de papier.

« S'agit-il de ce à quoi je pense ? » demanda-t-il.

Elle acquiesça.

« On compte trois meurtres identiques au cours des six dernières années. Deux concernaient des règlements de comptes mafieux, ou du moins ils en avaient l'apparence. »

Elle s'approcha du bureau et déposa les deux premières feuilles côte à côte, tournées vers Brunetti, et pointa deux noms.

« Le premier à Palerme, et le deuxième à Reggio di Calabria. »

Brunetti étudia les noms et les dates. On avait trouvé la première victime sur une plage, la deuxième dans une voiture. Deux hommes, qui avaient été étranglés avec un câble fin, probablement du fil électrique enrobé de plastique. On n'avait trouvé ni fil ni fibre sur le cou des cadavres.

La secrétaire posa une troisième feuille à côté des deux premières. Davide Narduzzi avait été tué à Padoue un an auparavant ; on avait mis en cause un vendeur ambulant d'origine marocaine. L'homme avait cependant disparu avant d'être arrêté. Brunetti lut tout en détail. Tout semblait s'être passé comme si Narduzzi avait été attaqué par-derrière et étranglé avant d'avoir pu réagir. La même description pouvait s'appliquer aux deux premiers meurtres. Et à celui de Mitri.

« Le Marocain ?

– On ne l'a jamais retrouvé.

– Mais pourquoi ce nom me paraît-il familier ? demanda Brunetti.

– Celui de Narduzzi ?

– Oui. »

La signorina Elettra déposa sa quatrième feuille de papier devant lui.

« Trafic de drogue, vol à main armée, agression, association de malfaiteurs de type mafieux, soupçons de chantage. »

Telle était la liste des accusations dont Narduzzi avait fait l'objet pendant sa courte vie.

« Pensez un peu au genre d'amis que devait avoir un individu comme lui. Pas étonnant que le Marocain ait disparu. »

Brunetti avait parcouru rapidement le reste de la page.

« S'il a jamais existé.

– Quoi ?

– Regardez. »

Il pointa le doigt sur l'un des noms de la liste. Deux ans auparavant, Narduzzi avait été impliqué dans une bagarre avec Ruggiero Palmieri, soupçonné de faire partie de l'un des clans criminels les plus violents du nord de l'Italie. Palmieri s'était retrouvé à l'hôpital, mais avait refusé de porter plainte. Brunetti en savait suffisamment sur ce genre de citoyen pour se douter que la question se réglerait de manière privée, et pas exactement à l'amiable.

« Palmieri ? demanda la signorina Elettra. C'est un nom qui ne me dit rien.

– C'est aussi bien. Il n'a jamais travaillé – si on peut employer un tel mot dans son cas – dans notre région. Grâce au ciel.

– Vous le connaissez ?

– Je l'ai rencontré une fois, il y a des années. C'est un mauvais. Un type capable de tout.

– Vous croyez qu'il aurait pu faire ça ? demanda-t-elle en tapotant les autres feuilles.

– Je crois même que c'est son boulot. Éliminer les gens gênants.

– Mais alors… pourquoi l'autre, Narduzzi, est-il allé lui chercher des poux ? »

Brunetti secoua la tête.

« Aucune idée. »

Il parcourut une dernière fois les trois brefs rapports, puis se leva.

« Voyons ce que vous allez pouvoir nous trouver à propos de ce Palmieri », dit-il, l'accompagnant jusqu'à son bureau.

Ce que l'ordinateur leur révéla se réduisait à peu de choses, malheureusement. Palmieri était passé dans la clandestinité un an auparavant, après avoir été identifié comme étant l'un des trois hommes ayant participé à l'attaque d'une voiture de transports de fonds. Deux des transporteurs avaient été blessés, mais les voleurs n'avaient pas réussi à s'emparer des quelque huit milliards de lires que transportait le véhicule.

Brunetti n'eut aucun mal à lire entre les lignes. La police n'avait pas déployé beaucoup d'énergie ni de ressources pour rechercher Palmieri : personne n'avait été tué, rien n'avait été volé. Tandis qu'à présent, c'était à un meurtre qu'on avait affaire.

Brunetti remercia la signorina Elettra et se rendit dans la salle des officiers de police. Le sergent était assis à son bureau, une pile de papiers devant lui et la tête dans les mains, songeur. Il n'y avait personne d'autre dans la salle. Brunetti l'observa quelques instants et s'approcha. En l'entendant, Vianello releva la tête.

« Je crois que je vais demander qu'on nous fasse une fleur.

– Et à qui ?

– À certaines personnes de Padoue.

– Aux nôtres, ou à ceux d'en face ?

– Aux deux. Combien en connaissons-nous ? »

Vianello se garda de montrer qu'il avait été flatté d'être inclus dans ce pluriel, et réfléchit quelques instants avant de répondre :

« Deux ou trois. Et pour leur poser quel genre de questions ?

– J'aimerais en apprendre un peu plus à propos d'un certain Ruggiero Palmieri. »

Il vit que le sergent reconnaissait le nom et se mettait à chercher qui, parmi les gens des deux bords qu'il connaissait, pourrait leur donner des tuyaux sur le tueur.

« Quel genre d'informations souhaiteriez-vous avoir ?

– J'aimerais savoir où il se trouvait quand ces hommes sont morts, répondit Brunetti en posant sur le bureau de Vianello les papiers que lui avait donnés la signorina Elettra. Et savoir aussi où il se trouvait, le soir où Mitri a été assassiné. »

Le sergent redressa un menton interrogatif.

« J'ai entendu dire, continua Brunetti, qu'il avait son brevet de tueur à gages. Il a eu des ennuis avec un certain Narduzzi, il y a quelque temps – mais finalement c'est Narduzzi qui en a de plus graves avec Palmieri. »

Vianello acquiesça pour montrer que c'était une affaire dont il avait entendu parler

« Tu te rappelles ce qu'il lui est arrivé ?

– Il a été tué. Mais j'ai oublié comment.

– Étranglé. Et sans doute avec un câble électrique.

– Et ces deux-là ? demanda Vianello avec un geste vers la documentation.

– Pareil. »

Le sergent posa les feuillets sur les papiers qui encombraient son bureau et se mit à les lire attentivement.

« Je n'ai jamais entendu parler de ceux-là. L'affaire Narduzzi remonte à combien ? Un an, à peu près ?

– Oui. Et ça s'est passé à Padoue. »

La police de Padoue n'avait pu que se sentir soulagée de la disparition d'une crapule comme Narduzzi, et il était évident que leurs investigations ne s'étaient pas étendues jusqu'à Venise.

« Vois-tu quelqu'un qui pourrait savoir quelque chose ?

– Pour commencer, il y a ce collègue avec qui vous avez travaillé, à Padoue.

– Oui, della Corte. J'avais pensé à lui. Il connaît sans doute deux ou trois voyous à qui il pourrait poser quelques questions. Mais je me demandais si toi, de ton côté, tu n'aurais pas quelqu'un en vue.

– Deux types, en fait, répondit Vianello, sans donner davantage d'explications.

– Très bien. Demande-leur.

– Et qu'est-ce que je peux leur offrir en échange, commissaire ? »

Il fallut un bon moment à Brunetti pour réfléchir à la question, calculer les faveurs qu'il pourrait demander à d'autres policiers, et celles que lui-même pourrait accorder sans prendre trop de risques. Finalement il répondit :

« Je leur devrai une faveur s'il leur arrive quelque chose à Padoue, et à della Corte aussi.

– Pas très alléchant, commenta Vianello, sincèrement sceptique.

– Je n'ai rien de mieux à leur offrir. »

20

Il y eut, pendant l'heure qui suivit, un chassé-croisé de coups de fil entre Venise et Padoue, Brunetti ayant décidé de contacter la police et les carabiniers, et d'entreprendre auprès de ses débiteurs (il avait accumulé pas mal de reconnaissances de dette au cours de toutes ces années) les délicates négociations qu'implique toute demande de retour d'ascenseur. Le moment était venu qu'on lui rende la politesse. La plupart de ces appels allèrent de son bureau de la Questure à d'autres bureaux. Della Corte, pour sa part, accepta d'enquêter dans son secteur de Padoue et fut d'accord sur le principe de demander en échange, le moment venu, une faveur à Brunetti. Une fois cette question réglée, le commissaire quitta la Questure pour se rendre sur la riva degli Schiavoni, où se trouvait toute une batterie de cabines téléphoniques. Il se servit de cartes de téléphone à quinze mille lires pour appeler le portable de plusieurs délinquants mineurs – ou pas si mineurs que ça – auxquels il avait eu affaire par le passé.

Il savait, comme l'aurait su n'importe quel Italien, que nombre de ces coups de fil étaient peut-être interceptés et enregistrés par l'un ou l'autre des services de l'État, si bien qu'il ne donna jamais son nom et se contenta de parler de la manière la plus indirecte possible ; il expliqua qu'une certaine personne, à Venise, aurait bien aimé connaître les coordonnées d'un certain Ruggiero Palmieri, mais que cette personne ne désirait pas, absolument pas, entrer en contact avec le signor Palmieri, et encore moins que le signor Palmieri apprenne qu'on posait des questions sur lui. À son sixième appel – adressé à un dealer dont Brunetti, quelques années auparavant, n'avait pas fait arrêter le fils alors que celui-ci l'avait agressé après la dernière condamnation de son père –, quelqu'un répondit qu'il allait voir ce qu'il pouvait faire.

« Et comment va Luigino ? demanda Brunetti, pour montrer qu'il ne gardait pas rancune de l'incident.

– Je l'ai envoyé en Amérique. Pour étudier les affaires », répondit le père avant de raccrocher.

Ce qui voulait sans doute dire que Brunetti se verrait dans l'obligation de l'arrêter la prochaine fois que leurs chemins se croiseraient. À moins que, métamorphosé de petit voyou en grand caïd par un diplôme de commerce obtenu auprès de quelque université prestigieuse, il ne se soit élevé à de telles hauteurs dans l'Organisation qu'il ne soit plus pensable qu'un humble commissaire de police puisse l'atteindre à de pareils sommets.

Avec sa dernière carte et après avoir consulté le numéro inscrit sur un petit bout de papier, il appela la veuve de Mitri, mais il tomba, comme le lendemain de la mort de l'industriel, sur un message préenregistré expliquant qu'en raison de son deuil la famille ne désirait pas prendre de communications téléphoniques. Gardant l'écouteur coincé contre l'oreille, il dut fouiller dans ses poches pour retrouver le numéro du frère de Mitri, mais il tomba de nouveau sur un répondeur. Il décida alors, instinctivement, de passer à l'appartement des Mitri pour voir qui s'y trouvait.

Il prit le 82 jusqu'à San Marcuola et retrouva l'immeuble sans difficulté. Il sonna, et c'est une voix d'homme, cette fois, qui répondit presque aussitôt sur l'Interphone, lui demandant qui il était. Il répondit : « Commissaire de police », mais ne donna pas son nom ; il y eut quelques secondes de silence, puis la voix lui dit qu'il pouvait entrer. Sur les murs, le sel poursuivait son œuvre corrosive et, comme la fois précédente, les marches étaient jonchées de débris de plâtre et de peinture écaillée.

En haut, un homme l'attendait dans l'encadrement de la porte. Grand, très maigre, il avait un visage étroit et des cheveux bruns coupés court qui commençaient à grisonner aux tempes. Il se recula pour laisser entrer Brunetti et lui tendit la main.

« Je suis Sandro Bonaventura, le beau-frère de Paolo. »

Comme sa sœur, il avait préféré s'exprimer en italien, mais son accent vénitien transparaissait. Brunetti lui serra la main et, toujours sans donner son nom, entra dans l'appartement. Bonaventura le conduisit dans une grande pièce située à l'extrémité du couloir. Le plancher, remarqua le policier, était en chêne épais et semblait être d'origine ; aucun parquet n'était venu le remplacer. Quant aux rideaux qui retombaient devant les deux doubles fenêtres, ils avaient tout l'air d'être d'authentiques plissés Fortuny.

Bonaventura lui fit signe de prendre un siège, puis s'assit lui-même en face du commissaire.

« Ma sœur n'est pas ici. Elle est allée passer quelques jours chez ma femme avec sa petite-fille.

– J'avais espéré pouvoir lui parler, dit Brunetti. Pouvez-vous me dire quand elle compte revenir ? »

Bonaventura secoua la tête.

« Elle et ma femme sont très proches, proches comme le seraient deux sœurs, c'est pourquoi nous lui avons proposé de venir s'installer chez nous quand... quand c'est arrivé. »

Il baissa les yeux sur ses mains, secoua lentement la tête puis la releva ; son regard soutint celui de Brunetti.

« Je n'arrive pas à croire que cela soit arrivé. Pas à Paolo. Il n'y avait aucune raison, aucune.

– Il n'y a souvent aucune raison logique. Si par exemple un cambrioleur se fait surprendre et panique...

– Vous pensez que c'était un cambriolage ? Et le mot qu'on a retrouvé, alors ? »

Brunetti marqua un temps de réflexion avant de répondre.

« Le cambrioleur l'a peut-être choisi à cause de la publicité que lui avait value l'incident de l'agence de voyages. Il aurait pu avoir préparé ce message à l'avance dans l'intention de le laisser sur place.

– Mais pourquoi prendre cette peine ? »

Brunetti n'en avait évidemment aucune idée et il était le premier à trouver sa suggestion ridicule.

« Pour détourner notre attention des voleurs professionnels, inventa-t-il.

– Ça ne tient pas debout, répliqua Bonaventura. Paolo a été tué par un fanatique qui le tenait pour responsable de quelque chose avec quoi il n'avait rien à voir. La vie de ma sœur est fichue. C'est du délire. Ne venez pas me parler de voleurs qui arrivent munis de notes, et ne perdez pas votre temps à chercher de ce côté-là ! C'est le cinglé qui a commis cet acte qu'il faut retrouver.

– À votre connaissance, votre beau-frère avait-il des ennemis ?

– Non, bien sûr que non.

– Je trouve cela étrange, observa Brunetti.

– Que voulez-vous dire ? demanda Bonaventura d'un ton sec, se penchant en avant et pénétrant ainsi dans l'espace de son vis-à-vis.

– Je vous en prie, ne soyez pas offensé, signor Bonaventura ».

Brunetti s'était exprimé d'un ton conciliant, levant la
main en un geste d'apaisement.

« Je veux simplement dire que le dottor Mitri était un
homme d'affaires, et un homme d'affaires qui avait
bien réussi. Je suis certain qu'au fil du temps il a dû
prendre des décisions qui ont pu déplaire à certains, ou
en mettre d'autres en colère.

– On ne tue tout de même pas quelqu'un à cause
d'un contrat perdu », s'entêta Bonaventura.

Brunetti, qui était bien placé pour savoir que si, prit
son temps pour répondre :

« Ne voyez-vous pas quelqu'un avec qui il aurait pu
avoir ce genre de difficultés ?

– Non, répondit l'homme sur-le-champ, ajoutant,
après quelques secondes de réflexion : Non, personne.

– Je vois. Êtes-vous un peu au courant des affaires de
votre beau-frère ? Est-ce que vous collaboriez avec lui ?

– Non. Je gère mon usine de Castelfranco Veneto.
Interfar. Elle m'appartient, mais elle est enregistrée
sous le nom de ma sœur. »

Voyant que Brunetti ne se satisfaisait pas de cette
information, il ajouta :

« Pour des raisons fiscales. »

Le policier hocha la tête avec, pensa-t-il, ou du moins
espéra-t-il, toute l'onctuosité d'un prêtre. Il se demandait parfois si l'on n'aurait pas pardonné à quelqu'un,
en Italie, les pires horreurs, les plus grandes énormités,
en expliquant simplement qu'on avait agi *pour des raisons fiscales*. Débarrassez-vous de votre famille, truci-
dez votre chien, mettez le feu à la maison de vos voisins : du moment que c'est *pour des raisons fiscales,* il
n'y aura pas un juge, pas un jury pour ne pas se montrer
on ne peut plus compréhensif.

« Le dottor Mitri avait-il des intérêts dans votre entreprise ?

– Non, aucun.

– De quel genre d'entreprise s'agit-il, si je puis me
permettre ? »

Bonaventura ne parut pas trouver la question étrange.

« Oh, pas de problème, vous pouvez poser la question. Produits pharmaceutiques. Aspirine, insuline…
Nous fabriquons aussi beaucoup de médicaments
homéopathiques.

– Êtes-vous vous-même pharmacien ? Vous occupez-
vous de la production ? »

L'homme hésita avant de répondre.

« Non, pas du tout. Je suis simplement un entre-
preneur, quelqu'un qui fait des affaires. J'additionne
des colonnes de chiffres, je consulte les scientifiques
qui préparent les formules et j'essaie de mettre au point
les meilleures stratégies de vente possible.

– Et pour cela, vous n'avez pas besoin d'une formation en pharmacologie ? demanda Brunetti, pensant à
Mitri.

– Non, ce qui compte, c'est l'aptitude à prendre des
décisions de gestion. Pour cela, peu importe le produit,
que ce soit des chaussures, des bateaux ou de la cire à
cacheter.

– Je vois. Votre beau-frère, en revanche, était chimiste, si j'ai bien compris ?

– Oui, en effet, du moins au début de sa carrière.

– Mais pas depuis ?

– Non. Cela faisait des années qu'il ne travaillait plus
en laboratoire.

– Quel était son rôle, alors, dans ses usines ? »

Brunetti se demandait si Mitri avait été lui aussi un
partisan des stratégies commerciales.

Bonaventura se leva.

« Je suis désolé de devoir mettre fin à cet entretien, commissaire, mais j'ai des choses à faire ici et ce sont des questions auxquelles je ne peux pas vraiment répondre. Je crois qu'il vaudrait mieux que vous contactiez les directeurs des usines de Paolo. Je ne sais vraiment rien de ses affaires, ni de la manière dont il les gérait. Je suis désolé. »

Brunetti se leva à son tour. L'homme avait raison. Le fait que Mitri ait été autrefois chimiste n'impliquait pas obligatoirement qu'au quotidien il participait à l'élaboration des produits. Dans l'univers aux multiples facettes des affaires, on n'avait plus besoin de savoir ce que fabriquait une entreprise pour la diriger. Il suffisait de penser à Patta, songea-t-il, pour voir à quel point cela était vrai.

« Merci de m'avoir accordé un peu de votre temps », dit-il, tendant la main à l'homme.

Bonaventura la lui serra et le précéda jusqu'à l'entrée. Brunetti revint à la Questure par les petites rues de Cannaregio, à ses yeux le plus beau quartier de Venise. Ce qui signifiait, toujours à ses yeux, le plus beau du monde.

Le temps d'arriver, presque tout le personnel était déjà parti déjeuner et il se contenta donc de laisser une note sur le bureau de la signorina Elettra, lui demandant de voir ce qu'elle pourrait trouver sur le beau-frère de Mitri, Alessandro Bonaventura. Lorsque, se redressant, il prit la liberté d'ouvrir le premier tiroir pour y remettre le crayon qu'il avait emprunté, il regretta soudain de ne pouvoir lui laisser un message sur son ordinateur. Il n'avait aucune idée de la manière dont fonctionnait un e-mail, ou de la procédure pour envoyer un message, mais il aurait bien aimé pouvoir le faire, ne serait-ce que pour lui montrer qu'il n'était pas le Néandertalien technologique qu'elle se figurait. Après tout, Vianello s'y était bien initié, lui ; il ne voyait pas pour quelle raison il n'aurait pu acquérir une certaine compétence informatique. Il était diplômé de droit, ce qui n'était pas rien, tout de même…

Il regarda l'écran : silencieux, sans grille-pain se baladant dessus, noir. Est-ce que ce serait vraiment difficile ? À moins peut-être – réconfortante pensée – qu'il ne soit, comme Mitri, plus prédisposé au rôle de chef d'orchestre qu'à celui de préposé à la maintenance des machines au jour le jour. Ce baume versé sur sa conscience, il se rendit au bar près du pont pour y avaler un sandwich et un verre de vin, en attendant que ses collègues veuillent bien revenir de leur déjeuner.

Ce qu'ils firent, plutôt aux environs de 16 heures que de 15, mais Brunetti avait depuis longtemps perdu toute illusion sur le zèle déployé par ses collaborateurs, et il ne s'en formalisa nullement. Il alla s'asseoir tranquillement dans son bureau où, pendant une bonne heure, il eut le loisir de lire le journal et même de consulter son horoscope, lequel lui donna la joie d'apprendre qu'il allait rencontrer une inconnue blonde et recevoir bientôt de « bonnes nouvelles ». Il pouvait faire sans la blonde, mais des bonnes nouvelles, voilà qui lui aurait fort bien convenu.

Son Interphone retentit un peu après 16 heures et il décrocha, sachant qu'il s'agissait de Patta ; il se réjouissait que les choses aient pu aller aussi vite et il était curieux de savoir ce que désirait le vice-questeur.

« Pouvez-vous venir dans mon bureau, commissaire ? » lui demanda son supérieur.

Brunetti répondit poliment qu'il était déjà en route.

La veste de la signorina Elettra était accrochée au dossier de sa chaise, et une liste de noms accompagnée de chiffres, le tout impeccablement ordonné, était affichée sur l'écran de l'ordinateur ; mais la jeune femme elle-même n'était pas là. Il frappa à la porte de Patta et entra dès qu'il y fut invité.

La signorina Elettra était assise en face du bureau du vice-questeur, un carnet de notes posé sur ses genoux coquettement serrés, le crayon levé tandis que se prolongeait l'écho silencieux du dernier mot prononcé par Patta. Comme il s'agissait seulement du « *Avanti !* » retentissant destiné à faire entrer Brunetti, la secrétaire ne l'avait évidemment pas pris en note.

C'est à peine si Patta salua son subordonné, à qui il se contenta d'adresser un signe de tête minimaliste, et retourna à sa dictée.

« Et dites-leur que je ne veux pas, non… Écrivez plutôt que je ne *tolérerai* pas… Je crois que cela donne plus de force, vous ne pensez pas, signorina ?

– Tout à fait, vice-questeur, dit-elle sans lever les yeux de son calepin.

– Je ne tolérerai pas, poursuivit Patta, que les membres de la police continuent d'utiliser les bateaux et les véhicules de service pour des sorties non autorisées. Si l'un d'eux… » Sur ce, il marqua un temps d'arrêt, puis continua d'un ton plus familier :

« Pouvez-vous vérifier qui est en droit, en fonction de ses titres et de son rang, d'utiliser nos véhicules, signorina ?

– Bien entendu, vice-questeur.

– Si l'un d'eux a besoin d'utiliser ces moyens de transport pour des raisons de service, il devra… excusez-moi, signorina ? »

Il s'était interrompu en voyant l'expression embarrassée qu'avait adoptée la signorina Elettra, qui venait de relever la tête.

« Il vaudrait peut-être mieux écrire *cette personne*, vice-questeur, pour éviter de donner l'impression d'un préjugé sexiste, comme si seuls les hommes avaient autorité pour réquisitionner un véhicule. »

Elle baissa la tête et changea de feuille.

« Bien sûr, bien sûr, si vous pensez que c'est mieux… Cette personne, donc, devra remplir le formulaire prévu à cet effet et veiller à ce que la mission soit approuvée par l'autorité compétente. »

Là-dessus, son attitude changea brutalement ; son expression devint moins impérieuse, comme s'il avait ordonné à son menton de cesser de ressembler à celui de Mussolini.

« Pouvez-vous avoir l'amabilité de vérifier qui est légalement en droit de donner ces autorisations, et joindre leurs noms à ce mémo ? Je vous en serais reconnaissant.

– Bien volontiers, monsieur », dit-elle, écrivant encore quelques mots.

Elle leva les yeux et sourit.

« Ce sera tout ?

– Oui, oui. »

Il se pencha en avant dans son siège quand la jeune fille se leva comme si, par un phénomène empathique, se dit Brunetti, son mouvement avait pu l'aider à se remettre sur pied. Une fois arrivée à la porte, elle se tourna et leur sourit.

« Ce sera prêt dès demain matin, monsieur.

– Pas avant ? s'étonna Patta.

– J'ai bien peur que non, monsieur. J'ai le budget de nos dépenses de bureau du mois prochain à calculer. »

Son sourire était un savant mélange de regret et d'intransigeance.

« Oui, évidemment. »

Elle sortit sans rien ajouter, refermant la porte derrière elle.

« Dites-moi, Brunetti, où en est-on avec l'affaire Mitri ? demanda Patta sans autre préambule.

– Je me suis entretenu aujourd'hui même avec son beau-frère », répondit le commissaire, curieux de savoir si le vice-questeur n'était pas déjà au courant.

Mais celui-ci conserva une expression impassible qui laissait supposer que non, et Brunetti continua.

« J'ai également appris qu'il y avait eu trois autres meurtres au cours des dernières années, commis en employant et la même méthode et le même type d'instrument, un câble, sans doute électrique et revêtu de plastique. Et toutes les victimes avaient apparemment été attaquées par-derrière, comme Mitri.

– De quel genre de crime s'agissait-il? Semblable à celui-ci?

– Non, monsieur. D'après les rapports de police, il semblerait que nous ayons affaire à des exécutions, probablement commanditées par la Mafia.

– Dans ce cas, le coupa Patta avec impatience devant ce qui lui paraissait être une piste sans intérêt, ça ne peut pas avoir de rapport avec notre affaire. Ce crime est l'œuvre de quelque fanatique poussé au meurtre par... »

À cet instant, soit le vice-questeur perdit le fil de ce qu'il voulait dire, soit il se rappela à qui il s'adressait, car il s'interrompit abruptement.

« Je comprends, mais j'aimerais toutefois ne pas rejeter la possibilité qu'il y ait un rapport entre tous ces meurtres, monsieur. Comme vous le savez, enchaîna-t-il avant que le vice-questeur ait pu soulever une autre objection – et sachant que "comme vous le savez" était la meilleure façon de lui clouer le bec –, les assassins professionnels s'en tiennent presque toujours à la même méthode, celle qui est à leurs yeux la plus sûre, celle qui a fait ses preuves. »

L'objection de Patta venait d'être balayée.

« Et... où ces autres crimes ont-ils été commis ?

– Le premier à Palerme, le deuxième à Reggio et le plus récent beaucoup plus près d'ici, à Padoue.

– Ah… » dit Patta en soupirant.

Il réfléchit quelques instants. L'argument de Brunetti avait dû faire mouche.

« S'ils ont un rapport, cela voudrait dire que l'affaire ne nous concerne pas, n'est-ce pas ? Que c'est en réalité aux services de police de ces autres villes de voir dans ce crime le dernier d'une série ?

– C'est tout à fait envisageable, monsieur », répondit Brunetti, qui se garda bien de lui faire remarquer que ces autres services de police pourraient avoir la même réaction et estimer que Venise devrait, précisément pour cette raison, être la première à s'y coller.

« Eh bien, alertez-les tous, dites-leur ce qui s'est passé ici, et faites-moi savoir les réponses qu'on vous donnera. »

Brunetti dut admettre que la solution d'*Il Cavaliere* frôlait le coup de génie. L'enquête sur l'assassinat de Mitri avait été en quelque sorte déléguée, le paquet-cadeau expédié à la police des autres villes, et Patta avait agi selon un modèle « administrativement correct » qui aurait mérité de figurer dans les manuels : en renvoyant l'affaire sur le bureau de quelqu'un d'autre, il avait rempli son devoir ou, plus important, serait *perçu* comme ayant rempli son devoir, si jamais sa décision devait être remise en cause.

Brunetti se leva.

« Bien entendu, monsieur. Je vais les contacter immédiatement. »

Patta lui donna congé d'un mouvement poli de la tête. Il était rare que Brunetti, subordonné indocile et difficile à manier d'une manière générale, se montre aussi conciliant et sensible à la raison.

21

Lorsque Brunetti émergea du bureau de Patta, la signorina Elettra enfilait sa veste. Son sac à main était posé sur son plan de travail, à côté d'un sac de commissions et de son manteau.

« Et le budget ? lui demanda Brunetti.

– Oh, ça, répondit-elle avec un petit reniflement amusé, c'est la même chose tous les mois. Il suffit de cinq minutes pour l'imprimer : je n'ai qu'à changer le nom du mois.

– Et jamais personne ne vous a fait de remarques ? »

En posant la question, Brunetti pensait à ce que devaient coûter les bouquets régulièrement renouvelés.

Elle attrapa son manteau.

« Si, le vice-questeur, il y a quelque temps. »

Brunetti l'aida à enfiler le vêtement, mais l'un comme l'autre se gardèrent bien d'observer qu'en principe les services administratifs de la vice-Questure ne fermaient que dans deux heures.

« Qu'est-ce qu'il vous a dit ?

– Il voulait savoir pourquoi nous dépensions chaque mois plus d'argent en fleurs qu'en fournitures de bureau.

– Et que lui avez-vous répondu ?

– Je me suis excusée et je lui ai dit que j'avais dû intervertir les colonnes de chiffres, mais que cela ne se reproduirait plus. »

Elle prit son sac à main, dont elle passa la bandoulière à son épaule.

« Et alors ? ne put s'empêcher de demander Brunetti.

– Ça ne s'est pas reproduit. C'est toujours par là que je commence quand j'établis le rapport mensuel. J'intervertis les chiffres des fournitures de bureau et ceux des fleurs. Et comme ça, il est satisfait. »

Elle récupéra son sac de commissions – il venait de la Bottega Veneta, remarqua-t-il – et se dirigea vers la porte.

« Signorina, dit-il, gêné de lui faire cette demande, et ces noms ?

– Demain matin, commissaire. On s'en occupe. »

Elle lui avait répondu cela en ajoutant un petit mouvement du menton en direction de l'ordinateur, l'une de ses mains tenant le sac de la Bottega Veneta et l'autre occupée à remettre en place une mèche de cheveux.

« Mais… il est éteint ! »

Elle ferma les yeux pendant une minuscule fraction de seconde, ce qui n'échappa pas à Brunetti.

« Faites-moi confiance, commissaire. Demain matin. Et n'oubliez pas, ajouta-t-elle en voyant qu'il n'était pas entièrement convaincu, je suis vos yeux et votre nez. Tout ce qui pourra être trouvé sera ici, demain matin, à la première heure. »

La porte du bureau était déjà ouverte, mais Brunetti alla cependant se placer à côté, comme pour veiller à ce qu'elle la franchisse sans encombre.

« Au revoir, signorina, et merci. »

Un dernier sourire, et elle disparut.

Brunetti resta un moment planté là, à se demander comment il allait occuper le reste de sa journée. Il n'avait pas la témérité ni la décontraction de la signorina Elettra, et il remonta donc dans son bureau. Il y trouva une note manuscrite l'informant que le comte Orazio Falier cherchait à le joindre.

« C'est Guido, dit-il lorsqu'il reconnut la voix de son beau-père.

– Ah, je suis content que tu appelles. Est-ce qu'on peut parler ?

– C'est à propos de Paola ?

– Non, de la chose sur laquelle tu m'as demandé de me renseigner. J'ai parlé avec quelqu'un avec qui je traite certaines affaires de banque, et il m'a dit que des fortes sommes sont entrées et sorties, en liquide, des comptes à l'étranger de Mitri, il y a environ un an. Il m'a parlé d'un total de cinq millions de francs, ajouta le comte avant que Brunetti ne lui pose la question.

– Des francs ? Des francs suisses ?

– Pas français, non », répliqua Orazio Falier d'un ton qui semblait dire que le franc français ne valait pas mieux que le litas lituanien.

Brunetti se garda de demander à son beau-père auprès de qui il avait obtenu cette information, sachant très bien, en outre, qu'il pouvait entièrement se fier à lui.

« Est-ce sur un seul compte ?

– C'est le seul, en tout cas, sur lequel j'ai découvert quelque chose. Mais j'ai interrogé plusieurs autres personnes et il n'est pas impossible que j'aie de nouveaux renseignements à te fournir d'ici quelques jours.

– Est-ce qu'il a dit d'où venait l'argent ?

– Oui. Les dépôts provenaient de différents pays. Attends un instant, je vais t'en donner la liste ; je l'ai inscrite quelque part. »

Le comte posa le combiné et Brunetti en profita pour

tirer à lui un crayon et une feuille de papier. Il entendit des pas qui s'éloignaient, puis qui revenaient.

« Voilà. Le Nigeria, l'Égypte, le Kenya, le Bangladesh, le Sri Lanka et la Côte-d'Ivoire. »

Il y eut un long silence, puis le comte reprit :

« J'ai essayé de faire cadrer ça avec différentes activités douteuses : drogue, armes, femmes… Mais il y avait toujours quelque chose qui clochait, un pays qui ne pouvait entrer dans le tableau.

— Ils sont tous déjà bien trop pauvres, pour commencer, observa Brunetti.

— Exactement. C'est pourtant de ces pays que provenait l'argent. Il y avait d'autres sommes, bien moins importantes, venant d'autres pays européens et du Brésil, mais le gros de ces fonds venait des pays en question. Pour être plus précis, les versements étaient faits dans la monnaie locale, et une partie y était renvoyée, mais en dollars. Toujours en dollars.

— Attends… aux mêmes pays ?

— Oui.

— Combien était renvoyé ?

— Je l'ignore. C'est tout ce que mon informateur a voulu me dire. C'était tout ce qu'il me devait. »

Brunetti comprit. Il savait que le comte n'en tirerait rien de plus ; qu'il ne voudrait même pas essayer d'en tirer davantage. Inutile d'insister.

« Merci.

— D'après toi, qu'est-ce que ça peut vouloir dire ?

— Aucune idée, pour l'instant. Il va falloir que j'y réfléchisse. »

Si, sur ce chapitre, Brunetti ne pouvait rien demander de plus, le comte pourrait peut-être l'aider à en découvrir un peu plus sur une autre question.

« À part ça, il y a quelqu'un sur qui j'aimerais bien mettre la main.

– De qui s'agit-il ?

– D'un homme du nom de Palmieri, un tueur à gages, un professionnel ou presque.

– Quel rapport avec Paola ? s'inquiéta le comte.

– C'est avec l'assassinat de Mitri qu'il pourrait en avoir un.

– Palmieri ?

– Oui, Ruggiero de son prénom. Je crois qu'il est originaire de Portogruaro. La dernière fois qu'on en a entendu parler, si c'est bien lui, il se trouvait à Padoue.

– Je connais beaucoup de gens, Guido. Je vais voir ce que je peux trouver. »

Un instant, Brunetti eut envie de conseiller à son beau-père d'être prudent, mais on n'en arrivait pas là où en était arrivé le comte Orazio Falier sans avoir fait de la prudence une règle de vie systématique.

« J'ai parlé avec Paola, hier, reprit le comte. Elle a l'air d'aller bien.

– Oui. »

Prenant soudain conscience de ce que sa réaction avait de laconique, Brunetti ajouta :

« Si ce que je commence à soupçonner est vrai, elle n'a strictement rien à voir avec mort de Mitri.

– Bien sûr qu'elle n'a rien à voir avec ça ! répliqua sur-le-champ le comte. Elle était avec toi ce soir-là. »

Brunetti dut faire un effort pour ne pas rétorquer que ce n'était pas du tout ce qu'il avait voulu dire.

« Non, au sens où elle l'entend, elle… elle se demande si son acte n'a pas poussé un cinglé à tuer Mitri.

– Même si c'était vrai… » commença Falier, mais il perdit soudain tout intérêt à cette discussion théorique et c'est d'un ton de voix normal qu'il reprit : « Je vais essayer de voir quels intérêts il pouvait bien avoir dans ces pays.

– J'en ferai autant de mon côté. »

Brunetti le salua avec politesse et raccrocha.

Le Kenya, l'Égypte et le Sri Lanka connaissaient tous plus ou moins des épisodes de violence meurtrière, mais rien de ce que Brunetti avait pu lire sur ces pays ne permettait d'en déduire qu'ils avaient pour autant quelque chose en commun : les fauteurs de troubles paraissaient avoir des buts totalement différents les uns des autres. Matières premières ? Brunetti n'en savait pas assez sur leurs économies pour se faire une idée de ce que l'Occident, dans sa voracité, aurait pu y rechercher.

Il consulta sa montre et s'aperçut qu'il était 18 heures passées ; heure des plus décentes pour rentrer chez soi, pour un commissaire de police digne de ce nom qui, de plus, était encore officiellement en congé administratif.

En chemin, il continua à retourner dans sa tête ce qu'il avait appris, s'arrêtant même une fois pour tirer de sa poche la liste des pays et la consulter. Il fit une pause à l'Antico Dolo pour y prendre un verre de vin blanc avec deux supions, mais il était tellement plongé dans ses pensées qu'il ne fit même pas attention à leur saveur.

Il arriva un peu avant 19 heures et il trouva la maison vide. Il passa dans le bureau de Paola, y prit l'atlas et alla s'installer sur le vieux canapé fatigué de la salle de séjour, où il ouvrit le gros livre sur ses genoux. Il se mit à étudier les taches multicolores des différentes cartes, changeant de position au bout d'un moment pour s'allonger, sa tête reposant sur un accoudoir.

C'est dans cette position que Paola le retrouva une demi-heure plus tard, profondément endormi. Elle l'appela, une fois, puis une autre fois, mais ce ne fut que lorsqu'elle s'assit à côté de lui qu'il se réveilla.

Ce genre de somme, pendant la journée, le laissait toujours hébété et tournant au ralenti, sans parler du goût bizarre qu'il avait dans la bouche.

« C'est quel pays ? lui demanda-t-elle, l'embrassant sur l'oreille et pointant un index vers le livre.

– Le Sri Lanka… Et ici, le Bangladesh… l'Égypte… le Kenya… la Côte-d'Ivoire… le Nigeria, répondit-il en tournant les pages au fur et à mesure.

– Laisse-moi deviner… l'itinéraire de notre deuxième voyage de lune de miel à travers les capitales de la pauvreté mondiale ? » proposa-t-elle en riant.

Comme elle le voyait sourire, elle ajouta :

« Et je vais devoir jouer les dames de charité, arriver les poches pleines de piécettes que je jetterai par poignées à la population locale pendant nos visites ?

– Je trouve intéressant, répondit-il en refermant le livre qu'il garda néanmoins sur les genoux, que la première chose à laquelle tu penses, toi aussi, soit la pauvreté.

– C'est soit la misère, soit l'agitation sociale, voire les deux, dans la plupart de ces pays… Ou encore l'Imodium à prix sacrifié.

– Quoi ?

– Tu ne te rappelles pas, quand nous étions en Égypte, et que nous avions besoin d'Imodium ? »

Ce voyage datant d'une dizaine d'années lui revint alors en mémoire : ils avaient tous les deux été victimes d'une « turista » carabinée ; pendant deux jours, ils n'avaient vécu que de riz, de yaourts et d'Imodium. Il lui répondit que oui, sans être tout à fait sûr :

« Pas besoin d'ordonnance, sans compter que l'Imodium était pour rien. Si j'avais eu la liste de tous les médicaments que mes copines névrosées ingurgitent, j'aurais pu faire mon shopping de Noël pour les cinq années suivantes. »

Elle vit qu'il ne goûtait pas sa plaisanterie, aussi reporta-t-elle son attention sur l'atlas.

« Qu'est-ce qu'ils ont donc, ces pays ?

— Mitri a reçu des sommes d'argent qui en provenaient. Des sommes très importantes. Ou, du moins, ses sociétés. Je ne sais pas laquelle ou lesquelles, parce que tout est allé s'évanouir en Suisse.

— Là où l'argent finit toujours par échouer, de toute façon », remarqua-t-elle avec un soupir fatigué.

Il chassa les pays du tiers-monde de ses pensées et posa l'atlas à côté de lui sur le canapé.

« Où sont passés les enfants ? demanda-t-il.

— Ils dînent avec mes parents.

— On pourrait en profiter pour sortir.

— Alors, tu acceptes de te montrer à nouveau avec moi en ville ? » demanda-t-elle d'un ton léger.

Comme il ne savait trop si elle plaisantait ou si elle était sérieuse, il répondit par un « oui » hésitant.

« Où veux-tu aller ?

— Où tu voudras. »

Elle s'allongea à côté de lui, emmêlant ses jambes à celles plus longues de Guido.

« Je ne tiens pas à aller très loin. Une pizza aux Due Colonne, ça te dirait ?

— À quelle heure doivent revenir les enfants ?

— Pas avant 10 heures, à mon avis.

— Parfait. »

Il porta à ses lèvres la main de Paola qu'il avait prise pendant leur échange, et l'embrassa.

22

Ni le lendemain ni le surlendemain Brunetti n'apprit quoi que ce soit sur Palmieri. *Il Gazzettino* publia un article sur l'affaire Mitri déplorant l'absence de tout progrès dans l'enquête, mais il ne mentionnait pas Paola, si bien que le policier en conclut que son beau-père avait effectivement parlé à certaines de ses relations. La presse nationale observait elle aussi le silence. Puis onze personnes moururent brûlées vives dans la chambre à oxygène d'un hôpital de Milan, et l'histoire de Mitri passa sous la ligne d'horizon, laissant la place à de fulminantes dénonciations du système de santé italien.

Tenant parole comme toujours, la signorina Elettra lui avait remis trois pages de renseignements sur Sandro Bonaventura. Lui et sa femme avaient eu deux enfants, qui poursuivaient l'un et l'autre des études à l'université ; le couple possédait une maison à Padoue et un appartement à Castelfranco Veneto. L'usine, Interfar, était bien au nom de la sœur de Bonaventura, comme celui-ci l'avait déclaré. L'argent avec lequel Bonaventura l'avait achetée, un an et demi auparavant, avait été réuni en vingt-quatre heures, après un gros retrait effectué sur un compte de Mitri dans une banque vénitienne.

Le troisième jour, la police arrêta en flagrant délit un homme venu cambrioler le bureau de poste du campo San Polo. Au bout de cinq heures d'interrogatoire, l'individu avait reconnu être aussi l'auteur du vol à main armée de la banque du campo San Luca. C'était bien celui que Iacovantuono avait identifié sur photo la première fois, et qu'il n'avait curieusement plus du tout reconnu après la mort de sa femme. Brunetti alla l'observer à travers la glace sans tain donnant sur la salle où avait lieu l'interrogatoire. Il vit un homme de petite taille, massif, dont les cheveux bruns s'éclaircissaient ; le personnage décrit par Iacovantuono la seconde fois était rouquin et aurait pesé vingt kilos de moins.

Il retourna à son bureau et appela Negri, le policier qui, à Trévise, était chargé de l'enquête sur la mort de la signora Iacovantuono – enquête qui n'en était pas officiellement une. Il lui expliqua qu'ils avaient bien arrêté un voleur venant de reconnaître le cambriolage de la banque, mais qu'il ne correspondait pas du tout à la description faite par Iacovantuono, la seconde fois.

« Qu'est-ce qu'il fait, actuellement ? demanda Brunetti après avoir donné ces informations.

– Il va à son travail, revient chez lui et s'occupe de ses enfants. Il se rend au cimetière tous les deux jours pour déposer des fleurs sur la tombe de son épouse, répondit Negri.

– Pas d'autre femme ?

– Pas encore.

– Si c'est lui qui l'a fait, il est très fort, commenta Brunetti.

– Je l'ai trouvé absolument convaincant quand je l'ai interrogé. J'ai même envoyé une équipe pour le protéger et garder un œil sur la maison, dès le lendemain du jour où elle est morte.

– Ils ont vu quelque chose ?

– Non, rien.

– Tenez-moi au courant s'il se produit un fait nouveau, lui demanda Brunetti.

– Peu probable, vous ne croyez pas ?

– En effet. »

En général, instinct ou intuition, Brunetti sentait quand quelqu'un mentait ou essayait de dissimuler quelque chose ; avec Iacovantuono, il n'avait à aucun moment éprouvé quoi que ce soit de cet ordre : pas d'avertissement, pas de soupçon. Il se prit à se demander quelle version il aurait préférée : que le petit pizzaïolo soit une victime, ou au contraire le meurtrier ?

Son téléphone sonna alors que sa main était encore posée dessus, le tirant de spéculations qu'il savait être stériles.

« Guido ? Della Corte à l'appareil. »

Brunetti revint brusquement à Padoue, à Mitri et Palmieri.

« Qu'est-ce qui se passe ? demanda-t-il, trop excité tout à coup pour passer par le détour des formules de politesse, et ayant tout oublié de Iacovantuono.

– On l'a peut-être trouvé.

– Qui ça ? Palmieri ?

– Oui.

– Où ?

– Au nord d'ici. Apparemment, il est chauffeur de camion.

– Chauffeur de camion ? » répéta bêtement Brunetti.

Cela lui paraissait trop banal, pour un homme qui avait peut-être tué quatre personnes.

– Il utilise un faux nom. Michele de Luca.

– Comment l'avez-vous retrouvé ?

– L'un de nos hommes de la brigade des stups a posé des questions à ses indics, et l'un de ses petits gars a parlé. Mais il n'était pas sûr de lui, alors on a envoyé l'un des nôtres là-bas, et il est revenu avec une identification à peu près positive.

– Crois-tu que Palmieri se soit douté de quelque chose ?

– Non. L'homme que j'ai envoyé est très fort, un vrai courant d'air. »

Ils gardèrent le silence quelques instants tous les deux, puis della Corte reprit :

« Est-ce que tu veux qu'on l'arrête ?

– J'ai bien peur que ce ne soit pas très facile.

– Nous avons son adresse. On pourrait y aller de nuit.

– Et où habite-t-il ?

– À Castelfranco Veneto. Il est chauffeur pour une usine de produits pharmaceutiques, Interfar. »

Il n'y eut qu'un très court silence sur la ligne.

« J'arrive. Je tiens à ce qu'on le cravate, celui-là, et dès ce soir. »

S'il voulait se joindre aux forces de police de Padoue pour opérer cette descente, Brunetti allait être obligé de mentir à Paola. Pendant le déjeuner, il lui dit que la police de Castelfranco détenait un suspect et lui avait demandé de venir lui parler. Quand Paola lui demanda pourquoi il avait besoin d'y rester toute la nuit, il répondit qu'il ne pourrait commencer l'interrogatoire que tard dans la soirée, et que comme il n'y avait plus de train après 22 heures il serait obligé de passer la nuit sur place. En fait, il n'y eut même pas une seule locomotive en circulation à partir de midi, ce jour-là, dans toute la Vénétie. Les contrôleurs aériens avaient lancé, à midi également, une grève sauvage qui avait contraint l'aéroport à détourner tous les vols prévus vers Bologne ou Trieste ; les syndicats des cheminots avaient alors décidé de se mettre en grève pour soutenir les exi-

gences des contrôleurs, si bien que tout le trafic ferro-
viaire de la Vénétie s'était trouvé paralysé.

« Vas-y en voiture.

– C'est ce que je vais faire. Du moins jusqu'à Padoue.
C'est tout ce qu'autorisera Patta.

– Ce qui signifie qu'il ne veut pas que tu y ailles,
n'est-ce pas ? » lui demanda-t-elle en le regardant
par-dessus les assiettes et les plats vides. Les enfants
avaient déjà disparu dans leurs chambres respectives,
ils pouvaient donc parler ouvertement.

« Ou qu'il ne sait pas que tu y vas.

– C'est en partie ça. »

Il prit une pomme dans le compotier et entreprit de la
peler.

« Elles sont bonnes, dit-il en croquant le premier
quartier.

– N'essaie pas de changer de sujet de conversation,
Guido. C'est quoi, l'autre raison ?

– Il se peut que l'interrogatoire dure longtemps, et je
ne sais donc pas quand j'aurai fini.

– Ils ont attrapé cet homme et ils ne trouvent rien de
mieux que de te demander de venir le cuisiner toi-
même ? demanda-t-elle, sceptique.

– Bien sûr. À cause de Mitri. »

Ce n'était pas un mensonge, mais il essayait encore
de botter en touche.

« C'est cet homme qui serait le meurtrier ?

– Ce n'est pas impossible. Il était recherché pour être
interrogé dans le cadre de trois autres assassinats.

– Qu'est-ce que ça veut dire, interrogé ? »

Brunetti, qui avait lu les dossiers, savait que dans la
deuxième affaire un témoin l'avait vu avec la victime la
nuit où celle-ci avait été assassinée. Ensuite, il y avait
eu la bagarre avec Narduzzi. Et maintenant, le type
conduisait un camion pour le compte d'une usine de

produits pharmaceutiques. Une usine appartenant à Bonaventura. Et il habitait à Castelfranco.

« Il est sérieusement impliqué.

– Je vois. »

Elle avait compris, à son ton, qu'il n'avait aucune envie d'être plus explicite.

« Tu seras donc de retour demain matin ?

– Oui.

– À quelle heure dois-tu partir ? demanda-t-elle, ayant soudain décidé de ne plus ergoter.

– 20 heures.

– Vas-tu retourner à la Questure avant ?

– Oui. »

Il était sur le point d'ajouter qu'il voulait savoir si l'homme avait fait l'objet d'une inculpation en bonne et due forme, mais il n'en dit rien. Il n'aimait pas mentir, mais cela lui paraissait tout de même mieux que de lui raconter qu'il se mettait lui-même délibérément en danger. S'il le lui avait dit, elle n'aurait pas manqué de lui faire remarquer que, étant donné son âge et son rang, ce n'était pas son rôle.

Il ignorait s'il pourrait dormir à un quelconque moment de la nuit, et si oui, à quel endroit, mais il n'en alla pas moins dans la chambre, où il rangea quelques effets dans un petit sac. Il ouvrit la porte de gauche de la grande armoire en châtaignier, cadeau de mariage du comte Orazio, et prit son trousseau de clefs. Avec l'une d'elles il ouvrit un tiroir, avec une deuxième un petit coffre métallique qui se trouvait à l'intérieur. Il en retira un pistolet et son holster, glissa le tout dans sa poche et referma soigneusement coffre et tiroir.

Il pensa alors à l'*Iliade*, à ce passage au cours duquel Homère raconte comment Achille se prépare pour le combat avec Hector : un bouclier puissant, des cnémides, une lance, une épée, un casque. Comme le petit objet métallique qui reposait contre sa hanche lui paraissait vulgaire et ignoble, en comparaison – un « pénis portable », comme l'appelait toujours Paola. Et cependant, à quelle vitesse la poudre à canon avait-elle mis un terme à tout esprit de chevalerie, à toutes ces idées de gloire qui remontaient aux combats sous les murs de Troie… Sur le seuil de la porte, il s'arrêta et se dit qu'il devait faire attention : il allait en mission à Castelfranco et devait auparavant dire au revoir à sa femme.

Cela faisait plusieurs années qu'il n'avait pas vu della Corte, pourtant il le reconnut immédiatement lorsqu'il entra dans la Questure de Padoue : mêmes yeux sombres, même moustache en bataille.

Brunetti l'appela et le policier se tourna vers lui.

« Guido ! dit-il, se dirigeant d'un pas vif vers le nouveau venu. Ça me fait plaisir de te revoir. »

Tout en se racontant mutuellement ce qu'ils avaient fait au cours des dernières années, ils se rendirent jusque dans le bureau de Della Corte. La discussion des affaires passées s'y poursuivit autour d'un café et, lorsqu'ils eurent fini, ils commencèrent à mettre au point leur stratégie pour la nuit. Della Corte suggéra d'attendre 22 heures pour quitter Padoue, ce qui les ferait arriver à Castelfranco vers 23 heures ; là, ils retrouveraient la police locale, qui avait été mise au courant de la présence de Palmieri sur son territoire et tenait à participer à l'opération.

Lorsqu'ils arrivèrent à la Questure de Castelfranco, peu avant 23 heures, ils furent accueillis par le commissaire Bonino et deux officiers en civil – jean et blouson de cuir. Ils avaient préparé un plan des environs de l'appartement de Palmieri, et aucun détail n'avait été négligé, puisque même les emplacements de parking entourant l'immeuble y figuraient, ainsi que ceux de tous les accès et de toutes les portes ; il y avait aussi un plan de l'appartement lui-même.

« Comment avez-vous réussi à vous le procurer ? » demanda Brunetti sans cacher son admiration.

Bonino eut un signe de tête en direction de l'un de ses jeunes subordonnés.

« Sa construction ne date que de deux ou trois ans, expliqua celui-ci, et nous savions que les plans se trouvaient au bureau du cadastre ; j'y suis allé cet après-midi et j'ai demandé une photocopie de l'appartement du deuxième. Notre homme habite au troisième, mais la disposition des lieux est la même. » Il s'arrêta là et retourna au plan, attirant leur attention sur des points particuliers.

La disposition des lieux était d'ailleurs fort simple : un seul escalier débouchait sur le palier et le couloir le long duquel étaient distribués les appartements. Celui de Palmieri se trouvait à l'extrémité. Il leur suffisait de placer deux hommes sous ses fenêtres, un autre au bas de l'escalier ; il en resterait deux pour procéder à l'intervention elle-même, et deux en soutien qui attendraient dans le couloir. Brunetti était sur le point d'observer que ces précautions lui paraissaient un peu excessives, mais il se rappela que Palmieri avait peut-être tué quatre hommes et il ne dit rien.

Ils arrivèrent à bord de deux véhicules qui se garèrent à quelques centaines de mètres de l'immeuble. Les deux jeunes policiers en civil faisaient partie de l'équipe qui, avec Brunetti et della Corte, devait procéder à l'intervention et à l'arrestation. Bonino choisit de couvrir l'escalier, et les deux autres policiers de Padoue allèrent prendre position à l'abri de trois gros pins situés entre l'immeuble et la rue ; l'un d'eux surveillait la porte d'entrée, l'autre l'arrière du bâtiment.

Brunetti, della Corte et les deux officiers en civil montèrent ensemble l'escalier, se séparant une fois sur le palier. Les hommes en jean restèrent dans la cage d'escalier, et l'un d'eux poussa la porte du pied.

Brunetti et della Corte avancèrent jusqu'à l'appartement de Palmieri. Sans faire de bruit, Brunetti essaya de manœuvrer la poignée, mais la porte était fermée à clef. Della Corte frappa par deux fois, discrètement. Pas de réponse. Il recommença, un peu plus fort cette fois-ci. Puis il cria :

« Ruggiero ? C'est moi. On m'a envoyé te chercher. Il faut que tu fiches le camp. La police arrive. »

À l'intérieur, quelque chose tomba et se fracassa, sans doute une lampe. Aucune lumière, cependant, ne filtra de dessous la porte. Della Corte frappa de nouveau.

« Pour l'amour du ciel, Ruggiero, faut que tu te tires de là ! Bouge-toi le cul ! »

Il y eut de nouveau des bruits à l'intérieur, un autre objet tomba, un objet plus lourd, une chaise ou peut-être une table. Ils entendirent des cris venant d'en bas, sans doute des policiers postés à l'extérieur. Ce fut un signal d'alerte pour della Corte et Brunetti, qui se déplacèrent de part et d'autre du battant et restèrent collés dos au mur.

Il n'était que temps. Une balle traversa l'épaisse planche de bois, puis une rafale double, et encore une autre. Brunetti sentit quelque chose le piquer au visage et, baissant les yeux, il vit deux gouttes de sang sur le devant de son manteau. Les deux jeunes policiers en soutien s'étaient précipités et se retrouvèrent en deux secondes agenouillés de part et d'autre de la porte, l'arme à la main. Souple comme une anguille, l'un d'eux roula sur le dos, replia les jambes et les détendit de toutes ses forces contre le battant, à l'endroit où celui-ci s'appuyait contre le chambranle ; le bois céda partiellement, et une deuxième ruade acheva le travail. Avant même que la porte ait heurté le mur intérieur sous l'impact, le policier avait roulé comme une toupie à l'intérieur de l'appartement.

Brunetti avait à peine eu le temps de braquer son pistolet qu'il entendit deux détonations rapprochées, puis une troisième. Puis, plus rien. Quelques secondes passèrent, puis une voix s'éleva, celle de l'homme qui avait conduit l'assaut :

« Tout va bien, vous pouvez entrer. »

Brunetti se glissa le premier dans l'entrée, della Corte sur les talons. Ni l'un ni l'autre, cette fois, ne pensèrent à prononcer l'éternel « *Permesso* ». Le policier était agenouillé derrière un canapé renversé, le pistolet toujours à la main. Sur le sol était allongé un homme en qui Brunetti reconnut Ruggiero Palmieri. Sa tête était éclairée par le rayon de lumière qui tombait du couloir. Il avait un bras tendu devant lui, comme s'il montrait la porte et la liberté à jamais perdue qui l'attendait derrière ; son autre bras était invisible, sans doute écrasé sous son corps. À l'emplacement de son oreille gauche il n'y avait plus qu'un trou sanguinolent, celui fait par la sortie de la deuxième balle tirée par le policier.

23

Bunetti était dans la police depuis trop longtemps, et il avait vu trop souvent les choses mal tourner, pour perdre son temps à tenter de comprendre ce qui s'était passé, ou à se demander quelle autre procédure il aurait mieux valu suivre. Mais les autres étaient plus jeunes que lui et n'avaient pas encore appris qu'en la matière on ne tirait que peu d'enseignements de ses échecs, si bien qu'il les écouta discuter pendant un moment, sans vraiment faire attention à ce qu'ils disaient, se contentant de hochements de tête approbateurs tandis qu'ils attendaient l'arrivée de l'équipe du laboratoire.

À un moment donné, alors que le policier qui avait abattu Palmieri s'allongeait sur le sol pour étudier l'angle sous lequel son tir avait pénétré dans l'appartement, Brunetti alla dans la salle de bains, mouilla son mouchoir et nettoya sur sa joue la petite écorchure, de la taille d'un bouton de chemise, faite par un éclat de bois lorsque la porte avait été fracassée par les balles de Palmieri. Le mouchoir toujours à la main, il ouvrit l'armoire à pharmacie, à la recherche d'un morceau de gaze ou de quelque chose qui pourrait arrêter le sang; le petit meuble était plein, mais ne contenait aucun pansement tout prêt.

Explorer l'armoire à pharmacie des personnes dont il était l'hôte était un comportement que Brunetti n'avait jamais eu. Il fut stupéfait de ce qu'il découvrit : trois rangées de toutes sortes de médicaments, au bas mot cinquante fioles ou boîtes, sous toutes les formes de conditionnement et d'emballage imaginables, mais portant toutes l'étiquette adhésive caractéristique, avec son code à neuf chiffres, du ministère de la Santé. Et définitivement pas de pansements. Il referma la porte et retourna dans la pièce où Palmieri gisait.

Pendant que Brunetti était dans la salle de bains, les autres forces de police étaient arrivées ; les plus jeunes se tenaient près de la porte et rejouaient l'épisode de la fusillade avec, constata un Brunetti dégoûté, le même enthousiasme qu'ils auraient eu à se repasser une scène d'action de cassette vidéo. Les plus âgés se tenaient, seuls et silencieux, dans divers endroits de la pièce. Brunetti se rapprocha de Della Corte.

« Est-ce qu'on ne pourrait pas commencer la fouille ?

– Je crois qu'il vaut mieux attendre l'arrivée des spécialistes. »

Brunetti acquiesça. En réalité, cela ne ferait aucune différence. Ils finiraient plus tard, un point c'est tout ; mais à présent, ils avaient toute la nuit devant eux. Il espérait seulement que l'équipe n'allait pas tarder, afin qu'on emporte rapidement le corps. Il évitait de le regarder, mais au fur et à mesure que le temps passait et que les jeunes de la brigade retrouvaient leur calme, cela lui devenait de plus en plus difficile. Il venait d'aller se placer devant la fenêtre lorsqu'il entendit des pas se rapprocher dans le couloir. Il se tourna et regarda le spectacle familier des techniciens et des photographes, dans leurs uniformes d'acolytes de la mort violente.

Il se tourna de nouveau vers la fenêtre et étudia les voitures du parking, ainsi que celles, plutôt rares, qui passaient encore dans la rue à cette heure tardive. Il aurait aimé appeler Paola, mais elle le croyait bien en sécurité au fond de son lit, dans quelque petit hôtel, et il s'en abstint. Il ne détourna pas la tête quand le flash du photographe se mit à crépiter, pas plus qu'à l'arrivée d'un personnage qui devait être le médecin légiste. Aucun secret à découvrir, ici.

Ce n'est que lorsqu'il eut entendu les grognements d'effort des deux brancardiers de la morgue, et le choc que fit la civière contre le chambranle de la porte à leur sortie, que Brunetti se retourna. Il alla retrouver Bonino, qui s'entretenait avec della Corte, et leur demanda si on pouvait procéder.

« Bien sûr, lui répondit aussitôt le commissaire de Castelfranco. On n'a retrouvé qu'un portefeuille sur le corps. Il contenait plus de douze millions de lires, en coupures neuves de cinq cent mille lires. Elles sont déjà en route pour le labo et le relevé des empreintes digitales, ajouta-t-il sans laisser le temps à Brunetti de lui poser la question.

– Bien, répondit ce dernier, se tournant vers della Corte. On va voir la chambre ? »

Le patron des carabiniers acquiesça et ils passèrent dans l'autre pièce, laissant la fouille du reste de l'appartement à la charge de la police locale.

C'était la première fois qu'ils se livraient ensemble à ce genre de tâche ; par une entente tacite, cependant, della Corte se dirigea vers la penderie et Brunetti vers la commode.

Pendant que della Corte commençait l'exploration des poches de pantalons et de vestes, Brunetti ouvrit le premier tiroir, sans prendre la peine de mettre de gants ; il y avait de la poudre à relever les empreintes partout. Il se trouva surpris de constater que les effets de Palmieri étaient soigneusement rangés en piles régulières –

puis il se demanda pourquoi il s'était attendu à ce qu'un tueur soit désordonné. Les sous-vêtements formaient deux lots, les chaussettes étaient roulées en boule, assemblées par paire et même disposées selon leur couleur, crut apercevoir Brunetti.

Le tiroir suivant était réservé aux chandails et à ce qui paraissait être des vêtements de sport. Celui du bas était vide. Il le repoussa du pied et se tourna vers son collègue. La penderie ne contenait que quelques vêtements : on pouvait voir une parka matelassée, quelques vestons et ce qui était sans doute des pantalons, encore emballés dans le sac en plastique transparent du teinturier.

Un petit coffre en bois sculpté était posé sur la commode, le couvercle laissé fermé par l'homme qui avait relevé les empreintes digitales. Un petit nuage de poussière grise en monta lorsque Brunetti ouvrit l'objet, dans lequel il trouva un certain nombre de papiers. Il les sortit et les disposa sur le dessus du meuble.

Il entreprit de les éplucher avec soin, mettant les feuilles de côté au fur et à mesure qu'il les avait lues. Il trouva des factures de gaz et d'électricité, les unes comme les autres au nom de Michele de Luca. Aucune facture de téléphone ; sans doute le portable posé à côté du coffre n'était-il pas à son nom.

Sous la pile, Brunetti découvrit une enveloppe adressée à « R. P. ». Elle avait été ouverte avec soin et on l'avait visiblement beaucoup manipulée. Il trouva à l'intérieur une feuille de papier d'un bleu tendre, sur laquelle, d'une écriture soignée, il y avait ce message :

« Nous nous verrons au restaurant à 8 heures demain soir. Jusque-là, les battements de mon cœur me diront combien les minutes passent lentement. »

C'était signé d'une seule initiale : « M. »

Maria ? se demanda Brunetti. Mariella ? Monica ?

Il replia la lettre, la glissa dans son enveloppe et la plaça sur la pile des autres documents. C'était tout ce que contenait le petit coffre. Il se tourna vers della Corte.

« Trouvé quelque chose ? »

Le carabinier se détourna de la penderie, brandissant un jeu de clefs.

« Seulement ça. Deux d'entre elles sont des clefs de voiture.

– Ou d'utilitaire ? »

Della Corte acquiesça.

« Allons voir ce qui est garé dehors », proposa-t-il.

La salle de séjour était vide, mais Brunetti aperçut deux hommes dans le petit coin cuisine ; là, le réfrigérateur et les placards étaient tous ouverts. On entendait du bruit en provenance de la salle de bains, mais il douta que ses jeunes collègues y trouvent quoi que ce soit.

Les deux policiers descendirent ensemble en silence. Une fois dans le parking, ils se retournèrent et constatèrent que de nombreuses lumières étaient allumées dans les autres appartements ; quelqu'un, juste au-dessus de celui occupé par Palmieri, ouvrit la fenêtre et cria :

« Hé ! Qu'est-ce qui se passe ?

– Police, répondit della Corte. Tout est rentré dans l'ordre. »

Un instant, Brunetti se demanda si le voisin allait poser une nouvelle question, ou demander des explications à propos des coups de feu, mais la crainte tout italienne de l'autorité fut sans doute la plus forte, car la tête disparut et la fenêtre se referma.

Sept véhicules étaient garés derrière le bâtiment : cinq voitures et deux utilitaires. Della Corte commença par la première des camionnettes ; sur le panneau latéral était peint le nom d'un magasin de jouets, au-dessus d'un petit garçon chevauchant un cheval de bois. Aucune

271

des deux clefs ne convenait. Elles ne convenaient pas davantage au deuxième utilitaire ni aux voitures.

Ils étaient sur le point de retourner à l'appartement, lorsqu'ils remarquèrent, tous les deux en même temps, une série de garages fermés à l'autre bout du parking. Il leur fallut un certain temps et de nombreux essais, mais finalement l'une des clefs ouvrit la porte du quatrième garage.

Lorsqu'il eut relevé la porte et vu la camionnette blanche qui attendait là, della Corte se tourna vers son collègue et dit :

« Je crois qu'il vaudrait mieux rappeler les gars du labo. »

Brunetti consulta sa montre et constata qu'il était plus de 2 heures du matin. Le carabinier comprit. La première clef ouvrit sans peine la porte, côté conducteur. Le plafonnier s'alluma automatiquement. Brunetti, qui avait pris les clefs des mains de Della Corte, alla ouvrir la portière du côté passager. Il sélectionna ensuite la plus petite des clefs sur le trousseau et ouvrit la boîte à gants. À première vue, l'enveloppe en plastique transparente qui s'y trouvait ne contenait rien d'autre que les papiers du véhicule et de l'assurance. À l'aide d'un stylo, Brunetti tira l'enveloppe vers la lumière et la présenta de manière à pouvoir en lire le libellé. Le camion était enregistré au nom d'Interfar.

Il repoussa les papiers, toujours du bout de son stylo, referma la boîte à gants, referma et verrouilla la portière latérale. Puis il se rendit jusqu'à la double portière arrière, qui s'ouvrait à l'aide de la première clef. Le compartiment était plein, pratiquement jusqu'au plafond, de grands cartons imprimés d'un logo que Brunetti reconnut comme étant celui d'Interfar, à savoir le nom de la société en noir encadré de deux caducées rouges. Au-dessus de l'étiquette était imprimée en rouge la mention « Fret aérien ».

Tous les cartons étaient fermés à l'aide d'un adhésif et Brunetti préféra laisser aux gars du labo le soin de les ouvrir. Posant un pied sur le pare-chocs, il se pencha suffisamment vers les boîtes pour pouvoir déchiffrer une étiquette.

TransLanka, lut-il, suivi d'une adresse à Colombo.

Il remit pied à terre et referma la double portière à clef. Puis Brunetti et della Corte revinrent ensemble à l'appartement.

À l'intérieur, les policiers s'étaient regroupés, en ayant manifestement terminé avec la fouille des lieux. Quand il vit Brunetti et della Corte entrer, Bonino s'adressa à eux :

« Rien, pas la moindre chose. Jamais rien vu de pareil.

– Depuis combien de temps habitait-il ici ? demanda Brunetti. Avez-vous une idée ? »

C'est le plus grand des deux jeunes policiers, celui qui n'avait pas tiré, qui répondit :

« J'ai parlé avec les locataires de l'appartement voisin. D'après eux, il se serait installé ici il y a environ quatre mois, mais ils n'en sont pas très sûrs. Jamais fait d'histoire, jamais fait de bruit.

– En tout cas, pas jusqu'à ce soir, hasarda son collègue, mais nul ne releva la plaisanterie.

– Très bien, dit Bonino. Je crois que nous pourrons rentrer dès que les scellés seront posés. »

Ils quittèrent l'appartement après avoir procédé à la petite cérémonie sur une porte qui ne fermait plus, et s'engagèrent dans l'escalier. Une fois en bas, della Corte s'arrêta et demanda à Brunetti :

« Que comptez-vous faire ? Voulez-vous que nous vous ramenions à Venise ? »

C'était généreux de sa part, mais le détour par la piazzale Roma leur ferait perdre au moins une heure.

« Non, merci. Il faut que je parle avec les gens de l'usine, et ce serait idiot de repartir d'ici pour y revenir demain.

– Qu'allez-vous faire ?

– Ils doivent bien avoir un lit à la Questure », répondit-il en se dirigeant vers Bonino pour lui poser la question.

Effectivement, il y en avait un.

Allongé sur ce couchage de fortune, se croyant trop fatigué pour pouvoir s'endormir, Brunetti essaya de se rappeler la dernière fois qu'il s'était couché sans avoir Paola à ses côtés. Mais il ne put se souvenir que de cette nuit où il s'était réveillé et ne l'avait pas trouvée, la nuit où toute cette affaire avait commencé. Sur quoi le sommeil le prit.

Bonino lui procura une voiture et un chauffeur le lendemain matin, et dès 9 h 30 il se retrouva devant l'usine Interfar, grand bâtiment de plain-pied au cœur de la zone industrielle de Castelfranco, située à proximité de l'une des nombreuses autoroutes qui rayonnaient de la ville. Dépourvu de toute prétention esthétique, l'édifice était situé à une centaine de mètres en retrait par rapport à la route, et assiégé de tous côtés par les voitures du personnel, tel un morceau de viande avarié subissant l'assaut des fourmis.

Il demanda au chauffeur de lui trouver un bar et lui offrit un café. Il avait dormi profondément, certes, mais pas suffisamment, et il se sentait hébété et irritable. À la deuxième tasse, il commença à se sentir mieux ; la caféine ou le sucre, ou les deux, allait lui permettre de continuer à fonctionner pendant les quelques heures suivantes.

Il entra dans les bureaux d'Interfar un peu après 10 heures et demanda s'il pouvait parler au signor

Bonaventura. On lui demanda son nom, et il attendit près du bureau tandis que la secrétaire s'informait. La réponse fut immédiate et, dès qu'elle l'eut entendue, raccrocha aussitôt, se leva et conduisit Brunetti le long d'un couloir recouvert d'un revêtement industriel gris clair.

Elle s'arrêta à la deuxième porte à droite, frappa, ouvrit sans attendre et s'effaça pour le laisser entrer. Bonaventura était assis derrière un bureau couvert de papiers et de brochures diverses. Il se leva à l'entrée de Brunetti mais resta à sa place, souriant, et se pencha pour serrer la main de son visiteur. Puis il se rassit, invitant du geste Brunetti à en faire autant.

« Vous êtes loin de votre territoire, remarqua Bonaventura d'un ton aimable.

– Oui. Mais, si je suis ici, c'est dans le cadre de mes fonctions.

– Vos fonctions d'officier de police, je suppose ? demanda Bonaventura.

– J'en ai bien peur.

– Dans ce cas, c'est la chose la plus miraculeuse que j'aie jamais vue se produire…

– Je ne suis pas bien sûr de comprendre, dit un Brunetti étonné.

– Je viens de parler à mon contremaître il y a à peine quelques minutes, et j'étais sur le point d'appeler les carabiniers. »

Il jeta un coup d'œil à sa montre.

« Pas plus de cinq minutes, et vous êtes déjà là – du moins un policier est déjà sur place –, comme si vous aviez lu dans mon esprit.

– Et puis-je vous demander pour quelle raison vous comptiez nous appeler ?

– Pour signaler un vol.

– Quel genre de vol ? demanda Brunetti, qui croyait bien connaître la réponse.

– L'un de nos véhicules est porté manquant, et son chauffeur ne s'est pas présenté à l'embauche.

– C'est tout ?

– Non. D'après mon contremaître, on dirait que pas mal de marchandises ont disparu, également.

– L'équivalent d'un chargement de camion, peut-être bien, non ? demanda Brunetti d'un ton parfaitement neutre.

– Si le camion et son conducteur ont disparu, cela paraît tomber sous le sens, n'est-ce pas ? »

Il n'était pas en colère pour l'instant, mais Brunetti avait tout son temps pour le pousser à la faute.

« Comment s'appelle ce chauffeur ?

– Michele de Luca.

– Depuis combien de temps travaille-t-il pour vous ?

– Je ne sais pas au juste. Environ six mois, je crois. Je ne m'occupe pas de ce genre de détail. Tout ce que je sais, c'est que je le voyais dans les parages depuis plusieurs mois. Ce matin, le contremaître m'a dit que le camion n'était pas à son emplacement sur le parking, et que lui-même n'avait pas pointé.

– Et la marchandise manquante ?

– De Luca est parti hier après-midi avec un plein chargement ; en principe, il aurait dû ramener le véhicule ici avant de rentrer chez lui, puis se présenter à 7 heures ce matin pour prendre livraison d'un nouveau chargement. Comme ni lui ni le camion n'étaient là, le contremaître l'a appelé sur son portable, mais il n'a pu le joindre. C'est à ce moment-là que j'ai décidé d'appeler les carabiniers. »

Réaction qui paraissait excessive aux yeux de Brunetti, alors qu'il pouvait s'agir du simple retard à l'embauche d'un employé ; puis il se dit qu'en réalité Bonaventura n'aurait pas donné ce coup de fil. Se gardant bien de laisser paraître son scepticisme, il attendit de voir comment l'autre allait lui jouer sa grande scène.

« Oui, je vous comprends bien. De quoi était constitué ce chargement, signor Bonaventura ?

– De produits pharmaceutiques, bien entendu. Ceux que nous fabriquons ici.

– Et où devaient-ils aller ?

– Ah… je ne sais pas. »

L'industriel se mit à examiner les papiers qui encombraient son bureau.

« Je dois avoir les factures d'expédition quelque part là-dedans…

– Ne pouvez-vous pas les retrouver ? demanda Brunetti avec un mouvement du menton vers les documents.

– Qu'est-ce que ça changerait, de savoir où ils vont ? se rebiffa Bonaventura. L'important est de remettre la main sur cet homme et le chargement.

– Ce n'est pas la peine de vous inquiéter du signor de Luca, dit Brunetti, soupçonnant que Bonaventura mentait aussi quant au chargement.

– Que voulez-vous dire ?

– Il a été abattu par la police la nuit dernière.

– Abattu ? répéta Bonaventura, paraissant sincèrement pris de court.

– La police s'est rendue à son domicile avec l'intention de l'interroger, et il a ouvert le feu sur nous. Il a été tué lorsque nous avons donné l'assaut à l'appartement. »

Puis, changeant de sujet sans plus attendre :

« Où devait aller ce chargement ? »

Déconcerté par ce brusque coq-à-l'âne, Bonaventura hésita avant de répondre finalement :

« À l'aéroport.

– Il était fermé, hier. Les contrôleurs aériens étaient en grève », observa Brunetti. Mais à l'expression de Bonaventura, il comprit que celui-ci le savait déjà.

« Quelles instructions avait-il, au cas où il ne pourrait effectuer sa livraison ?

– Les mêmes que pour tous les chauffeurs se trouvant dans ce cas de figure : ramener le camion à l'usine et le mettre au dépôt.

– N'aurait-il pas pu le remiser dans son propre garage ?

– Comment pourrais-je savoir ce qu'il aurait pu faire ou ne pas faire ? explosa cette fois Bonaventura. Le camion a disparu et, d'après vos propres dires, ce chauffeur est mort !

– Le camion n'a pas disparu », répondit doucement le policier, observant le changement d'expression de son interlocuteur à cette nouvelle. Il le vit tenter de dissimuler sa stupéfaction, mais dans sa précipitation à afficher une mine plus conforme au personnage qu'il jouait, il ne réussit à produire qu'une parodie grotesque de soulagement.

« Où est-il ? Vous le savez ?

– À l'heure actuelle, au dépôt de la police. »

Brunetti attendit de voir si l'industriel allait demander des précisions, mais il resta silencieux.

« Les cartons étaient à l'intérieur. »

Une fois de plus, Bonaventura essaya de déguiser sa stupéfaction, sans mieux y parvenir que la première fois.

« Et ils n'ont donc pas été envoyés au Sri Lanka… Pensez-vous que vous êtes à même de nous trouver ces factures d'expédition, à présent, signor Bonaventura ?

– Certainement. »

L'homme baissa la tête et s'affaira, déplaçant des papiers d'un coin à l'autre de son bureau, puis les empilant pour les étudier ensuite un à un.

« C'est bizarre, reprit-il au bout d'une minute ou deux de ce petit jeu. Je n'arrive pas à les retrouver. »

Il se leva.

« Attendez un instant, je vais aller demander à ma secrétaire. »

Mais avant qu'il ait pu faire plus d'un pas vers la porte, Brunetti se leva.

« Peut-être pourriez-vous simplement l'appeler. »

Bonaventura réussit à s'arracher un sourire.

« En réalité, c'est certainement le contremaître qui les a, et il se trouve en ce moment sur le quai de chargement. »

L'homme voulut reprendre la direction de la porte, mais Brunetti le saisit doucement par le bras.

« Je vous accompagne, si vous permettez, signor Bonaventura.

– Ce n'est pas nécessaire, je vous assure, répondit l'industriel, son sourire ressemblant de plus en plus à un rictus.

– Je crois que si, au contraire. » Brunetti n'avait aucune idée de ce qu'il avait le droit de faire ou non, dans de telles circonstances, et dans quelle mesure il pouvait légalement suivre ou arrêter le signor Bonaventura. Il était hors de la province de Venise, c'est-à-dire en dehors de sa juridiction, et pour le moment aucune charge ne pesait, même officieusement, contre l'industriel. Mais rien de cela n'importait, à ses yeux. Il s'effaça pour laisser passer Bonaventura et lui emboîta ensuite le pas dans le couloir ; c'est ensemble que les deux hommes quittèrent le côté façade du bâtiment.

À l'arrière, une porte s'ouvrait sur un long quai de chargement. Deux gros camions s'y trouvaient à cul, portillons arrière ouverts, et quatre hommes allaient et venaient entre les ouvertures de l'entrepôt et les camions, poussant des diables chargés de cartons qu'ils empilaient dans les remorques. Ils jetèrent un coup d'œil aux nouveaux venus, sans interrompre leur travail. Deux hommes discutaient en contrebas du quai, entre les deux camions, mains dans les poches.

Bonaventura s'avança jusqu'au bord du quai ; les deux hommes se tournèrent vers lui, et il interpella l'un d'eux.

« On a retrouvé le camion de Luca. Avec son chargement intact. Ce policier voudrait voir les factures de livraison. »

À peine Bonaventura avait-il prononcé le mot « policier » que le plus grand des deux hommes partait en courant, plongeant une main sous sa veste. Elle en ressortit, tenant un pistolet, mais Brunetti avait saisi le geste et s'était déjà mis à l'abri de la porte restée ouverte, tirant son automatique du holster.

Il ne se passa rien. Aucun bruit, pas de coups de feu, pas de cris. Il entendit des pas précipités, une première portière claquer, puis une seconde. Un puissant moteur se mit à tourner. Au lieu de retourner sur le quai pour voir ce qui se passait, le policier repartit, vers la façade par le couloir, au pas de course, et sortit par l'avant du bâtiment ; son conducteur l'attendait patiemment, moteur tournant au ralenti pour le chauffage, tout en lisant *Il Gazzettino dello Sport*.

Brunetti ouvrit la portière du côté passager et sauta sur le siège, et vit l'expression paniquée du chauffeur disparaître lorsqu'il le reconnut.

« Le camion ! lui lança-t-il. Il va sortir par le grand portail des livraisons. Faites le tour et suivez-le ! » Avant même que Brunetti ait eu le temps de décrocher le téléphone de la voiture, l'homme avait jeté son journal à l'arrière, passé une vitesse, et accélérait dans la direction indiquée. Lorsqu'ils débouchèrent à l'angle du bâtiment, le chauffeur dut donner un coup de volant brutal pour éviter l'un des cartons tombés de l'arrière ouvert du camion. Il ne put cependant éviter le deuxième et les roues gauches de la voiture passèrent dessus, l'écrasant complètement et faisant gicler une multitude de petites fioles dans leur sillage. Juste après le portail, ils voyaient le camion s'engager sur la nationale en direction de Padoue, dans le balancement violent de ses battants ouverts à l'arrière.

La suite fut aussi tragique que prévisible. Juste au-delà de Resana, les carabiniers, alertés par Brunetti, avaient eu le temps de placer deux de leurs véhicules en travers de la chaussée pour bloquer la circulation. Le chauffeur tenta de franchir ce barrage et, dans ce but, se jeta sur l'épaulement droit de la route. Au même instant, une petite Fiat que conduisait une maman partie reprendre sa fille à la crèche, arrivait dans l'autre sens ; elle ralentit à la vue du barrage. Le camion, lorsqu'il revint sur la chaussée, fit une embardée sur la voie de gauche et vint heurter la voiture de plein fouet, tuant la conductrice sur le coup. Bonaventura et son chauffeur n'avaient pas attaché leur ceinture mais ils s'en sortirent néanmoins indemnes, bien que passablement sonnés par l'accident.

Les fuyards n'eurent pas le temps de descendre de la cabine pour s'échapper : déjà les carabiniers les entouraient, braquant sur eux leurs armes. Ils les jetèrent sans ménagement à bas du camion et les plaquèrent contre les portières. Deux des carabiniers les gardèrent en joue avec des mitraillettes, tandis que les deux autres coururent jusqu'à la Fiat, où ils constatèrent rapidement qu'il n'y avait plus rien à faire.

Brunetti arriva sur ces entrefaites. Il régnait sur la scène un silence absolu qui n'avait rien de naturel. Le bruit de ses propres pas résonnait à ses oreilles tandis qu'il s'approchait des deux fugitifs qui, l'un et l'autre, haletaient. Le claquement d'un objet métallique heurtant le sol se fit entendre.

Il donna un ordre laconique au sergent :

« Faites-les monter dans la voiture. Avec les menottes. »

24

Il y eut une discussion pour savoir où l'on devait conduire les deux hommes afin de les interroger : à Castelfranco, qui avait la juridiction territoriale si l'on tenait compte de l'endroit où ils avaient été interceptés, ou bien à Venise, point de départ de l'enquête ? Brunetti écouta les policiers tergiverser pendant quelques instants, puis il en eut assez. C'est d'un ton sans réplique qu'il leur coupa la parole.

« Ça suffit. On le ramène à Castelfranco. »

Les carabiniers échangèrent quelques regards mais personne ne souleva d'objection. Et c'est ce qui fut fait.

Une fois dans le bureau de Bonino, on expliqua à Bonaventura qu'il pouvait appeler son avocat ; on proposa la même chose à l'autre homme, qui déclara s'appeler Roberto Sandi et être le contremaître de l'usine. Bonaventura donna le nom d'un avocat de Venise, spécialiste bien connu de droit criminel, mais ignora son employé.

« Et moi ? » demanda Sandi en se tournant vers Bonaventura.

Ce dernier refusa ostensiblement de lui répondre.

« Et moi, qu'est-ce que je vais faire ? » insista l'homme.

Bonaventura s'obstina dans son silence.

Sandi, qui s'exprimait avec un fort accent piémontais, se tourna vers le policier en uniforme le plus proche de lui et lui demanda :

« Où est votre patron ? Je veux parler à votre patron. »

Avant que le policier ne réponde, Brunetti s'avança et dit :

« C'est moi qui vais avoir la responsabilité de cette affaire. »

En réalité, il n'en était pas du tout certain.

« Alors, c'est à vous que je veux parler », dit Sandi, regardant le commissaire avec des yeux dans lesquels brillait une petite lueur méchante.

« Voyons, Roberto », intervint alors Bonaventura, comme s'il se réveillait soudain. Il posa une main apaisante sur le bras de son contremaître. « Tu sais bien que tu pourras toi aussi prendre mon avocat. Dès qu'il arrivera, nous lui parlerons. »

Sandi se débarrassa de la main d'un mouvement brusque en marmonnant une injure.

« Pas question d'avocat. Pas le vôtre. Je veux parler aux flics… Eh bien, on peut aller parler quelque part ? » demanda-t-il, s'adressant à Brunetti.

Bonaventura essaya de prendre un ton menaçant.

« Il n'est pas question que tu lui parles, Roberto !

– Vous, c'est fini de me dire ce que je dois faire », cracha Sandi.

Brunetti se tourna, ouvrit la porte et entraîna le contremaître dans le couloir. Il avait repéré une petite salle d'interrogatoire, un peu plus loin, et y conduisit Sandi.

« Par ici, monsieur », dit-il en le faisant passer le premier.

Le mobilier, des plus sommaires, se réduisait à un bureau et quatre chaises. Le commissaire s'assit et attendit que l'homme qu'il venait d'arrêter en fasse autant.

« Eh bien ? lui dit-il quand l'autre eut pris place.

– Eh bien quoi ? rétorqua Sandi, encore sous le coup de la colère provoquée par l'attitude de Bonaventura.

– Qu'est-ce que vous vouliez me dire, à propos de ces expéditions ?

– Qu'est-ce que vous savez déjà ? »

Brunetti ignora cette question et en posa une autre.

« Combien y a-t-il de personnes dans le coup ?

– Dans quel coup ? »

Au lieu de réagir tout de suite, Brunetti posa tranquillement les coudes sur le bureau, croisa les mains et appuya son menton dessus. Il resta dans cette position pendant près d'une minute, fixant Sandi du regard, puis répéta :

« Combien êtes-vous de personnes dans le coup ?

– Dans quoi ? » répéta encore le contremaître, s'autorisant cette fois un petit sourire en coin, comme un enfant qui croit que sa question va mettre son professeur dans l'embarras.

Brunetti releva la tête, posa les mains à plat sur le bureau et se leva d'une poussée. Sans rien dire, il alla jusqu'à la porte et frappa. Une tête apparut derrière l'écran grillagé. Le battant s'ouvrit et Brunetti quitta la salle en le refermant derrière lui. Il fit signe au policier de rester pour monter la garde, et emprunta le couloir en sens inverse. Il jeta un coup d'œil à la salle où était détenu Bonaventura ; l'homme était toujours là, mais il était seul. Brunetti resta en observation derrière le miroir sans tain pendant une dizaine de minutes, surveillant l'industriel. Bonaventura était assis de profil par rapport à la porte ; il essayait de ne pas la regarder comme de ne pas réagir aux bruits de pas qui lui parvenaient du couloir.

Finalement, Brunetti entra sans frapper. La tête de Bonaventura pivota brusquement.

« Qu'est-ce que vous voulez ? demanda-t-il d'un ton rogue.

– Que vous me parliez du contenu de ces envois.

– Quels envois ?

– Ces envois de médicaments. Au Sri Lanka. Au Kenya. Et au Bangladesh, entre autres.

– Qu'est-ce que vous leur reprochez ? C'est une activité commerciale parfaitement légale, que je sache ! Nous avons tous les documents au bureau. »

De cela, Brunetti ne doutait pas. Il resta près de la porte, à laquelle il s'était adossé, un pied appuyé contre le battant, les brais croisés.

« Écoutez, signor Bonaventura. Ou bien vous me parlez vous-même de ce trafic, ou bien je retourne poser quelques questions à votre contremaître. »

Brunetti adopta le ton de quelqu'un qui était très fatigué, ou gagné par l'ennui.

« Qu'est-ce qu'il vous a dit ? » ne put s'empêcher de demander l'industriel. Brunetti continua de l'observer quelques instants, puis reprit :

« Je veux que vous me parliez du contenu de ces envois. »

Bonaventura prit sa décision et croisa à son tour les bras comme Brunetti.

« Je ne vous dirai rien tant que je n'aurais pas vu mon avocat. »

Brunetti le laissa pour aller dans l'autre salle d'interrogatoire, devant laquelle le policier montait toujours la garde. L'homme s'écarta à la vue du commissaire et lui ouvrit la porte.

Sandi regarda Brunetti rentrer et, la porte à peine refermée, lui lança :

« Très bien. Qu'est-ce que vous voulez savoir ?

– Tout sur les expéditions faites par la société Interfar, signor Sandi, répondit Brunetti, donnant ces précisions à l'intention des micros dissimulés dans le plafond. Et tout d'abord, quels sont les pays destinataires ?

– Le Sri Lanka, comme pour celle de l'autre soir. Le Kenya, le Nigeria, d'autres encore.

– Toujours des médicaments ?

– Oui, comme ceux que vous avez trouvés dans le camion.

– De quel genre de médicaments s'agit-il ?

– Il y en a beaucoup contre l'hypertension. Du sirop contre la toux. Des antidépresseurs. Ils sont très recherchés dans le tiers-monde. Je crois qu'ils peuvent les acheter sans ordonnance. Et des antibiotiques.

– Dans quel pourcentage ces médicaments sont-ils de vrais médicaments ? »

Le contremaître haussa les épaules, peu intéressé par de tels détails.

« Je n'en ai aucune idée. La plupart ont dépassé la date de péremption ou ne sont plus produits… Ce sont des fonds de tiroirs qu'on ne peut plus vendre en Europe, en tout cas pas ici, à l'Ouest.

– Qu'est-ce que vous faites, exactement ? Vous vous contentez de changer les étiquettes ?

– Je ne sais pas. Personne ne m'en a parlé. Moi, j'étais simplement chargé de l'expédition. »

La voix de Sandi avait l'assurance tranquille du menteur patenté.

– Allons, signor Sandi, vous devez certainement avoir une petite idée de ce qui se passait », insista Brunetti, d'un ton radouci qui suggérait qu'un homme aussi intelligent que le contremaître avait forcément deviné pas mal de choses. Comme l'autre ne réagissait pas, c'est d'un ton nettement plus sec qu'il ajouta :

« Je crois qu'il est temps que vous me disiez la vérité, signor Sandi. »

Le contremaître réfléchit, sous l'œil implacable de Brunetti.

« Je suppose que c'est ce qu'ils font », finit-il par dire.

Il eut un mouvement de tête en direction de la pièce dans laquelle était gardé Bonaventura.

« Il est aussi propriétaire d'une société qui récupère les médicaments périmés dans les pharmacies. Pour les détruire. En principe, ils devraient être brûlés.

– Et en réalité ?

– Les emballages brûlent.

– Qu'est-ce qu'il y a, dans ces emballages ?

– Des vieux papiers. Parfois, les cartons sont vides. Juste ce qu'il faut pour que le poids corresponde. Personne ne s'occupe du contenu, du moment que le poids est correct.

– Est-ce que cette activité n'est pas soumise à une surveillance de la part de l'administration ? »

Sandi acquiesça.

« Oui, il y a un représentant du ministère de la Santé.

– Et alors ?

– On s'est occupé de lui.

– Autrement dit ces produits, ces médicaments périmés, sont reconditionnés et envoyés dans les pays du tiers-monde ? »

L'homme acquiesça de nouveau.

« Ils y sont envoyés ? répéta Brunetti pour avoir une réponse enregistrée.

– Oui.

– Et ils sont payés ?

– Bien entendu.

– Alors qu'ils sont périmés ou déclassés ? »

Sandi parut offensé par la question.

« Ces trucs sont presque tous efficaces beaucoup plus longtemps que ce que dit le ministère de la Santé. Il y en a des tas qui sont encore bons. Ils le restent bien plus longtemps que la date inscrite sur l'emballage.

– Que trouve-t-on d'autre, dans ces colis ? »

Le contremaître le regarda de ses petits yeux malins, mais ne répondit pas.

« Plus vous me direz de choses, plus on tiendra compte de votre bonne volonté. Ce sera mieux pour vous.

– Comment ça, mieux ?

– Les juges sauront que vous avez accepté de nous aider, et ça jouera en votre faveur.

– Qu'est-ce qui me le garantit ? »

Brunetti haussa les épaules.

Le silence se prolongea un moment entre les deux hommes, et c'est finalement Brunetti qui le rompit :

« Quels autres produits étaient envoyés ?

– Vous leur direz que je vous ai aidé ? demanda Sandi, cherchant à tout prix à obtenir un accord.

– Oui.

– Qu'est-ce qui me le garantit ? »

Brunetti haussa à nouveau les épaules.

L'homme garda quelques instants la tête baissée, traça du bout du doigt une figure géométrique sur la surface de la table, puis releva les yeux.

« Une partie des produits n'a aucune valeur comme médicament. C'est de la pure camelote. De la farine, du sucre, n'importe quoi, tout ce qu'on utilise dans les placebos. Et de l'eau ou de l'huile colorées dans les ampoules.

– Je vois. Et où tout cela est-il fabriqué ?

– Ici. »

Sandi eut un geste vague dans une direction censée désigner l'usine de Bonaventura.

« C'est une équipe de nuit qui se charge du travail. Ils fabriquent les trucs, ils mettent les étiquettes, ils les conditionnent. Ensuite, les cartons sont envoyés à l'aéroport.

– Pourquoi ? demanda Brunetti, qui vit aussitôt que la question était incompréhensible pour le contremaître.

Pourquoi des placebos ? Pourquoi pas de vrais médicaments ?

– Les médicaments contre l'hypertension, ceux-là surtout, reviennent très cher. À cause de la matière première, ou des produits chimiques, je ne sais pas trop. Les trucs contre le diabète aussi… enfin, je crois. Les placebos, c'est pour abaisser le prix de revient. Demandez-lui, dit-il avec un nouveau geste vers la pièce où il avait laissé Bonaventura.

– Et à l'aéroport ?

– Rien de spécial. Tout se passe normalement. On les met dans l'avion, et ils sont livrés à l'autre bout du monde. Il n'y a jamais d'ennuis, là-bas. Tout a été prévu.

– Tous les produits sont-ils commercialisés ? demanda Brunetti, à qui une nouvelle idée était venue. Certains ne sont-ils pas donnés ? »

L'homme comprit tout de suite.

« On vend beaucoup à des ONG, si c'est ce que vous voulez dire. Des trucs de l'ONU, des organismes charitables. On leur fait un rabais, et grâce à ça on ne paie pas d'impôts sur le reste. »

Brunetti dut faire un effort pour se contenir devant ce qu'il entendait. Apparemment, le contremaître en savait beaucoup plus qu'un simple chauffeur chargé de transporter des caisses jusqu'à un aéroport.

« Et personne, dans les ONG, ne vérifie le contenu des colis ? »

Sandi eut un reniflement de mépris.

« Tout ce qui les intéresse, eux, c'est qu'on les prenne en photo quand ils arrivent avec des paquets plein les bras dans les camps de réfugiés.

– Est-ce que vous envoyez dans ces camps les mêmes produits que dans les expéditions normales ?

– Non. Dans les camps, on envoie surtout des médicaments contre les diarrhées et les dysenteries. Et aussi beaucoup de sirop contre la toux. Ils sont tellement maigres, c'est surtout de ça qu'il faut s'occuper.

– Je vois… Depuis combien de temps travaillez-vous à Interfar ?

– Depuis un an.

– Quel est votre poste ?

– Je vous l'ai dit, contremaître. Avant, je travaillais pour Mitri, dans son usine. Et puis je suis venu ici. »

Il fit une grimace, comme si ce souvenir était source de souffrance ou de regret.

« Mitri faisait-il la même chose ? »

Sandi acquiesça.

« En tout cas, jusqu'à ce qu'il ait vendu son usine.

– Pourquoi l'a-t-il vendue ? »

Sandi haussa les épaules.

« J'ai entendu dire qu'on lui a fait une offre qu'il n'a pas pu refuser. Qu'il aurait peut-être été dangereux de refuser, si vous préférez. Des gros pontes voulaient la racheter. »

Brunetti avait parfaitement bien compris, évidemment, mais il fut surpris de constater que même ici, dans un commissariat de police, l'homme craignait de donner le nom de l'organisation à laquelle appartenaient les « gros pontes » en question.

« Il l'a donc vendue ? »

Le contremaître acquiesça.

« C'est à ce moment-là qu'il m'a recommandé à son beau-frère. »

Le fait d'évoquer Bonaventura le ramena à la réalité de sa situation présente.

« Et je maudis le jour où j'ai accepté de travailler pour lui.

– À cause de ça ? » demanda Brunetti avec un geste vague vers l'environnement sinistre de la pièce et de tout ce qu'elle représentait.

L'homme se contenta d'acquiescer.

« Et Mitri ? » demanda Brunetti.

Sandi fronça les sourcils, feignant de ne pas comprendre le sens de la question.

« Avait-il quelque chose à voir avec l'usine ?

– Laquelle ? »

Brunetti abattit violemment son poing sur la table, juste devant le contremaître. Celui-ci sursauta comme s'il avait été frappé.

« Arrêtez de me faire perdre mon temps, signor Sandi, cria-t-il. Arrêtez de me faire perdre mon temps avec vos questions stupides ! »

Comme Sandi ne bronchait pas, il se pencha vers lui et ajouta, d'un ton menaçant :

« Vous m'avez bien compris ? »

L'homme acquiesça.

« Bien. Je repose ma question. Mitri avait-il des intérêts dans l'usine ?

– Forcément.

– Pourquoi ?

– Il lui arrivait d'y venir pour préparer une formule ou pour expliquer à son beau-frère l'aspect que devait avoir tel ou tel produit. C'était lui qui s'assurait que ce qui allait dans les emballages avait l'air d'être le bon truc. »

Il jeta un coup d'œil à Brunetti et reprit :

« Je ne sais pas exactement comment il s'y prenait, mais je crois que c'est pour ça qu'il venait.

– Souvent ?

– Une fois par mois… parfois un peu plus.

– Comment s'entendaient-ils ? demanda Brunetti, puis, pour l'empêcher de demander qui, il ajouta : Bonaventura et Mitri ? »

Sandi réfléchit quelques instants avant de répondre, ce qu'il fit cependant sans hésitation.

« Pas très bien. Mitri avait épousé sa sœur, et donc ils étaient bien forcés de s'entendre plus ou moins, mais ça ne leur plaisait pas, ni à l'un ni à l'autre.

– Et le meurtre de Mitri ? Qu'est-ce que vous savez là-dessus ? »

Le contremaître secoua la tête à plusieurs reprises.

« Rien. Rien du tout. »

Brunetti laissa s'écouler un long silence avant de poser une nouvelle question.

« Et ici, à l'usine, est-ce qu'on en a parlé ?

– Les gens parlent toujours.

– Du meurtre, signor Sandi. Est-ce qu'ils ont parlé du meurtre ? »

Sandi garda le silence, soit parce qu'il essayait de se rappeler, soit parce qu'il soupesait les possibilités.

« On a dit que Mitri voulait racheter l'usine, finit-il par marmonner.

– Pourquoi ?

– Pourquoi on en parlait, ou pourquoi il voulait la racheter ? »

Brunetti prit une profonde inspiration et répondit d'un ton calme :

« Pourquoi voulait-il la racheter ?

– Parce qu'il s'en sortait beaucoup mieux que Bona-ventura. Comme gestionnaire, c'est un vrai désastre, celui-là (il eut un mouvement de tête en direction de la pièce voisine). Les salaires sont toujours payés en retard. Les livres de comptes sont tenus en dépit du bon sens. Je ne sais jamais quand les lots seront prêts pour l'expédition. »

Le contremaître secoua la tête, affichant une moue désapprobatrice, image même du comptable conscien-cieux, scandalisé devant tant d'incompétence et d'irres-ponsabilité fiscale.

« Vous m'avez dit que vous étiez contremaître dans

cette usine, signor Sandi. À vous entendre, j'ai l'impression que vous en savez plus que le propriétaire sur la manière dont elle fonctionne. »

Sandi acquiesça, comme s'il ne lui était pas désagréable de s'entendre faire ce compliment.

Soudain, quelqu'un frappa à la porte. Brunetti l'entrouvrit et vit della Corte, qui lui fit signe de le rejoindre quand le commissaire fut dans le couloir, della Corte lui dit :

« Sa femme est arrivée.

La femme de Bonaventura ?

Non, celle de Mitri. »

25

« Comment se fait-il qu'elle soit ici ? » demanda Brunetti.

Voyant que della Corte ne saisissait pas le sens de sa question, il la reformula :

« Je veux dire, comment a-t-elle su qu'il s'était passé quelque chose ici ?

– Ah… elle a expliqué qu'elle se trouvait chez les Bonaventura, que c'est là qu'elle a appris qu'il venait d'être arrêté. »

Une fois de plus, Brunetti avait perdu toute notion du temps, avec tous ces événements, et n'avait pas vu la matinée s'écouler. Il consulta sa montre : il était presque 14 heures. Cela faisait plusieurs heures que la police avait ramené les deux suspects à la Questure, mais il avait été tellement pris par l'action qu'il n'avait pas fait attention au temps qui passait. Il se sentit soudain affamé et crut entendre une sorte de lointaine sonnerie au fond de lui, comme s'il venait de déclencher un faible courant électrique.

Sa première impulsion fut d'aller parler sur-le-champ à la signora Mitri, mais il savait qu'il ne pourrait rien faire de bon tant qu'il n'aurait pas mangé quelque chose et fait taire, d'une manière ou d'une autre, les signaux de détresse que lui adressait son organisme. Était-ce l'âge, ou le stress, qui provoquait ces sensations ? Devait-il se demander s'il ne s'agissait pas d'autre chose, par exemple du spectre de quelque maladie qui se profilerait ?

« Il faut que j'avale quelque chose, dit-il à della Corte, lequel fut trop pris de court par cette réaction pour cacher sa surprise.

– Il y a un bar au coin de la rue. Ils servent des sandwichs. »

Il conduisit Brunetti jusqu'à la porte de la Questure et le lui indiqua, puis retourna à l'intérieur, disant qu'il devait appeler Padoue. Brunetti se rendit donc seul dans l'établissement, où il mangea un sandwich auquel il ne trouva pas de goût et but deux verres d'eau minérale qui n'étanchèrent pas sa soif. Ce léger en-cas eut au moins l'avantage de mettre fin à ses vibrations électriques et de lui permettre de se sentir mieux ; il restait cependant inquiet à l'idée que sa réaction physique était disproportionnée par rapport aux événements du matin.

Il retourna à la Questure, où il se fit communiquer le numéro du portable de Palmieri. Il téléphona alors à la signorina Elettra, à qui il demanda de laisser tomber ce qu'elle était en train de faire et d'établir le plus vite possible la liste des appels émis et reçus par Palmieri au cours des deux dernières semaines, mais aussi ceux des bureaux et des domiciles de Mitri et Bonaventura. Puis il la pria de rester en ligne, pendant qu'il demandait au policier à qui il avait emprunté son téléphone où se trouvait maintenant le corps de Palmieri. On lui confirma qu'il était toujours à la morgue de l'hôpital local, et il donna pour instruction à la jeune secrétaire de joindre le plus rapidement possible Rizzardi, afin qu'il aille recueillir des échantillons de tissu humain ; il voulait les lui faire comparer aux traces trouvées sous les ongles de Mitri.

Ces précautions étant prises, il demanda à voir la signora Mitri. La seule fois où il s'était entretenu avec elle, il était reparti convaincu qu'elle ignorait tout des circonstances de la mort de son mari ; c'est pourquoi il n'avait pas éprouvé le besoin de l'interroger à nouveau. Le fait qu'elle soit venue ici le faisait douter à présent de la sagesse de sa conclusion.

Un policier en uniforme se présenta à la porte et le conduisit le long d'un couloir jusqu'à une pièce voisine du local dans lequel Bonaventura était consigné.

« Son avocat est arrivé, lui dit le policier avec un geste vers la pièce. Et la femme est là.

– Est-ce qu'ils sont arrivés ensemble ?

– Non, monsieur. Il est arrivé un peu après elle, mais ils ne m'ont pas donné l'impression de se connaître. »

Brunetti le remercia et s'avança pour jeter un coup d'œil à travers la glace sans tain. Il y avait bien un homme assis face à Bonaventura, mais il n'en voyait que la nuque et les épaules. Il se déplaça jusqu'à l'autre pièce, et resta un moment devant la glace sans tain, étudiant la femme assise à l'intérieur.

Une fois de plus, il fut frappé par l'aspect massif de sa silhouette. Elle portait aujourd'hui un ensemble en lainage dont la coupe ne faisait strictement aucune concession à la mode. Le genre de tenue que les femmes de son gabarit, de son âge et de sa classe sociale, portaient depuis des décennies, et porteraient encore probablement pendant les prochaines décennies. Elle était très peu maquillée et c'est à peine s'il restait quelques traces de son rouge à lèvres. Ses joues étaient rebondies, comme si elle les gonflait pour amuser un petit enfant.

Elle se tenait les mains croisées sur ses genoux serrés et avait le regard tourné vers le vitrage du haut de la porte. Elle lui paraissait plus âgée que la première fois qu'il l'avait vue, sans qu'il puisse dire en quoi. Ses yeux lui donnèrent l'impression de se fixer sur lui, et Brunetti se sentit déconcerté, comme pris au dépourvu, alors qu'il savait très bien qu'elle ne pouvait le voir. C'est lui qui, le premier, détourna le regard.

Il ouvrit alors la porte et entra.

« Bonjour, signora. »

Il s'approcha d'elle et lui tendit la main.

Elle l'étudia, le visage inexpressif mais le regard mi-interrogateur, mi-explorateur. Elle ne se leva pas, se contentant de lui donner une poignée de main qui n'était ni molle ni ferme.

Brunetti s'assit en face d'elle.

« Vous êtes venue voir votre frère, signora ? »

Il y avait quelque chose d'enfantin dans le regard de la signora Mitri, et une confusion qui parut authentique à Brunetti. Elle ouvrit la bouche et sa langue pointa un instant avec nervosité ; elle la passa sur ses lèvres, referma la bouche, hésita un instant :

« Je voulais lui demander... commença-t-elle, laissant sa phrase en suspens.

– Que vouliez-vous lui demander, signora ? l'encouragea Brunetti.

– Je ne sais pas si je dois le dire à un policier.

– Et pourquoi donc ?

– Parce que... » répondit-elle, hésitant à nouveau.

Puis, comme si elle lui avait donné des explications et qu'il les avait comprises, elle ajouta :

« J'ai besoin de savoir.

– Et qu'avez-vous besoin de savoir, signora ? »

Après ce deuxième encouragement, elle se mit à serrer les lèvres d'une façon qui la faisait ressembler à une vieille femme édentée.

« J'ai besoin de savoir s'il l'a fait », dit-elle finalement.

Puis, considérant les autres possibilités, elle ajouta :
« Ou s'il l'a fait faire.

– Parlez-vous de la mort de votre mari, signora ? »
Elle acquiesça.

À l'intention des micros et des magnétophones qui enregistraient tout ce qui se disait dans cette pièce, Brunetti reformula sa question :

« Pensez-vous que le signor Bonaventura puisse être responsable de la mort de votre mari ?

– Je ne… » commença-t-elle, puis elle changea d'avis et murmura :

« Oui », dans un souffle.

« Qu'est-ce qui vous fait penser qu'il est compromis dans ce meurtre, signora ?

– Ils se sont disputés, répondit-elle en guise d'explication.

– À quel propos ?

– Les affaires.

– Pourriez-vous être plus précise, signora ? Quelles affaires ? »

Elle secoua la tête à plusieurs reprises, comme si elle tenait à manifester clairement son ignorance.

« Mon mari ne me parlait jamais de ses affaires. Il disait que je n'avais pas besoin d'être au courant. »

De nouveau, Brunetti se demanda combien de fois il avait eu droit à cette parade et combien de fois elle avait été formulée pour ne pas avoir à porter le poids de la culpabilité. Il croyait cependant que cette femme forte, mais manifestement ébranlée, lui disait la vérité ; il lui semblait crédible que son mari n'ait pas jugé utile de lui confier les secrets de sa vie professionnelle. Il se rappela l'homme qu'il avait vu dans le bureau de Patta : élégant, s'exprimant bien, presque avec onctuosité. On avait du mal à l'imaginer marié avec cette espèce de pot à tabac aux cheveux teints, boudinée dans son ensemble en lainage. Il jeta un coup d'œil en direction des pieds de la femme ; elle portait des chaussures sans grâce, équipées d'un talon solide et se terminant en une pointe qui devait lui comprimer les orteils. Sur le gauche, un gros oignon déformait et étirait le cuir, donnant l'impression qu'un œuf était en train d'y pousser. Le mariage serait-il l'ultime mystère ?

« Quand se sont-ils disputés, signora ?

— Oh, ça arrivait tout le temps. Mais surtout pendant le dernier mois. Je crois qu'il s'est passé quelque chose qui a rendu Paolo furieux. Ils ne se sont jamais bien entendus, pas vraiment, mais à cause de la famille et des affaires ils s'étaient plus ou moins fait une raison.

— Quelque chose de particulier s'est-il passé au cours de ce dernier mois ?

— Je crois qu'il y a eu une dispute plus grave que les autres, répondit-elle si doucement que Brunetti pensa de nouveau à ceux qui auraient à écouter l'enregistrement.

— Vous voulez dire une dispute entre eux, entre votre mari et votre frère ?

— Oui. »

Elle hocha la tête à plusieurs reprises.

« Qu'est-ce qui vous permet de le dire, signora ?

— Ça s'est passé dans notre appartement. Deux soirs avant que... avant que ça n'arrive.

— Avant que n'arrive quoi, signora ?

— Avant que mon mari... avant qu'il soit tué.

— Je vois. Et qu'est-ce qui vous fait dire qu'il y a eu une dispute ? Les avez-vous entendus élever la voix ?

— Oh, non », répondit-elle vivement.

Elle regarda Brunetti comme si elle était surprise qu'on puisse parler d'élever la voix dans la maison des Mitri.

« Je le sais à cause du comportement de Paolo quand il est remonté, après.

« – A-t-il dit quelque chose ?

– Oui. Qu'il était incompétent.

– Parlait-il de votre frère ?

– Oui.

– Rien d'autre ?

– Si. Il disait que Sandro menait l'usine à la faillite, qu'il allait tout ficher en l'air. »

C'était sans doute, dans la bouche de Mitri, l'expression la plus forte qu'il pouvait se permettre.

« Savez-vous de quelle usine il parlait, signora ?

– J'ai eu l'impression que c'était de celle-ci… celle de Castelfranco.

– Et pour quelle raison votre mari se sentait-il concerné par le sort de cette usine ?

– Il y avait investi de l'argent.

– Le sien ? »

Elle secoua la tête.

« Non.

– L'argent de qui, alors ? »

Elle ne répondit pas tout de suite, comme si elle avait du mal à formuler sa réponse.

« Le mien.

– Vos fonds personnels ?

– Oui. J'ai apporté beaucoup d'argent en me mariant. Mais il est resté à mon nom, vous comprenez. C'était dans le testament de mon père, ajouta-t-elle avec un geste vague de la main. Paolo me conseillait sur la manière de l'utiliser. Et quand Sandro a dit qu'il voulait acheter cette usine, Paolo a été d'accord avec lui, pour une fois ; alors ils m'ont conseillé de faire l'investissement. C'était il y a un an… ou peut-être deux. »

Elle s'interrompit en voyant la réaction de Brunetti devant son imprécision.

« Je suis désolée, mais je ne fais pas très attention à ces choses-là. Paolo m'a demandé de signer des papiers, et le banquier m'a expliqué ce qui se passait. Mais je crois que je n'ai jamais bien compris à quoi allait servir cet argent. »

Elle s'interrompit à nouveau et lissa machinalement sa jupe.

« Il a servi pour l'usine de Sandro, mais, parce qu'il venait de moi, Paolo a toujours considéré qu'elle lui appartenait aussi.

– Avez-vous une idée des sommes que vous avez investies dans cette entreprise, signora ? »

Elle regarda Brunetti comme une écolière prête à éclater en sanglots parce que le nom de la capitale du Canada lui échappe.

« Si vous en avez une idée, bien entendu. Nous n'avons pas besoin de connaître la somme exacte. » Assurément, tout cela pourrait être établi plus tard.

« Trois ou quatre cents millions de lires, je crois.

– Je vois. Merci, signora. Votre mari a-t-il déclaré autre chose ce soir-là, après avoir parlé à votre frère ?

– Eh bien… »

Brunetti eut l'impression qu'elle cherchait vraiment à se le rappeler.

« Il a dit que l'usine perdait de l'argent. À la manière dont il en parlait, j'ai cru comprendre que Paolo y avait aussi mis de l'argent.

– Vous voulez dire, en dehors du vôtre ?

– Oui. Mais en liquide, rien d'officiel. »

Brunetti ne réagissant pas, elle ajouta :

« Je crois que Paolo voulait contrôler plus étroitement ce qui se passait dans l'usine.

– Votre mari vous a-t-il donné une idée de la manière dont il comptait s'y prendre ?

– Oh, non ! protesta-t-elle, manifestement surprise par la question. Il ne me parlait jamais de ce genre de choses. »

Brunetti se demanda de quoi Mitri pouvait bien parler à sa femme, mais il se garda de le demander.

« Il s'est ensuite retiré dans sa chambre et, le lendemain, il n'en a pas parlé. J'ai donc pensé, ou espéré, que les choses s'étaient arrangées entre lui et Sandro. »

Instantanément, Brunetti réagit à ce que venait de mentionner, au passage, la signora Mitri. Faire chambre à part n'est pas le signe le plus évident d'un mariage réussi. C'est d'un ton plus bas qu'il poursuivit :

« Excusez-moi de vous poser cette question, signora, mais pourriez-vous me dire en quels termes vous étiez, votre mari et vous ?

– Termes ?

– Vous venez de dire qu'il s'était "retiré dans sa chambre", signora, expliqua-t-il de la voix la plus douce possible.

– Ah… »

Cette exclamation retenue lui avait involontairement échappé.

Brunetti attendit quelques instants avant de dire :

« Il n'est plus là, à présent, signora. Je pense que vous pouvez m'en parler. »

Elle leva les yeux vers lui et il vit les larmes qui s'y formaient.

« Il… il y avait d'autres femmes, murmura-t-elle. Pendant des années, il a eu d'autres femmes. Une fois, je l'ai suivi et j'ai attendu devant la maison, sous la pluie… j'ai attendu qu'il ressorte. »

Les larmes coulaient maintenant sur ses joues, mais elle n'y prêtait pas attention. Quelques-unes tombèrent sur le devant de son corsage, où elles laissèrent de longues traces.

« Une autre fois, je l'ai fait suivre par un détective. Et j'ai commencé à écouter ses conversations téléphoniques. Je les enregistrais. Je les réécoutais même parfois, pour l'entendre parler aux autres femmes. Il leur disait les mêmes choses qu'à moi. »

Elle se mit à sangloter et se tut longuement, mais Brunetti s'obligea à ne pas intervenir. Ayant retrouvé son calme, elle continua son récit :

« Je l'aimais de tout mon cœur. Depuis le premier jour où je l'ai vu. Si Sandro a fait ça… »

De nouveau, les larmes roulèrent de ses yeux, mais elle les essuya de la paume de ses mains.

« … Je veux que vous le sachiez, et je veux qu'il soit puni. C'est pourquoi je veux parler à Sandro. »

Elle se tut et baissa la tête.

« Est-ce que vous me raconterez ce qu'il vous aura dit ? demanda-t-elle, contemplant toujours ses mains, qu'elle avait reposées sur ses genoux.

— Je ne pense pas pouvoir tant que tout ne sera pas fini, signora. Mais à ce moment-là, je le ferai.

— Merci. »

Elle releva la tête un instant, puis la baissa de nouveau. Soudain, elle se leva et se dirigea vers la porte. Brunetti réussit à l'atteindre avant elle et à la lui ouvrir, s'effaçant pour la laisser sortir.

« Je vais rentrer chez moi », dit-elle. Sans lui laisser le temps de répondre, elle passa dans le couloir et se dirigea vers la sortie.

26

Il retourna jusqu'au bureau du policier dont il avait déjà emprunté le téléphone et, sans demander la permission à quiconque, rappela la signorina Elettra. Dès qu'elle eut reconnu sa voix, elle l'informa que des techniciens étaient déjà en route pour la morgue de Castelfranco afin de prélever des échantillons, puis elle lui demanda de lui communiquer un numéro de fax. Brunetti posa le combiné et alla à la réception, où le policier de faction le lui écrivit sur un morceau de papier. Après l'avoir donné à la secrétaire et raccroché, il se rappela soudain qu'il n'avait pas encore appelé Paola et composa le numéro de son domicile. Il n'y avait personne, et il dut se contenter de laisser un message sur le répondeur, disant qu'il devait rester encore un peu à Castelfranco, mais qu'il pensait rentrer en fin d'après-midi.

Après quoi il s'assit lourdement, se prenant la tête entre les mains. Quelques minutes plus tard, il entendit une voix qui disait :

« Excusez-moi, commissaire… mais quelque chose est arrivé pour vous. »

Il releva les yeux et vit un jeune policier, debout devant le bureau qu'il avait tacitement réquisitionné. Il lui tendait, de sa main gauche, les feuilles enroulées si caractéristiques des fax. Il y en avait un certain nombre.

Brunetti tenta de lui sourire et prit les documents, qu'il disposa devant lui pour essayer, à l'aide du plat de la main, de les aplatir du mieux possible. Puis il commença à parcourir les colonnes, découvrant avec satisfaction que la signorina Elettra avait placé des astérisques en face des numéros concernés. Après quoi il constitua trois piles : Palmieri, Bonaventura, Mitri.

Au cours des dix jours qui avaient précédé le meurtre de Mitri, on relevait, entre le portable de Palmieri et le téléphone d'Interfar, de nombreuses communications dont l'une durait sept minutes. La veille du crime, à 21 h 27, on avait appelé chez les Mitri depuis chez les Bonaventura ; la conversation avait duré deux minutes. Le soir de l'assassinat, pratiquement à la même heure, un appel de quinze secondes avait eu lieu entre le téléphone de Mitri et celui de Bonaventura. Après quoi il y en avait eu trois entre l'usine et le portable de Palmieri, et un certain nombre entre le domicile de Bonaventura et celui de Mitri.

Il rassembla toutes les feuilles en une seule pile et retourna dans le couloir. Lorsqu'on l'introduisit dans la petite pièce où il avait déjà parlé avec Bonaventura, il trouva celui-ci assis en face d'un homme aux cheveux bruns, lequel avait posé sur la table un petit porte-documents en cuir ; devant lui était ouvert un calepin assorti au porte-documents. Il se tourna, et Brunetti reconnut Piero Candiani, avocat au criminel du barreau de Padoue. Candiani portait des lunettes à monture translucide ; derrière les verres, des yeux sombres trahissaient de façon frappante deux traits plutôt contradictoires, en particulier pour un avocat : intelligence et candeur.

L'homme se leva et tendit la main à Brunetti. Une fois les présentations faites et les formules de politesse

échangées, Brunetti adressa un signe de tête à Bonaventura, qui n'avait pas cru bon de se lever.

Candiani tira une chaise pour le nouveau venu et
attendit pour s'asseoir que celui-ci ait pris place. Entrant
directement dans le vif du sujet, il dit alors, avec un
geste négligent de la main vers le plafond :

« Je suppose que notre entretien est enregistré, n'est-
ce pas ?

– En effet », admit Brunetti.

Puis, pour gagner du temps, le policier rappela sans
plus attendre, d'une voix forte et claire, la date et
l'heure ainsi que le nom des trois personnes présentes.

« J'ai cru comprendre que vous aviez déjà parlé à
mon client, commença Candiani.

– C'est exact. Je lui ai posé quelques questions sur
des envois de produits pharmaceutiques faits par sa
société, Interfar, dans divers pays étrangers.

– Ces questions concernaient-elles la réglementation
européenne ? demanda Candiani.

– Non.

– Alors quoi ? »

Brunetti jeta un coup d'œil à Bonaventura, qui se
tenait les jambes croisées et avait pris une pose désin-
volte, le bras sur le dossier de sa chaise.

« Ces expéditions sont adressées à des pays du tiers-
monde. »

Candiani écrivit quelque chose dans son calepin, et
c'est sans lever la tête qu'il posa sa question suivante :

« Et quelle est la raison de l'intérêt que la police porte
à ces envois ?

– Il semblerait que beaucoup d'entre eux contenaient
des médicaments qui ne sont plus bons. Autrement dit,
ayant dépassé la date de péremption. Dans d'autres cas, ils
auraient même contenu des substances sans aucune effi-
cacité, trafiquées pour avoir l'air du produit authentique.

– Je vois, dit Candiani, tournant une page de son carnet. Et quelles preuves détenez-vous de ces allégations ?

– Les aveux d'un complice.

– Un complice ? répéta Candiani, sans dissimuler son scepticisme. Puis-je vous demander qui est ce soi-disant complice ? »

Il avait souligné la prononciation du mot, la seconde fois, pour bien marquer son incrédulité.

« Le contremaître de l'usine. »

Candiani jeta un coup d'œil à son client et Bonaventura haussa les épaules, comme s'il n'y comprenait rien ou ne savait pas. Pinçant les lèvres, il battit rapidement des paupières – ces « allégations », manifestement, ne lui inspiraient que mépris et indifférence.

« Et c'est à ce sujet que vous voulez interroger le signor Bonaventura ?

– Oui.

– C'est tout ce que vous désirez savoir ? demanda Candiani, levant enfin les yeux de son calepin.

– Non. J'aimerais aussi demander au signor Bonaventura ce qu'il sait sur l'assassinat de son beau-frère. »

À ces mots, l'expression de Bonaventura changea et refléta un certain étonnement ; mais il continua de garder le silence.

« Pourquoi ? »

L'avocat avait de nouveau plongé le nez dans son carnet.

« Parce que nous avons commencé à envisager la possibilité qu'il soit impliqué d'une façon ou d'une autre dans la mort du signor Mitri.

– Comment cela, impliqué ?

– C'est précisément ce que j'aimerais que le signor Bonaventura me dise. »

Candiani releva une fois de plus la tête et regarda son client.

« Souhaitez-vous répondre aux questions du commissaire ?

– Je ne suis pas sûr que je le pourrai, répondit Bonaventura, mais je suis parfaitement disposé à lui offrir toute mon aide. »

Candiani se tourna vers Brunetti.

« Si vous voulez interroger mon client, commissaire, je vous propose de commencer tout de suite.

– J'aimerais savoir, demanda aussitôt Brunetti en s'adressant directement à Bonaventura, quels étaient les rapports que vous aviez avec Ruggiero Palmieri ou, pour lui donner le nom sous lequel il était connu dans votre société, Michele de Luca.

– Le chauffeur ?

– Oui.

– Comme je vous l'ai déjà dit, commissaire, il m'est arrivé de le croiser ici et là à l'usine. Mais c'était un simple chauffeur. Je lui ai peut-être adressé la parole deux ou trois fois, rien de plus. »

Il avait répondu en se gardant de demander à Brunetti pourquoi il lui posait cette question.

« Autrement dit, vous n'avez eu aucun rapport avec lui, en dehors de ces quelques contacts occasionnels sur les lieux de travail dont vous venez de parler ?

– En effet. Je vous le répète, c'était un simple chauffeur.

– Vous ne lui avez jamais donné d'argent ? » demanda Brunetti, dans l'espoir qu'on relèverait les empreintes digitales de Bonaventura sur les billets trouvés dans le portefeuille de Palmieri.

« Bien sûr que non.

– Si bien que les seules fois où vous l'avez vu, les seules fois où vous lui avez parlé, sont ces rencontres ayant eu lieu par hasard à l'usine ?

– C'est exactement ce que je viens de vous dire. »

Bonaventura ne cherchait plus à cacher son irritation. Brunetti se tourna alors vers l'avocat.

« Je crois que c'est tout ce que j'ai à demander à votre client, pour le moment. »

Les deux hommes furent manifestement surpris, mais c'est Candiani qui réagit le premier ; il se leva et referma son calepin.

« Dans ce cas, nous pouvons partir, bien entendu ? » dit-il en tirant à lui le porte-documents. Lequel était signé Gucci, remarqua Brunetti.

« Je ne crois pas, dit-il.

– Je vous demande pardon ? »

L'étonnement manifesté par Candiani devait beaucoup à ses nombreuses années d'expérience devant les tribunaux.

« Et pour quelle raison ?

– J'ai tout lieu de penser que la police de Castelfranco va avoir un certain nombre de chefs d'accusation à signifier au signor Bonaventura.

– Tels que ?

– Tentative de fuite au moment d'une arrestation, conspiration pour faire obstruction à une enquête de police, homicide involontaire par véhicule interposé, pour n'en citer que quelques-uns.

– Ce n'était pas moi qui conduisais », fit remarquer Bonaventura, d'un ton qui disait à quel point ces accusations le scandalisaient.

Brunetti regardait Candiani, à ce moment précis, et il vit les paupières inférieures de l'avocat se contracter légèrement, soit sous l'effet de la surprise, soit à cause de quelque sentiment plus rude, il n'aurait su le dire.

L'avocat replaça le calepin dans le porte-documents et referma celui-ci.

« J'aimerais être sûr que c'est ce qu'a décidé la police de Castelfranco, commissaire. »

Puis il ajouta, comme pour atténuer le manque de confiance que semblait impliquer cette remarque :

« Simple formalité, bien entendu.

– Bien entendu », répéta Brunetti, se levant à son tour.

Il alla frapper au carreau en verre de la porte pour appeler le policier qui montait la garde dans le couloir. Laissant Bonaventura se morfondre dans l'austère et morne salle d'interrogatoire, l'avocat et le commissaire allèrent interroger Bonino, qui confirma ce que Brunetti avait dit, à savoir que la police de Castelfranco avait un certain nombre de chefs d'inculpation à signifier à Bonaventura.

Un policier raccompagna Candiani jusqu'à la salle d'interrogatoire pour que l'avocat puisse informer son client de la décision, et Brunetti et Bonino se retrouvèrent seuls.

« Avez-vous tout eu ? » demanda Brunetti.

Bonino acquiesça.

« Le matériel de prise de son est flambant neuf. Il ramasse tout, jusqu'au moindre soupir, jusqu'à une respiration qui s'accélère. Oui, on peut dire qu'on a tout.

– Et avant que j'y entre ?

– Non. Nous ne pouvons enregistrer que lorsqu'un officier de police se trouve dans la pièce. La loi protège les rapports entre un client et son avocat.

– Vraiment ? demanda Brunetti, incapable de cacher sa stupéfaction.

– Vraiment, répéta Bonino. Nous avons perdu une affaire, il y a un an, parce que la défense a pu prouver que nous avions écouté ce que le suspect avait dit à son avocat. Si bien que la Questure a ordonné qu'aucune exception ne soit faite. Aucun branchement tant qu'il n'y a pas un officier de police dans la pièce. »

Brunetti hocha la tête.

« Bien. De toute façon, j'ai l'impression qu'il n'avait encore rien dit à son avocat au sujet de ce qui nous intéresse. Pourrez-vous lui prendre ses empreintes digitales ?

– Pour les billets ? »

Brunetti acquiesça.

« C'est déjà fait, dit Bonino avec un petit sourire. Complètement à son insu. On lui a donné un verre d'eau minérale à un moment donné, ce matin, et on a pu relever trois empreintes excellentes.

– Et alors ?

– D'après notre labo, elles concordent. Au moins deux de ces empreintes apparaissent sur les billets trouvés dans le portefeuille de Palmieri.

– Je vérifierai également à sa banque. Ces billets de cinq cent mille lires sont pratiquement neufs. La plupart des gens refuseraient même de les prendre : trop difficiles à changer. Je ne sais pas s'ils gardent les listes de numéros, mais dans ce cas…

– Il a Candiani, n'oubliez pas, lui fit remarquer Bonino.

– Vous le connaissez ?

– Tout le monde le connaît dans la région.

– Mais nous avons les coups de fil donnés à un homme qu'il niait connaître et nous avons les empreintes, objecta Brunetti.

– Il a toujours Candiani. »

27

Jamais prédiction n'avait été aussi juste. La banque de Venise conservait dans ses archives les numéros des billets de cinq cent mille lires distribués le jour où Bonaventura avait retiré quinze millions en liquide à son guichet, et les billets retrouvés dans le portefeuille de Palmieri figuraient bien parmi eux. Il ne faisait aucun doute, grâce aux empreintes digitales, qu'il s'agissait de ceux de Bonaventura.

Candiani, parlant au nom de Bonaventura, fit remarquer qu'il n'y avait rien d'étrange à cela. Son client n'avait retiré ces fonds que pour rembourser un emprunt personnel en liquide fait à son beau-frère, Paolo Mitri, auquel il les avait donnés dès le lendemain du retrait, autrement dit le jour où il avait été assassiné. Les fragments d'ADN de Mitri retrouvés dans les débris de chair, sous les ongles de Palmieri, étaient également la preuve éclatante de ce qui s'était passé ; Palmieri avait prémédité ce vol en préparant la note qu'on avait retrouvée auprès du corps de Mitri, afin d'attirer les soupçons ailleurs. Et c'était bien lui qui avait tué Mitri, soit accidentellement, soit délibérément, au cours de son cambriolage.

Quant aux appels téléphoniques, Candiani réduisit

l'argument à zéro en faisant remarquer que l'usine d'Interfar avait un central téléphonique ne comportant qu'un numéro, si bien que les appels faits de n'importe quelle ligne intérieure transitaient par lui. Autrement dit n'importe qui, n'importe où dans l'usine, aurait pu appeler le portable de Palmieri, tout comme Palmieri pouvait avoir appelé l'usine pour signaler par exemple une livraison retardée.

Quant au coup de fil reçu chez lui depuis le domicile de Mitri le soir du crime, Bonaventura, à qui la mémoire était décidément revenue, se souvint que son beau-frère l'avait appelé pour les inviter à dîner, lui et son épouse, un soir de la semaine suivante. Quand on lui fit observer que l'appel n'avait duré que quinze secondes, Bonaventura se rappela encore – un vrai miracle cette fois – autre chose : son beau-frère avait écourté la communication en disant que quelqu'un sonnait à la porte. Il manifesta son horreur à l'idée qu'il devait s'agir du tueur de Mitri.

Il ne fut pas le seul à inventer un roman pour expliquer sa fuite précipitée, lorsque Brunetti était venu poser ses questions à Interfar. Sandi raconta en effet qu'il avait pris l'interpellation soudaine de son patron, l'avertissant que la police était sur place, comme un ordre de s'enfuir et que Bonaventura était parti le premier vers la cabine du camion. De son côté, Bonaventura soutint que le contremaître avait pointé son arme sur lui, le forçant ainsi à monter dans le camion. Le troisième homme, sans doute victime d'un accès momentané de surdité et de cécité, n'avait rien vu, n'avait rien entendu.

En ce qui concernait les expéditions de produits pharmaceutiques, Candiani eut beaucoup plus de mal à convaincre la justice qu'il n'y avait pas eu de malversations. Sandi répéta au juge d'instruction ce qu'il avait dit à Brunetti, en ajoutant quelques nouveaux détails, et donna les noms et adresses des personnes constituant l'équipe de nuit, celle qui était chargée de la fabrication et du conditionnement des faux médicaments. Ils étaient payés en liquide et il n'existait donc pas de traces bancaires de leurs salaires, mais Sandi put fournir des feuilles de présence où figuraient horaires, noms et signatures des ouvriers. Il donna aussi à la police une liste très complète des expéditions passées, avec les dates, le contenu des colis et leur destination.

Le ministère de la Santé intervint alors. L'usine d'Interfar fut fermée et les lieux mis sous scellés, tandis que des inspecteurs ouvraient et examinaient ce qui avait été saisi : boîtes, fioles, ampoules, tubes. Ils arrivèrent à la conclusion que les médicaments fabriqués dans le corps central de l'usine étaient parfaitement conformes à leur étiquetage ; cependant, toute une partie d'un vaste entrepôt abritait des caisses remplies de substances diverses qui, après analyses, se révélèrent dépourvues de toute valeur thérapeutique. Trois grandes caisses de transport, en particulier, contenaient des bouteilles en plastique de ce qui était, d'après les étiquettes, un sirop contre la toux. À l'examen, on découvrit avec consternation que le produit était un mélange d'antigel et d'eau sucrée, combinaison qui aurait été dangereuse, sinon mortelle, pour quiconque l'aurait ingurgitée.

D'autres caisses contenaient des centaines de boîtes de médicaments dont la date de péremption était dépassée depuis longtemps. Dans d'autres encore, il y avait des paquets de gaze et de pansements dont les emballages s'effritaient rien qu'au toucher, tant ils étaient restés longtemps entreposés on ne savait où ni dans quelles conditions. Sandi put également fournir les factures et les bordereaux qui devaient accompagner ces caisses jusqu'à leur destination finale, c'est-à-dire dans des pays ravagés par la famine, la guerre ou les épidémies, voire les trois à la fois, ainsi que les tarifs auxquels il les vendait à ces agences d'aide internationales tellement désireuses de les distribuer aux malheureux en présence des caméras.

Patta, agissant sur ordre exprès du ministre de la Santé, avait retiré l'affaire à Brunetti ; c'est donc dans les journaux que celui-ci en suivit la progression. Bonaventura reconnut être plus ou moins impliqué dans la vente des faux médicaments. Mais il s'employa à souligner que c'était une idée de son beau-frère, que c'était son beau-frère qui avait tout prévu, tout organisé. Quand il avait racheté Interfar, il avait engagé une bonne partie du personnel venu de l'usine que Mitri avait été obligé de vendre : ils avaient apporté avec eux, à l'en croire, les germes de la corruption et Bonaventura, ligoté par l'aide financière que Mitri avait pu lui obtenir via sa sœur, avait été impuissant à arrêter cette dérive délictueuse. Lorsqu'il en avait parlé à Mitri, celui-ci avait menacé de retirer ses fonds personnels et ceux de sa femme de l'entreprise, ce qui n'aurait pas manqué de conduire Bonaventura à la ruine. Victime de sa propre faiblesse et impuissant devant la supériorité financière de Mitri, il n'avait pas eu d'autre choix que de continuer la production et la vente de ces produits frelatés. Vouloir interrompre ce trafic l'aurait mené directement à une banqueroute honteuse.

Brunetti déduisit de ces comptes rendus que, si jamais l'affaire Bonaventura allait jusque devant un tribunal, l'homme s'en tirerait avec une simple amende dont le montant ne serait même pas très élevé ; en effet, à aucun moment les étiquettes du ministère de la Santé n'avaient été falsifiées ou changées. Brunetti n'avait aucune idée des règlements auxquels on contrevenait en vendant des médicaments périmés, en particulier si cette vente avait lieu dans un autre pays. En revanche, la loi relative à la falsification des médicaments était plus claire ; mais, là encore, le problème se compliquait du fait qu'ils n'étaient ni vendus ni distribués en Italie. À ses yeux, de toute façon, tout cela n'avait qu'un intérêt mineur et n'était que pure spéculation. Bonaventura n'avait pas commis un délit, mais un crime, et ce crime était un assassinat : celui de Mitri, mais aussi celui de tous les malheureux qui étaient morts d'avoir pris des médicaments qu'il avait vendus. C'était autrement plus grave que de falsifier des étiquettes.

Mais Brunetti était bien le seul à croire à cette version des faits. Les journaux étaient à présent tout à fait convaincus que Palmieri avait tué Mitri ; ils n'éprouvèrent cependant pas le besoin de présenter la moindre rectification ni le plus petit erratum quant à l'hypothèse selon laquelle le meurtre aurait été le fait d'un fanatique poussé à l'action par le geste de Paola. Le magistrat instructeur décida d'abandonner les poursuites contre Paola, et l'affaire ne constitua qu'un dossier de plus à aller recueillir la poussière dans les archives de l'État.

Quelques jours après le renvoi de Bonaventura dans ses foyers, simplement placé sous contrôle judiciaire, Brunetti était installé dans son séjour, plongé dans la lecture des campagnes d'Alexandre telles qu'elles sont rapportées par Arrien, lorsque le téléphone sonna. Il releva la tête, attendant de voir si Paola, qui était dans son bureau, n'allait pas décrocher. La sonnerie s'interrompit à la troisième fois, et il retourna à son livre et au désir manifeste d'Alexandre que ses compagnons se prosternent devant lui comme s'il était un dieu. Le charme de ce récit le ramena presque sur-le-champ en ces temps et lieux lointains.

« C'est pour toi, fit la voix de Paola. Une femme.

– Hein ? » répondit Brunetti, levant les yeux.

317

Mais il n'était toujours pas complètement revenu chez lui ni dans le moment présent.

« Une femme », répéta Paola, qui se tenait debout dans l'encadrement de la porte.

– Qui ça ? »

Il plaça un ticket de vaporetto usagé dans le livre en guise de marque-page, et posa l'ouvrage à côté de lui.

Au moment où il se levait, Paola lui répondit :

« Aucune idée. Je n'écoute pas tes communications, tu sais », ajouta-t-elle avec un sourire.

Il se pétrifia sur place, plié en deux comme un vieillard perclus de rhumatismes.

« *Madre di Dio !* » s'exclama-t-il.

Il finit de se redresser et regarda sa femme, toujours debout près de la porte, avec une expression étrange.

« Qu'est-ce qui t'arrive, Guido ? Tu t'es fait mal au dos ?

– Non, non, je vais très bien. Mais je crois que je le tiens. Je crois que je le tiens. »

Il se dirigea vers les patères de l'entrée et décrocha son manteau.

« Qu'est-ce que tu fais ? lui demanda Paola, intriguée.

– Je sors.

– Mais qu'est-ce que je vais raconter à cette femme ?

– Que je ne suis pas là. »

Trois secondes plus tard, c'était devenu vrai.

La signora Mitri le fit entrer. Elle n'était pas maquillée et les racines de ses cheveux étaient grises. Elle portait une robe marron informe et paraissait encore plus corpulente que la dernière fois qu'il l'avait vue. Lorsqu'il s'approcha d'elle pour lui serrer la main, il crut discerner les effluves ténus de quelque chose de doux, vermouth ou vin de Marsala.

« Vous êtes venu pour me le dire ? » demanda-t-elle

lorsqu'ils furent assis dans le salon, se faisant face de part et d'autre d'une table basse sur laquelle traînaient trois verres sales et une bouteille de vermouth.

« Non, signora, j'ai bien peur de ne rien pouvoir vous dire. »

La déception lui fit fermer les yeux et s'étreindre les mains. Au bout de quelques instants, elle le regarda de nouveau et murmura :

« J'avais espéré…

— Avez-vous lu les journaux, signora ? »

Nulle nécessité d'être plus précis. Elle secoua la tête.

« Il y a quelque chose que j'aimerais savoir, reprit-il. Pour cela, il faut que vous m'expliquiez un propos que vous avez tenu, la dernière fois.

— Quoi donc ? demanda-t-elle, d'un ton neutre qui montrait qu'elle n'était pas réellement intéressée.

— Vous avez déclaré, lors de notre dernier entretien, que vous écoutiez les conversations de votre mari. »

Comme elle restait sans réaction, il enchaîna :

« Celles qu'il avait avec d'autres femmes. »

Il se passa alors ce qu'il avait craint : les larmes vinrent aux yeux de la signora Mitri, roulèrent sur ses joues et tombèrent sur sa robe. Elle acquiesça machinalement.

« Pouvez-vous m'expliquer comment vous vous y preniez, signora ? »

Elle le regarda, image même de la confusion.

« Comment écoutiez-vous ces conversations ? »

Elle secoua la tête.

« Quel moyen utilisiez-vous ? C'est important, signora, ajouta-t-il, voyant qu'elle ne répondait toujours pas. J'ai absolument besoin de le savoir. »

Il vit alors qu'elle rougissait. Il avait trop souvent dit à des gens qu'il était comme un prêtre, que tous les secrets qu'on lui confiait étaient en sécurité, pour ne pas savoir que c'était un pur mensonge, et il n'essaya donc pas de la convaincre par cette façon. Au lieu de cela, il attendit.

Finalement, elle se décida à parler.

« C'est le détective… Il a accroché quelque chose au téléphone, dans ma chambre.

– Un magnétophone ? »

Elle acquiesça, plus rouge que jamais.

« Il y est toujours ? »

Nouvel acquiescement.

« Pouvez-vous aller me le chercher, signora ? » Elle ne parut pas avoir entendu la question, aussi la répéta-t-il.

« Pouvez-vous aller le chercher, ou bien me dire où il se trouve ? »

Elle cacha ses yeux d'une main, mais ses larmes continuèrent à couler.

Brunetti attendit. Puis, de son autre main, elle indiqua, par-dessus son épaule, la direction du fond de l'appartement. Aussitôt, avant qu'elle ait le temps de changer d'avis, Brunetti se leva et passa dans le vestibule. De là, il s'engagea dans un couloir, passa d'un côté devant une cuisine, de l'autre devant une salle à manger. Au fond du vestibule, il jeta un coup d'œil dans une première pièce qui contenait des objets manifestement masculins, dont un valet sur lequel un costume était posé. Ouvrant la porte située de l'autre côté du couloir, il se retrouva dans une chambre digne d'un rêve de midinette : du satin froncé à fleurs entourait le bas du lit et de la coiffeuse, et l'un des murs disparaissait entièrement sous les miroirs.

À côté du lit, sur la table de nuit, trônait un téléphone en laiton ouvragé, dont le combiné reposait sur un support en bois ; il comportait un cadran rotatif circulaire, souvenir de temps anciens. Il s'approcha de la table de nuit, elle aussi enjuponnée de frous-frous jusqu'au sol, et repoussa le tissu. Deux fils rejoignaient la prise télé-phonique, dans la plinthe ; l'un conduisait au téléphone, l'autre à un magnétophone pas plus grand qu'un bala-deur. Il reconnut le modèle, pour l'avoir quelquefois utilisé lui-même pour téléphoner à des suspects : la mise en marche en était déclenchée vocalement, et la clarté de sa restitution était étonnante pour un appareil aussi petit.

Il déconnecta l'appareil de la prise du téléphone et retourna dans le salon. Il retrouva la signora Mitri figée dans la même position, une main sur les yeux. Mais elle leva la tête à son entrée.

Il posa le magnétophone sur la table basse, juste devant elle.

« C'est bien de cet appareil qu'il s'agit, signora ? »

Elle acquiesça.

« Puis-je écouter ce qui est enregistré ? »

Il avait un jour regardé un programme de télévision sur les animaux, où l'on voyait comment les serpents s'y prenaient pour hypnotiser leur proie. La femme avait une manière de dodeliner de la tête et de suivre chacun de ses mouvements qui lui rappela désagréable-ment cette scène.

Elle avait acquiescé et, toujours dodelinant, elle l'ob-serva lorsqu'il se pencha pour appuyer sur le bouton de rembobinage. Quand le cliquetis lui apprit que c'était fait, il appuya sur « Marche ».

Ils écoutèrent donc ensemble plusieurs voix, dont celle d'un homme qui était mort depuis, s'élever dans la pièce : Mitri discutait avec un vieil ami d'enfance et prenait rendez-vous avec lui pour dîner ; la signora Mitri commandait de nouveaux rideaux ; le signor Mitri appelait une femme et lui disait à quel point il lui tar-dait de la revoir. À cet instant, la signora Mitri détourna le visage, gagnée par la honte, et se remit à pleurer.

S'ensuivit pendant plusieurs minutes une cascade d'appels téléphoniques du même style, tous plus insignifiants les uns que les autres. Et rien, à présent que la mort l'avait étreint de ses bras glacés, rien ne paraissait plus insignifiant que la concupiscence de Mitri, formulée à voix haute. Puis, soudain, ils entendirent la voix de Bonaventura demandant à son beau-frère s'il n'aurait pas le temps de regarder certains papiers le lendemain soir. Mitri ayant accepté, Bonaventura lui disait qu'il passerait vers 21 heures, à moins qu'il n'envoie un de ses chauffeurs, en lequel il avait toute confiance, avec les documents en question. Puis il l'entendit enfin, cet appel qu'il avait tant espéré trouver en venant ici. L'appel qui répondait à ses prières. Le téléphone sonnait deux fois, et Bonaventura répondait par un « *Si ?* » nerveux. Puis la voix d'un autre homme, mort lui aussi depuis, s'élevait dans la pièce :

« C'est moi. Ça y est, c'est fait.

– Tu en es sûr ?

– Oui. Je suis encore sur place. »

Le court silence qui suivit trahissait la stupéfaction de Bonaventura devant tant de culot.

« Fiche le camp ! Tout de suite !

– Quand on se voit ?

– Demain. À mon bureau. Je te donnerai le reste. » Puis il y eut un déclic, et la communication fut coupée.

Dans le dernier message enregistré, une voix masculine demandait la police d'un ton angoissé. Brunetti tendit la main et appuya sur le bouton « Arrêt », puis se tourna vers la signora Mitri. Son visage était dénué de toute expression. Ses larmes ne coulaient plus.

« Votre frère ? »

Telle une victime de bombardement, elle était incapable d'autre chose que de hocher la tête, les yeux écarquillés, le regard fixe.

Brunetti se leva, puis se pencha sur la table pour prendre le petit magnétophone, qu'il glissa dans sa poche.

« Les mots me manquent pour vous dire à quel point je suis désolé, signora. »

28

Il revint chez lui, le petit magnétophone pesant plus lourd dans sa poche que ne l'aurait fait un pistolet ou tout autre instrument de mort. Son poids ralentissait sa marche, et les messages qu'il contenait pesaient sur son esprit. Avec quelle facilité Bonaventura avait-il été capable de préparer le rendez-vous de son beau-frère avec la mort ! Un simple coup de téléphone, annonçant d'un ton négligent le passage d'un chauffeur avec quelques papiers à consulter. Mitri, ne soupçonnant rien, ouvre la porte à son assassin ; peut-être prend-il des papiers que l'autre lui tend, sans doute se tourne-t-il pour les poser sur une table ou un bureau, donnant ainsi à Palmieri l'occasion que celui-ci attendait : le nœud coulant fatal passe par-dessus la tête de Mitri et se resserre impitoyablement sur son cou.

Palmieri, tueur expérimenté et vigoureux, n'avait eu besoin que d'un instant pour accomplir sa sinistre besogne ; et au bout d'une minute – peut-être moins –, pendant laquelle il n'avait eu qu'à tenir bien serrées les extrémités de son câble électrique, Mitri était mort par étouffement. Les débris de peau retrouvés sous les ongles de la victime démontraient que celle-ci avait tenté de résister, mais son destin avait été scellé bien avant, dès le moment où Bonaventura l'avait appelée pour lui parler de ces papiers à consulter, dès le moment où l'industriel véreux avait décidé de se débarrasser d'un homme qui l'empêchait de diriger son usine comme il l'entendait, de conduire comme il le voulait son ignoble trafic.

Brunetti ignorait combien de fois il avait pu se dire que, pour ce qui était de faire le mal, plus rien ne l'étonnait de la part des hommes. Il n'en était pourtant pas moins stupéfait à chaque fois qu'il tombait sur un nouvel exemple de leur ignominie. Il avait vu assassiner pour quelques milliers de lires ou pour quelques millions de dollars, mais, quelle que soit la somme, cela n'avait à ses yeux aucun sens. C'était de toute façon mettre un code-barres sur une vie humaine et affirmer que l'acquisition de la richesse était un bien supérieur – principe d'action qu'il n'arrivait pas même à saisir. Pas plus qu'il ne pouvait se faire à l'idée qu'on puisse le mettre en œuvre. Certes, il comprenait les mécanismes en jeu. Ils étaient simples, et les motivations étaient aussi limpides que variées : avidité, concupiscence, jalousie. Mais comment parvenait-on à passer à l'acte ? Là, son imagination restait impuissante ; il y avait, dans cet acte même, une profondeur dont les conséquences lui échappaient totalement.

Il arriva chez lui, encore en proie à la même confusion d'esprit. Quand elle l'entendit entrer, Paola quitta son bureau et vint à sa rencontre. Elle vit son expression, l'observa un instant et dit :

« Je vais préparer de la tisane. »

Il accrocha son manteau à la patère et alla dans la salle de bains se passer de l'eau sur le visage et les mains. À la vue de son reflet dans le miroir, il se demanda comment il pouvait savoir de telles choses sans que les traces n'en soient visibles sur ses traits. Il se souvint alors d'un poème que Paola lui avait lu un jour. Il y était question de la manière dont le monde supportait d'assister à ses propres désastres sans en être secoué dans ses fondements. Les chiens continuaient de vaquer à leurs petites affaires de chiens, avait écrit le poète, ou, du moins, c'est ce dont il se souvenait. Lui continuait de vaquer aux siennes.

Dans la cuisine, la théière de sa grand-mère trônait sur un dessous-de-plat en raphia, au milieu de la table, accompagnée de deux tasses et d'un gros pot de miel. Il s'assit, et Paola fit le service.

« Du tilleul, ça te va ? » dit-elle en ajoutant une bonne cuillerée de miel dans la tasse de Guido.

Il répondit d'un hochement de tête et elle poussa la tasse vers lui, lui laissant le soin de faire le mélange. Il se mit à tourner machinalement la cuillère, se satisfaisant pour l'instant des arômes et de la vapeur qui montaient à ses narines.

Il parla sans préambule.

« Il a envoyé quelqu'un l'assassiner. Après quoi, le meurtrier l'a appelé depuis la maison même de Mitri. »

Paola ne dit rien, se contentant de procéder au même petit rituel du miel dans sa propre tasse – elle en mettait simplement un peu moins que lui. Brunetti reprit la parole tout en la regardant tourner sa cuillère.

« Sa femme – la femme de Mitri – enregistrait en douce les appels que son mari passait à d'autres femmes ou recevait d'elles. »

Il souffla sur le tilleul, prit une gorgée, reposa la tasse.

« J'ai l'enregistrement de cet appel. Celui du tueur à Bonaventura. Bonaventura lui dit qu'il lui donnera le reste de l'argent le lendemain. »

Paola continuait à tourner machinalement sa cuillère dans l'infusion, comme si elle avait oublié qu'elle l'avait préparée pour la boire. Quand elle sentit que Brunetti n'allait rien ajouter, elle lui demanda :

« Est-ce que ça suffira ? Pour le faire condamner ? »

Il acquiesça.

« Je l'espère. Il me semble. On devrait pouvoir obtenir une empreinte vocale de l'enregistrement. C'est un appareil de très grande qualité.

— Et la conversation ?

— On ne peut pas se tromper sur ce qu'elle signifie.

— Je l'espère », dit-elle, tournant toujours sa cuillère. Brunetti se demanda lequel des deux allait aborder la question le premier. Il la regarda, vit les deux ailes brillantes de sa chevelure qui encadraient son visage et retombaient sur ses épaules, et ému, se décida :

« Si bien que tu n'as rien à voir avec ça. »

Elle garda le silence.

« Rien du tout. »

Elle haussa les épaules, toujours sans rien dire.

Il se pencha sur la table et lui enleva délicatement la cuillère des doigts, la posant sur le dessous-de-plat en raphia. Puis il lui prit la main. Comme elle ne réagissait toujours pas, il ajouta :

« Tu n'as strictement rien à voir avec tout ça, Paola. Il l'aurait tué, de toute façon.

— N'empêche, je lui ai facilité la tâche.

— Tu veux parler de la note ?

— Oui.

— Ne t'inquiète pas, il aurait sûrement trouvé autre chose.

— Oui, mais c'est ce dont il s'est inspiré, répliquat-elle d'une voix ferme. Si je ne lui avais pas offert cette occasion sur un plateau, peut-être Mitri ne serait-il pas mort.

— Ça, tu n'en sais rien.

— Non, et je ne le saurai jamais. C'est précisément ce

que je ne peux pas supporter, de ne pas le savoir. Si bien que je me sentirai toujours responsable. »

Il garda longuement le silence, et il lui fallut rassembler tout son courage pour demander :

« Le referais-tu ? »

Elle ne répondit pas, et il reformula donc sa question. Il avait besoin de savoir.

« Relancerais-tu la pierre ? »

Elle réfléchit longuement, sa main reposant immobile sous celle de Guido.

« En ne sachant que ce que je savais alors, oui, je le referais. »

Comme il ne répondait pas, elle lui serra la main pour le relancer. Il baissa les yeux, puis les releva sur elle.

« Eh bien ? » dit-elle.

C'est d'un ton égal et calme qu'il répondit enfin :

« As-tu besoin, en plus, que je t'approuve ? »

Elle secoua la tête.

« Ce n'est pas possible, tu le sais, dit-il avec une note de tristesse dans la voix. Je peux cependant te dire que tu n'es pas responsable de ce qui lui est arrivé. »

Elle réfléchit quelques instants.

« Ah, Guido, il faudra donc toujours que tu te charges de régler tous les problèmes du monde, n'est-ce pas ? »

Il prit sa tasse de sa main libre, but quelques petites gorgées et la reposa.

« Oui », dit-il finalement, comme s'il avouait quelque faiblesse.

Elle sourit et lui serra de nouveau la main.

« Je crois que ce qui compte, c'est de vouloir essayer. »

Mort à La Fenice

Calmann-Lévy, 1997
et « Points Policier », n° P514
Point Deux, 2011

Mort en terre étrangère

Calmann-Lévy, 1997
et « Points Policier », n° P572
Point Deux, 2013

Un Vénitien anonyme

Calmann-Lévy, 1998
et « Points Policier », n° P618

Le Prix de la chair

Calmann-Lévy, 1998
et « Points Policier », n° P686

Entre deux eaux

Calmann-Lévy, 1999
et « Points Policier », n° P734

Péchés mortels

Calmann-Lévy, 2000
et « Points Policier », n° P859

Noblesse oblige

Calmann-Lévy, 2001
et « Points Policier », n° P990

Des amis haut placés

Calmann-Lévy, 2003
et « Points Policier », n° P1225

Mortes-eaux

Calmann-Lévy, 2004
et « Points Policier », n° P1331

Une question d'honneur
Calmann-Lévy, 2005
et «Points Policier», n° P1452

Le Meilleur de nos fils
Calmann-Lévy, 2006
et «Points Policier», n° P1661

Sans Brunetti
Essais, 1972-2006
Calmann-Lévy, 2007

Dissimulation de preuves
Calmann-Lévy, 2007
et «Points Policier», n° P1883

De sang et d'ébène
Calmann-Lévy, 2008
et «Points Policier», n° P2056

Requiem pour une cité de verre
Calmann-Lévy, 2009
et «Points Policier», n° P2291

Le Cantique des innocents
Calmann-Lévy, 2010
et «Points Policier», n° P2525

Brunetti passe à table
Recettes et récits
(avec Roberta Pianaro)
Calmann-Lévy, 2011
et «Points Policier», n° P2753

La Petite Fille de ses rêves
Calmann-Lévy, 2011
et «Points Policier», n° P2742

Le Bestiaire de Haendel
À la recherche des animaux dans les opéras de Haendel
Calmann-Lévy, 2012

La Femme au masque de chair
Calmann-Lévy, 2012
et « Points Policier », n° P2937

Les Joyaux du paradis
Calmann-Lévy, 2012
et « Points Policier », n° P3091

Curiosités vénitiennes
Calmann-Lévy, 2013

Brunetti et le mauvais augure
Calmann-Lévy, 2013
et « Points Policier », n° P3163

Gondoles
Histoires, peintures, chansons
Calmann-Lévy, 2014

Deux veuves pour un testament
Calmann-Lévy, 2014
et « Points Policier », n° P3399

L'Inconnu du Grand Canal
Calmann-Lévy, 2014

Le garçon qui ne parlait pas
Calmann-Lévy, 2015

RÉALISATION : PAO ÉDITIONS DU SEUIL
IMPRESSION : CPI BRODARD ET TAUPIN À LA FLÈCHE
DÉPÔT LÉGAL : JUIN 2015. N° 123562. (3010368)
IMPRIMÉ EN FRANCE